Roadrunner

Zum Buch

Monterey ist sein Schicksalsort. Als eines nachts eine Frau in der kalifornischen Kleinstadt in sein Wohnmobil springt, wird Reise-Blogger Jonathan Woolfe von seiner Vergangenheit im Motorsport eingeholt. Zuerst will er den ungebetenen Gast so rasch wie möglich wieder loswerden, doch dann erkennt er in ihr Alice, die Tochter seines früheren Coachs.
Zu seiner Überraschung ist das Punk-Girl von damals inzwischen eine angesehene Wissenschaftlerin und bittet ihn, sie auf seine Tour mitzunehmen.
Zögernd stimmt er zu und schon bald beginnt Jonathan sich zu fragen, wovor seine Reisebegleiterin fortläuft. Gleichzeitig heften sich zwei Verfolger auf ihre Spuren. In Florida angelangt, trifft er spontan eine Entscheidung, die sein Leben verändern und ihn bis ans Ende der Welt führen wird.

Zum Autor

Alauda Roth, seit 2004 als Autorin tätig, seit 2017 freischaffend. Diverse Veröffentlichungen von Kurzgeschichten und Lyrik in Magazinen und Anthologien, mehrere Bücher im Eigenverlag Edition Andrann und bei BoD. Lebt mit zwei- und vierbeiniger Familie im südlichen Niederösterreich.

Alauda Roth

Roadrunner

Roman

Bibliografische Information der Deutschen Nationalbibliothek:
Die Deutsche Nationalbibliothek verzeichnet diese Publikation in
der Deutschen Nationalbibliografie; detaillierte bibliografische
Daten sind im Internet über http://dnb.dnb.de abrufbar.

© 2017 Alauda Roth, Kirchschlag i.d. Buckligen Welt
Titelbild: Pixabay – Creative Commons CC0 – Atacama/Chile

Herstellung und Verlag: BoD – Books on Demand, Norderstedt

ISBN: 978-3-744-83452-0

(16421) Roadrunner *ist ein Asteroid des inneren Hauptgür-
tels, entdeckt vom belgischen Astronomen Eric W. Elst am 22.
Januar 1978 am Observatoire de Haute-Provence.*

*Der Asteroid wurde am 28. Dezember 2012 nach dem Wege-
kuckuck (Californian Earthcuckoo) benannt, zu dessen Eigen-
schaften eine extrem gute Lauffähigkeit gehört.*

JPL Small-Body Database

KAPITEL 1
SOMMERDREIECK

Laguna Seca Raceway, 2002

Das Vibrieren hätte ihn warnen sollen. Aber ein Werksfahrer klebte an seinem Hinterrad, stachelte seinen Ehrgeiz an. Noch eine gute Runde und er würde die Zeit von Colin biegen. Er flog über die Kuppe, holte auf der Geraden alles aus der Yamaha heraus. Die Corkscrew-Schikane raste auf ihn zu, Adrenalin schärfte seine Sinne, am Ende des Abhangs bremste er – und der Hebel kippte ins Leere.

Er stieß sich von der rutschenden Maschine ab. Seine blaue Yamaha prallte in den Kies, das Metall kreischte, er überschlug sich, hörte sein Handgelenk brechen, schlitterte weiter, blieb auf der Seite liegen.

Seine Protektoren hatten das meiste aufgefangen, er atmete tief durch, lehnte sich auf seinen unverletzten Arm und versuchte aufzustehen. Ein Streckenposten kletterte über die Absperrung, lief auf ihn zu, stoppte aber plötzlich. Gummi quietschte, ein rotes Bike katapultierte über seine Yamaha, stürzte auf ihn zu.

Der Eisendrache verbrannte ihn. Er schrie und schrie und schrie. Doch der Schmerz endete nicht.

1

Eine Gestalt sprang in den Scheinwerferkegel und riss die Arme hoch. Jonathan bremste scharf. Das Wohnmobil schlingerte und Gläser klirrten hinter ihm. Die Einstiegstür wurde aufgerissen, eine Frau in Khakishorts kletterte herein, schlug die Tür zu und rief: »Fahr schon.« Sie ließ sich auf die Sitzbank fallen.

»Hey. Ich bin kein Shuttle-Dienst!« Er wollte sie rauswerfen, aber im Seitenspiegel sah er, wie die Tür des Klubhauses aufgestoßen wurde und Owen Pierce davor stehenblieb, sich suchend umblickte. Jonathan gab Gas. Nach einer halben Meile warf er einen kurzen Blick auf seinen ungebetenen Gast.

Ihr Gesicht lag halb im Dunkeln, sie hatte ihre Umhängetasche umklammert und starrte geradeaus.

»Ärger mit dem Boss?«, fragte er.

»Owen ist nicht mein Boss. Er ist nur ein geldgieriger Scheißkerl.«

»Und da hüpfst du lieber zu einem Wildfremden ins Auto?«

»Wer sagt, dass du mir fremd bist?«

»Bin ich nicht?«

»Du bist Blue Strike. Ich habe dich gleich erkannt. Auch wenn du versuchst, dich mit dem Bart zu tarnen.«

Er runzelte die Stirn, schon lange hieß er nicht mehr so. Jonathan versuchte ihr Gesicht genauer zu sehen. Es kam ihm nicht vertraut vor, aber er hatte in seiner aktiven Zeit eine Menge Frauen gekannt.

Sie seufzte. »Du weißt es nicht mehr? Stimmt's? War genau hier. Na ja, ist aber auch sechzehn Jahre her. Und ich hatte streichholzkurze Haare, Magenta gefärbt.«

Er zuckte mit den Schultern. Sie schwieg.

Kurz nach Salinas hielt er an einer 76-Station. Während das Benzin in den Tank gurgelte, ging er um den Wagen herum und öffnete die Einstiegstür.

»Endstation, Mylady.«

»Das kann nicht dein Ernst sein.«

»Habe ich dich gebeten mitzufahren? Du bist raus aus dem Camp und das war's.«

»Du lässt mich bei den Truckern? Mitten in der Nacht irgendwo am Straßenrand?«

Sie hielt noch immer die Tasche umklammert, ihr Gesicht sah im Licht der Neonröhren leichenblass aus. Plötzlich bemerkte er die Haarspange in Form eines Motorrades, die ihren Zopf hielt. Die war ihm in der Fernsehübertragung aufgefallen. Nach der Siegerehrung hatte Owen, Kranstons Schwiegersohn, ein Interview gegeben und sie hatte ihm einen Cupcake an den Kopf geworfen.

»Du bist vorhin neben Rosie gestanden, nicht wahr?«

Sie nickte. »Ist eine gute Freundin.«

»Guter Wurf.« Er schloss die Tür wieder.

Zurück auf der Route 101 versuchte er, sich genauer an sein vorletztes Jahr auf der Tour zu erinnern: 2001 – er war in Atlanta und in Austin auf dem Podest gestanden und Zweiter in der Superbike-Staatsmeisterschaft gewesen, als sie auf die Rennstrecke nach Monterey kamen. Auf einmal fiel es ihm ein. »Alice, du bist Alice!«

»Ja, so hat mich Dad immer genannt, wegen Alice im Wunderland.«

»Du siehst ganz anders aus.«

»Damals hatte ich meine Pink-Phase.«

»Die Farbe?«

»Die Sängerin.«

»Na, zum Glück hattest du keine Piercings.«

»Warum hatten wir nie ein zweites Date?«

»Das war kein Date. Ich habe dich nur auf ein Bier eingeladen. Als Dank hat mir Leroy den Arsch aufgerissen und mir angedroht, meine Finger zu brechen.«

»Das hätte Dad nicht gemacht, du warst zu der Zeit sein bester Fahrer.«

»Oh doch! Alice, sein Goldstück. Keiner der Jungs im Team hat sich damals in deine Nähe getraut.«

»Und ich dachte immer, es war das schräge Outfit.«

»Warum Alice im Wunderland?«

»Das hat mir Dad einmal vorgelesen, als ich noch klein war.«

»Du bist noch immer klein.«

»Ich bin 1,60.«

»Sag ich ja.«

Sie schwieg, legte die Tasche hinter sich und schloss die Augen. »Im darauffolgenden Sommer wollte ich euch für drei Wochen begleiten, aber Blue war fort und Dad untröstlich. Ab da ist es mit ihm bergab gegangen.«

»Das war nicht meine Schuld.«

»Ich weiß. Aber du hättest ins Team zurückkommen können.«

»Meine Rennkarriere war zu Ende. Was hätte ich dort sollen? Die Bikes der anderen Fahrer putzen? Leroys Post erledigen?«

»Du warst fast wie ein Sohn für ihn.«

»Und du warst seine Tochter.«

»Nicht wirklich. Ich kann an zwei Händen die Gelegenheiten abzählen, an denen wir Zeit miteinander verbracht haben.«

»Blut ist also nicht dicker als Wasser?«

»Ein unsinniger Spruch.«

»Du warst nicht einmal auf seinem Begräbnis.«

»Ich war in Chile.«

»Auch dort gibt es Flughäfen.«

Sie zuckte mit den Achseln. »Es hätte Leroy nicht gekratzt.«

»Woher willst du das wissen?«

»Hat Rosie gemeint.«

»Ihr könnt gut miteinander?«

»Sie ist der einzige Mensch, der mir jemals ein Gefühl von Familie gegeben hat.«

Jonathan schaltete das Radio an, wählte Go Country 105 – Emmylou Harris *C'est La Vie* ertönte. Er warf einen Blick über seine Schulter. Sie hatte sich auf der Polsterbank ausgestreckt.

Als er am Avila Campingplatz in Pismo Beach eingeparkt hatte, schlief sie bereits. Kurz überlegte er, sie zu wecken und das Hochbett herunterzuziehen, aber sie atmete tief und ruhig. Er drückte sein Kreuz durch, verriegelte die Einstiegstür und ging ans Ende des Wohnmobils; setzte sich auf das Doppelbett, knöpfte das Hemd auf und murmelte: »Wir haben wohl beide unsere Gründe aus Monterey abzuhauen.«

2

Der Wecker piepste sich in seinen Traum. Kaffeegeruch zog herein, ein Radiosprecher verkündete launig den Wetterbericht: »Unterbrechen Sie Ihre Shopping-Tour, binden Sie ihr Haustiere fest und pfeifen Sie aufs Autowaschen. Was für ein Schauspiel! Eine rote Staubfront wälzt sich aus der Sonora Richtung Norden. Also Leute – verzichtet auf die Scheibenwaschanlage, die Aussicht wird nicht klarer.«

Jonathan rollte sich aus dem Bett und tastete nach seinem Bein, um sein übliches Morgenritual abzuwickeln. Danach schlüpfte er in eine Jeans, fand seine Schuhe nicht und ging barfuß nach vorn.

Sie saß mit aufgeklapptem Laptop auf dem Ecksofa und scrollte durch Schlagzeilen. Jonathan warf einen Blick auf den Bildschirm, setzte sich dann gegenüber auf die Sitzbank und löffelte Zucker in seinen Kaffee. »Du heißt nicht wirklich Alice?«

»Nein.«

»Und wie dann?«

»Eirene.«

»Was ist denn das für ein Name?«

»Ein alter.«

Er runzelte die Stirn, rührte in seinem Becher herum. »Warum warst du in Monterey? Interessierst du dich noch für die MotoAmerica?«

»Nein. Ich war bei Rosie. Sie wohnt in Pacific Grove.«

»Das wusste ich nicht.«

»Leroy hat schon Ende der Achtziger dort ein Haus gekauft. Mit Meerblick. Ich habe die beiden während des Studiums ein paar Mal besucht.«

»Er hat ein Haus gekauft und dein College gezahlt? Soviel Kohle hatte er nie.«

»Ich habe mir mein Studium selber finanziert.«

»Pornofilme?« Er grinste.

»Ein Computer-Programm.«

»Wofür bekommt man so viel?«

»Algorithmic Trading. War eigentlich nur eine vage Idee, die ich bei meinem Intel-Praktikum aufgeschnappt hatte. Zuhause habe ich daran weitergearbeitet und siehe da: Es gab Interessenten.«

»Microsoft?«

»Nein. Ein auf Banken spezialisiertes Unternehmen. Und etwas später noch ein anderes.«

»Du hast es mehrfach verkauft?«

»In Variationen, war nicht verboten. Nach zwei Jahren habe ich die Endversion Open Source gestellt.«

»Nicht dein Ernst?«

Sie zuckte mit den Achseln und schwieg.

Jonathan trank einen Schluck Kaffee. »Und jetzt treibst du dich auf der Landstraße herum?«

»Ich habe eine Auszeit gebraucht.«

Nicht einmal Akademiker bekommen heutzutage noch ordentliche Jobs, dachte er. Der Toaster klapperte und warf zwei Scheiben aus. Mit einer Spatel schmierte er Erdnussbutter auf das Brot und biss hinein. Der Orangensaft war leer und Jonathan holte einen neuen Karton aus dem Vorratsschrank.

»Wie weit gedenkst du mitzufahren?«

Eirene sah über den Rand ihres Laptops. »Wie weit nimmst du mich mit?«

»Ein Wohnmobil ist nicht gerade ein Sterne-Zimmer. Da darf man nicht zimperlich sein.«

»Sehe ich zimperlich aus?«

Er verzog den Mund, antwortete aber nicht, sondern holte sich ein Polo-Shirt und zog es über.

Eirene setzte nach. »Ich bin auf einer Farm in Oregon aufgewachsen. Mit drei älteren Cousins.«

»Ein Cowgirl also.«

»Wir hatten keine Kühe. Nur Kürbisse.«

Er drehte den Fernseher auf und zappte durch ein paar Kanäle. »Was kannst du beitragen?«

Sie hob die Brauen. »Was meinst du?«

»Das hier ist mein Job.«

»Testest du Campingplätze?«

»So ähnlich. Ich bin Reise-Blogger.«

»Dafür zahlt jemand?«

»Ich kann davon leben.«

»Mit der Hand in den Mund.«

»Was geht's dich an?«

»Entschuldige, war nicht so gemeint.«

»War es doch. Also, was willst du beitragen?«

»Benzingeld und Kochen?«

»Ein Beginn. Was noch?«

Sie hörte auf zu tippen. »An was hast du gedacht?«

Er ließ sich Zeit mit der Antwort, studierte ihr Gesicht. Dann trank er den Kaffee aus und stellte den Becher in den Abwasch. »Ich mach auch Videos. Ist allein manchmal mühsam. Da könnte ich Hilfe brauchen.«

»Videos?«

»Ja, für den Blog. Ausflugsziele, Pubs, Barbecues. Was halt an einer Gegend für Leute mit kleinem Budget was sein könnte.«

Sie nickte. Jonathan fuhr fort. »Wenn du mir mit der Ausrüstung und der Filmerei hilfst, sind wir im Geschäft. Manches geht mit dem Teil nicht so gut.« Er zog den Jeansstoff ein Stück hoch und wackelte mit der Unterschenkelprothese. »Deal?«

Eirene klappte den Laptop zu. »Okay, Deal.«

Er zog das Hosenbein hinunter und schlüpfte mit dem Kunststoff-Fuß in einen Mokassin.

3

Floyd Kranston legte den Telefonhörer auf und schlug auf den Tisch. Das Ducati-Modell fiel vom Ständer. »Verdammte Bitch. Wie bring ich das Latino-Weib nur dazu, den Kaufvertrag zu unterzeichnen?«

Vor dem geöffneten Bürofenster röhrten Motoren. Abgase und der Geruch nach Motoröl wehten herein. Owen stand auf und schloss das Fenster. Sein Schlüsselbund klimperte, als er sich auf die Schreibtischkante vor seinen Schwiegervater setzte. »Es gibt offensivere Möglichkeiten.«

»Ich hatte gehofft, nicht darauf zurückgreifen zu müssen, aber Milano sitzt mir im Nacken. Er möchte unbedingt mit den Typen in Manila ins Geschäft kommen. Globalisierung wohin man schaut.«

»Soll ich die Coyos anrufen?«

Kranston stellte die Ducati wieder auf, drehte das Vorderrad, schwieg bis die Rotation auslief, dann seufzte er: »Das Hemd ist mir näher als der Rock. Und Suzie will ein neues Cabrio. Also gut, kümmere dich darum. Ich brauch die Unterschrift spätestens in zwei Wochen. Aber Zurückhaltung, verstehst du?«

Owen grinste und nickte. »Klar doch, Floyd. Was ist mit Leroys Tochter?«

»Was soll mit ihr sein?«

»Ich bin ihr noch eine Abreibung schuldig.«

»Wegen dem Kuchen? Vergiss es. Eirene ist eine Nomadin und lässt sich so schnell nicht mehr hier blicken.«

»Trotzdem, ich will…«

»Vergiss es, hab ich gesagt«, unterbrach ihn Kranston. »Die pflegt Kontakte zum Militär. Ich habe keine Lust, dass solche Typen hier rumschnüffeln. Ist schlecht fürs Geschäft.«

Owen schüttelte ungläubig den Kopf, widersprach aber nicht. Er wischte einen Schmutzfleck von seinen Krokoleder-Boots und wartete, ob sein Schwiegervater noch etwas sagte. Nach ein paar Minuten richtete er sich auf und stiefelte zur Tür. Bevor er hinausging fragte Owen: »Was bekommt sie denn?«

»Wer?«

»Suzie. Welches Cabrio?«

»Mercedes E 220. Warum?«

»Damit ich gleich weiß, was sich Loretta als nächstes wünscht. Deine Tochter kann doch nicht nachstehen.«

Kranston feixte: »Unsere Weiber haben uns fest im Griff, nicht wahr?«

»Solange es daheim schön warm ist…« Owen winkte seinem Schwiegervater zu und ging vor das Klubhaus. Die beiden Rookies kamen von der Strecke zurück, die Mechaniker liefen zu den Bikes. Hinter dem Teambus war es ruhiger. Er sah sich um und wählte. »Coyo? …- Owen Pierce hier …- Von Bumper …- Er hat gesagt, ihr liefert immer …- Nur eine alte Latina …- Nein, keine Verwandten, keine Gang, trotzdem kompliziert …- Nicht weit, in Pacific Grove …- Nein, nicht so was, nur ein wenig Nachdruck …- Ja, er ist daran interessiert …- Gut, morgen am Raceway?«

Zufrieden marschierte Owen zur Kantine und bestellte eine Cola-Rum. Die Bedienung grinste ihn an, hämisch, wie er meinte. Das YouTube-Video mit dem Cupcake in seinem Gesicht hatte die Runde gemacht. Owen nagte an seinem Fingerknöchel. Die blauäugige Schlampe würde er auch noch fertigmachen. Von wegen

Militär – er wusste von Loretta, dass ihre Halbschwester Lehrerin war, an irgendeinem College im Süden.

Floyd hatte einfach keinen Biss mehr. Wenn sie Rosie Leblancs Anteil am Team hatten und Milano sein Stück vom Kuchen bekam, wusste er schon, wer demnächst in Rente gehen würde.

4

Hupend schnitt ihn ein Ford Escort. Jonathan fluchte und wechselte die Spur. Noch eine Meile, dann läge der Großraum L.A. hinter ihnen und genau jetzt blockierte ein Unfall die Straße. Rücklichter blinkten, die Autos wurden langsamer und kamen zum Stillstand.

»Willkommen am Christopher Columbus Transcontinantal Highway. Ihre schnelle Verbindung von der West- zur Ostküste.« Er schaltete das Radio ein.

Eirene holte zwei Dosen Cola aus dem Kühlschrank. »Wieso fährst du überhaupt die Interstate? Mehr zu sehen gibt es am Highway.«

»Artikelserie für *Caravan*. Vom Blog kann ich die Unkosten decken. Auftragsarbeiten liefern die Butter aufs Brot.«

»Wie bist du dazu gekommen?«

»Lange Geschichte.«

»Wie es aussieht, haben wir genug Zeit.«

Kurz überlegte Jonathan. »Ich war ein paar Jahre mit einem Kumpel unterwegs, der Blog war seine Idee, ich war nur sein Co-Pilot. Er hat mir später seinen Kundenstamm überlassen.«

»Wo ist dein Kumpel jetzt?«

»Verheiratet in Philadelphia. Morton arbeitet wieder als Lehrer.«

»Wann habt ihr euch kennengelernt?«

»2004 in Las Vegas.«

»Was hast du in Vegas gemacht?«

»Ich war obdachlos und habe gebettelt.«

Im Augenwinkel sah er, wie sie große Augen machte und darauf wartete, ob er mehr erzählte. Die Autos vor ihm fuhren an und er reihte sich in die Ausweichspur ein. Sie fragte nicht weiter.

Ein Halt im San Bernardino County war nicht seine erste Wahl, aber der Stau hatte viel Zeit gekostet. Kurz überlegte er zum Butler Peak hinaufzufahren, entschied sich aber dann gegen die Berge und nahm die Abfahrt zum Oak Valley Parkway, einer einspurigen Straße, die ein Industriegebiet zweiteilte.

Das Magazin hatte keine Vorgaben zu seinen Stopps gemacht und er vermutete, dass die Artikel mehr ein Lückenfüller waren, als ein Aufmacher. Nach der Abfahrt hielt er in einer Parkbucht und sah sich online die nächsten beiden Campingplätze an. Das Cherry Valley Lakes Resort war der größere, lag aber zwischen einer Hühnerfarm und einem Bestattungsinstitut. Er wählte die Kontaktnummer des Noble Creek RV Park und eine Frauenstimme bestätigte ihm die Buchung. Der Zufahrtsweg zu den Stellplätzen führte zwischen einer Reitanlage und an einem Hockeyplatz durch, an einer Motocross-Strecke und zwei Baseballplätzen vorbei, die im angrenzenden Park lagen. Die bewässerten Rasenflächen glänzten sattgrün und standen im krassen Gegensatz zum staubigen Hinterland. Der Wohnwagenplatz lag an einem ausgetrockneten Flussbett, am anderen Ufer reihte sich unterschiedslos Einfamilienhaus an Einfamilienhaus, wie aus einer Fabrik geliefert. Sie waren das einzige Fahrzeug am Platz.

Nachdem sie den Stellplatz bezogen hatten, holte Jonathan die XT 600 aus der Heckgarage. Eirene kam zu ihm und sagte: »Ich möchte etwas verschicken. Eine halbe Meile weiter ist eine UPS-Filiale.«

Er sah auf die beiden Schulhefte, die sie an sich gedrückt hielt, und nickte: »Soll ich dich bringen?«

»Keinesfalls. Mir schlafen schon die Beine ein.«

»Okay. Ich dreh ein paar Runden auf der Offroad-Strecke.«

Sie betrachtete die rotweiße Enduro. »Ich hätte nicht gedacht, dass du noch fährst.«

»Warum nicht? Geht auch mit Prothese gut. Und hält fit.«

Sie steckte die beiden Hefte sorgsam in ihre Umhängetasche. »Ich geh auch was einkaufen. Deine Vorräte gleichen einer Armee-Notversorgung. Hast du besondere Wünsche fürs Essen?«

»Cajun«, antwortete er spontan.

Sie nickte und winkte nur kurz zum Abschied.

Die Stollenreifen bissen sich in den Sand, er driftete durch die Spitzkehren, trieb die Maschine über die Wellen und sprang über die niedere Schanze. Nach ein paar Runden hatte er jede Kurve ausgereizt und er verließ den Kurs, überquerte den Parkplatz und balancierte die Yamaha die Böschung zum Flussbett hinunter. Er drehte den Gashebel durch und raste über das gerillte Band, fühlte die Enduro unter sich schlingern, balancierte jeden ihrer Bocksprünge aus und genoss das Adrenalin, das ihn achtsam machte und ihn ganz in den Augenblick eintauchte. Schließlich sprang er über die Böschung hinauf, kurvte über eine Brachfläche und kehrte zum Wohnmobil zurück.

Jonathan klopfte sich den Staub von der Montur und stellte die Maschine zum Abkühlen in den Schatten. Er hatte die Fahrt auf dem Thunder Alley Raceway mit der Helmkamera aufgenommen und schnitt gerade ein Video für seinen Blog, als sie zurückkam. Er räumte den

Tisch und ging zu seiner Yamaha hinaus. Während er die Enduro säuberte und die Kette nachschmierte, zogen nach und nach Gerüche nach Gebratenem und Gewürzen vorbei und bald knurrte ihm der Magen. Überrascht schaute er auf den Teller, den sie auf einen kleinen Klapptisch im Freien stellte: Sie hatte tatsächlich Jambalaya gekocht. Er kostete vorsichtig, das Hühnerfleisch war butterweich und die Scampi bissfest, die Schärfe vom Chili genau richtig. Jasminreis verlieh dem Gericht den letzten Schliff. Jonathan setzte sich auf die Stufen und aß mit Appetit. »Du kannst das echt gut«, sagte er bei der offenen Einstiegstür hinein.

Sie saß am großen Tisch und schaute neben dem Essen eine Reportage über die Baja California, die kalifornische Halbinsel. »Das ist normal, wenn man als Kind auf einer Farm gehalten wird.«

»Gehalten wird ein Tier.«

»Ich war für die auch ein Arbeitstier.«

»Du übertreibst.«

»Die Walters sind keine schlechten Menschen, aber der Erhalt einer Farm ist harte Arbeit. Wer Essen wollte, musste arbeiten, egal wie alt man war.« Sie holte sich ein Root Beer. »Sie haben es sich auch nicht ausgesucht, noch ein Maul zu stopfen. Suzie, meine sogenannte Mum, ist einfach eines Tages bei ihrem Bruder aufgetaucht und hat mich bei ihm abgegeben.«

»Wie alt warst du da?«

»Knapp zwei Jahre.«

Jonathan rechnete nach. »Das war kurz bevor sie sich von Leroy hat scheiden lassen.«

»Ja. Da lief schon was mit Kranston und sie wollte sich nicht von einem Balg die Tour verderben lassen. Ihre Worte.«

»Nette Mama. Und Leroy?«

»Hat gemeint, so eine Farm ist doch besser als ein Leben auf Achse. Einmal im Jahr kam er dann mit seinem Cabrio angerauscht, überschüttete seine Alice mit Glitzerkram und war nach drei Tagen wieder verschwunden. Das ganze Zeug haben Onkel und Tante dann am nächsten Wochenmarkt verkauft.«

»Wow. Hast du nicht protestiert?«

Sie zuckte mit den Schultern. »Man ist nicht das, was man hat. Was hätte ich auch damit sollen? Hauptsache ich konnte zur Schule gehen.«

»Da hattest du mir etwas voraus. Ich war mit vierzehn heilfroh, dass ich in ein Motorsport-Team einsteigen konnte und nicht mehr hinmusste. Leroy als Lehrer hat mir damals gereicht. Am Ende hatte der Unfall auch seine gute Seite. Ohne den wäre ich noch immer ein ungebildeter Adrenalin-Junkie.«

»Du hast die High-School nachgeholt?«

»Ja, und auch einen College-Abschluss in Journalismus. Allerdings nur ein Fernstudium.«

»Egal. Chapeau.« Sie räumte den Tisch ab und begann das Geschirr zu waschen.

Jonathan klappte den Laptop auf. Für den Artikel hatte er auch ein paar Fotos vom Noble Dog Park geknipst, der Hundepark würde der üblichen Klientel des Magazins gefallen. Ein paar Sätze fehlten noch für den gewünschten Umfang und er tippte: »Der Charme des Cherry Valley mit seinen freundlichen Vorstadthäusern spiegelt sich auch im Resort. Es ist ein idealer Platz um ein paar gepflegte Bälle über das Grün zu werfen, mit dem Vierbeiner einen sportlichen Parcour zu bewältigen oder bei einem Cowboy-Barbecue eine schnelle Sohle hinzulegen, während die Sonne die San Bernadino Berge vergoldet.« Er lehnte sich zurück und dehnte sich.

Nachdem er den Text korrigiert hatte, schaute er zu Eirene hinüber, die inzwischen am Tisch saß und in ein Notizbuch schrieb.

»Führst du ein Tagebuch?«

Sie schüttelte den Kopf. »Wenn du arbeitest, mache ich das auch. Dann stören wir uns nicht gegenseitig.«

Nach einer letzten Korrektur schickte er die Datei an die Redaktion. Eirene stand auf und ging zur Toilette. Jonathan fischte nach einem Schulheft, das aus ihrer Tasche ragte, aber es war neu gekauft und unbeschrieben. Welchen Grund konnte es geben, zwei Schulhefte mit Paketdienst zu verschicken?

Er drehte das Notizbuch um und studierte die Einträge. Auch wenn er die Schrift lesen konnte, er verstand keine einzige Zeile. Eirene kam zurück und ließ sich auf die Sitzbank fallen.

»Was ist das?«

»Mathematische Formeln«, antwortete sie.

»Das sehe ich. Aber wofür?«

»Datenauswertung von Teleskopen.«

»Die Dinger, mit denen manche ihre Nachbarinnen beobachten?«

Sie schmunzelte. »Fast. Mit den Dingern werden Supernovae fotografiert und Außerirdische belauscht. SETI und so.«

»Du verarscht mich.«

»Warum sollte ich?«

»Wo hast du studiert?«

»Am Caltech.«

Er zog die Brauen hoch. »Du warst am California Institute of Technology?«

»Ja. Und manchmal bin ich noch immer dort.«

»Als was?«

»Gastprofessor.«

»Welches Fach?«

»Extragalaktische Astronomie.«

»Du verarscht mich, oder?«

Sie seufzte und schrieb weiter. Er tippte *Eirene Leblanc* in die Suchmaschine und las ein paar Einträge. »Du bist fünf Jahre älter als ich? Oder hat sich einer bei Wikipedia vertan?«

»Nein, es stimmt.«

»Sieht man dir nicht an.«

»Gute Gene.«

Er las weiter und schüttelte schließlich den Kopf. »Was, in aller Welt, machst du mit mir hier in einem Wohnmobil?«

»Habe ich schon gesagt. Eine Auszeit nehmen. Ich habe zwölf Jahre fast ununterbrochen gearbeitet. Die letzten drei Jahre war ich am ALMA in der Atacama. Im Frühjahr bin ich nach einer Vorlesungsserie umgekippt und die Ärzte haben mir längere Ferien verordnet.«

»Die du in einem Wohnmobil auf der Interstate verbringen willst?«

»Es gibt schlechtere Orte. Orlando zum Beispiel.«

»Blöde Sache, in die Richtung geht die Fahrt. Die Artikelserie, an der ich schreibe, heißt *Von Laguna Seca nach Daytona Beach*, Florida ist mein Reiseziel.«

Sie starrte kurz ins Leere, zog dann ihre Sneakers über. »Ich gehe noch eine Runde laufen.«

Jonathan sah ihrer kleiner werdenden Gestalt nach. Niemand tauscht ein schickes Resort gegen ein altes Wohnmobil, dachte er. Es musste noch andere Gründe für ihre Auszeit geben. Gründe, die sich vielleicht in Schulheften finden ließen.

5

Gold blinkte, glänzend drehte sich die Münze, verlor an Schwung und schepperte gegen die Tischplatte. Jake nahm sie auf und drehte sie neuerlich. Mit zwei Bechern und einem Papiersack kam Jo aus dem Coffee Shop und setzte sich neben ihn. »Hat alles geklappt?«

»Ja, der Betrag ist überwiesen.«

»Dumm gelaufen.«

»Dumm gelaufen«, bestätigte Jake.

»Kostet uns zusätzlich Zeit.«

»Nicht zu ändern. Berufsrisiko.«

Jo nahm einen Schluck aus dem Kaffeebecher. »Sollten wir so kurz wie möglich halten.«

»Sollten wir.«

Jake rückte seine Krawatte zurecht und ging zu ihrem Auto. Der schwarze Lack schimmerte und er strich sachte über den Kotflügel des GMC Yukon, bevor er die Zentralverriegelung betätigte. Jo setzte sich auf den Beifahrersitz und drehte den am Armaturenbrett befestigten Bildschirm zu sich, klappte die Tastatur aus. Jake beugte sich hinüber und sie studierten noch einmal die Aufnahme der Videoüberwachung. Trotz diverser Bearbeitungsmaßnahmen ließ sich nur erkennen, wie das Wohnmobil bremste, kurz anhielt und dann weiterfuhr.

»Es waren zwei Gestalten, hat der Typ vom Parkplatz gesagt. Sie sind Richtung L.A. gefahren, aber mehr wusste er nicht.« Jake ließ die Münze in der Innentasche seiner Anzugjacke verschwinden.

»L.A. ist groß«, sagte Jo. »Ein Anhaltspunkt?«

»Lass uns ein paar Tankstellen an der 101 abfahren und die Videoüberwachung checken. Haben wir das Kennzeichen, haben wir einen Anhaltspunkt.«

»Wie viel Vorsprung?«

»Zwei Tage, maximal. Eher weniger.«

»Was machen wir mit dem zweiten, wenn wir sie gefunden haben?«

»Spaß haben und verscharren, was sonst?« Jake fuhr sich mit den Fingern durch die blonden Haare und grinste. Jo hielt ihm die Handfläche hin und Jake schlug ein. Dann gab er Gas.

6

Die Sonne stach vom Himmel. Die Klimaanlage brummte und das Außenthermometer zeigte 85° Fahrenheit. Jonathan hatte neben dem Schild *Voyager RV Resort & Hotel* gehalten, aber der Rezeptionist winkte ihn gleich weiter. »Mann, Urlaubszeit, Schulferien sind voll am Laufen, *first come – first save.*« Aber sie hatten ein paar Fotos von einem beschatteten Stellplatz, dem Whirlpool unter einem riesigen Strohschirm und dem Hallenbad machen dürfen, mehr brauchte er für seinen Artikel nicht.

Ein paar Meilen südlich von Phoenix lotste Eirene ihn zum Pato-Blanco-Lakes-Park, der auf Anfrage einige freie Plätze bestätigt hatte. Der Platzwart teilte ihnen direkt am mittleren See einen Stellplatz unter Bäumen zu, der ganze Bereich war unbesetzt., erst hinter ein paar Sträuchern parkte der nächste Camper. Nachdem er das Wohnmobil am Full-Hook-Up angeschlossen hatte, verabschiedete sich Eirene für eine Joggingrunde.

»Bring Fotos von den Enten mit«, rief Jonathan ihr nach und fuhr die Markise aus. Im Schatten sitzend studierte er die Karte auf seinem Tablet, um lohnenden Ziele in der Nähe von Benson auszumachen. Nach knapp vierzig Minuten kam Eirene schweißüberströmt zurück.

»In den See würde ich nicht hüpfen«, sagte er und deutete auf die grüngrauen Brocken, die in Ufernähe dümpelten.

»Hatte ich sowieso nicht vor.« Sie wischte auf ihrem Smartphone, tippte etwas ein und verschwand mit einem Kunststoffbeutel in Richtung der Sanitärräume. Ein paar Spatzen hüpften um das Wohnmobil und begutachteten ihn aus braunen Augen. Hinter den Bäumen flimmerten die Felsen von der Hitze. Jonathan lehnte sich zurück und döste ein.

Ein leises Klirren weckte ihn. Eirene hängte Wäsche auf und die Ringe, an denen die hochgerollten Beine ihrer Cargohose befestigt waren, klimperten immer, wenn sie sich nach einem Wäschestück bückte. Jonathan zückte das Tablet. Sie sah zwischen ihren Beinen durch und sagte: »Untersteh dich. Ich will meinen Hintern nicht auf deinem Blog sehen.«

Er grinste: »Ist aber ein hübscher Hintern. Werbewirksam. Erhöht die Klicks.«

Sie drehte sich um und schob mit beiden Händen ihre Brüste zum Ausschnitt hoch. »Das vielleicht auch?«

»Noch besser.« Er betätigte den Auslöser. »Kennt dich eh keiner darauf.«

»Wer sagt das?« Sie war fertig, holte einen Klappstuhl und setzte sich neben ihn. Er zog das Bild größer und kopierte einen Abschnitt daraus.

»Das bekommt jede Menge Likes. Garantiert. *Sex sells*.«

»Danke auch.«

Er deutete auf das verschnörkelte Silberkreuz mit den dunkelroten Steinen das an einem Lederband um ihren Hals hing. »Gothic?«

»Alpin.«

»Was soll das heißen?«

»Schmuck aus dem Alpenraum. Suzies Mutter stammte aus dem Schwarzwald.«

»Was ist ein Schwarzwald?«

»Ein Landstrich in Deutschland. Europa.«

»Ich weiß, wo Deutschland ist. Das hat dir deine Großmutter geschenkt?«

»Vererbt.«

»Entschuldige.«

»Nicht nötig. Wir haben zwar siebzehn Jahre ein Zimmer geteilt, aber wir waren uns nie besonders nahe. Die Dreifaltigkeit stand zwischen uns.«

»Trotzdem trägst du es?«

»*Gott will das so.* Das hat sie immer geantwortet, wenn ich eine Frage gestellt habe, die nicht in ihr Weltbild gepasst hat. Das Kreuz erinnert mich daran, dass Gott keine Fragen beantwortet.«

Gegen fünf hatte die Hitze etwas nachgelassen und Jonathan überließ ihr die Entscheidung, wohin ihr Ausflug gehen sollte. Eirene wählte den Singing Wind Bookshop.

»Ein Buchladen, echt?«

»Auf einer Ranch. Mit Büchern speziell über den Südwesten. Du suchst doch das Besondere. Das sollte genau richtig für deinen Blog sein. Damit die Leute nicht nur Titten zu sehen bekommen.«

Er lächelte und holte die Yamaha heraus, gab Eirene einen Helm für die Fahrt, auch wenn die Strecke zum Laden nur zwei Meilen betrug. Auf das Asphaltband der Landstraße folgte eine rotbraune Piste. Trotz der Fahrrillen hielt die Yamaha perfekt die Spur. In einer Staubwolke bremste er an einem Eisentor; zwei Esel begrüßten sie lautstark.

»Die wird bei dem Krach nicht nötig sein«, sagte Jonathan, nachdem sie abgestiegen waren, und deutete auf eine große Glocke mit Zugkette, die an einem Pfosten montiert war. Aus der Türöffnung des weißgekalkten

Hauses kam ein gescheckter Hund wedelnd auf sie zu, dem eine grauhaarige Dame folgte, deren blaue Augen lebhaft hinter einer großen Brille blitzten. Plötzlich zog sie die Brauen zusammen und betrachtete Jonathan eingehend. »Ich kenne Sie irgendwoher.«

»Ich würde mich erinnern, Ma'am«, antwortete er und küsste ihr die Hand.

Sie lächelte und führte sie in die Kühle des Verkaufsraumes. »Doch, doch. Vielleicht nicht persönlich, aber ich bin mir sicher.«

»Ich bin früher Motorradrennen gefahren.«

»Nein, nicht sowas. Schreiben Sie?«

Jonathan nickte. »Einen Reise-Blog. Roadrunner. Und Artikel für Magazine. Aber ich habe auch ein Buch geschrieben. Eine Reisereportage von San Francisco nach Chicago. Wurde 2014 veröffentlicht.«

Die Buchhändlerin kicherte. »Ja, jetzt weiß ich es. Jonathan Woolfe, nicht wahr? *Das* Buch ist mir in Erinnerung geblieben.« Sie verschwand zwischen den Regalen und kam kurz darauf wieder zurück. »Der Swinger-Highway. Signieren Sie es mir?«

Er nickte und sie zückte einen Stift. Nachdem er ein paar Worte hineingeschrieben hatte, nahm Eirene es ihm aus der Hand und schmökerte darin.

Eine jüngere Frau in einer ausgeblichenen Latzhose brachte ihnen Limonade und bald hatten ihn die beiden Damen in eine lebhafte Diskussion verwickelt. Schließlich sagte die Buchhändlerin: »Ich glaube, wir langweilen ihre Partnerin.«

Jonathan wandte sich um und wollte schon antworten, dass Eirene nicht seine Freundin sei, verschluckte die Worte aber sofort. Das späte Licht fiel durch die Eingangstür und umrahmte ihr dunkles Haar, die Motorrad-Spange leuchtete orangerot und er fühlte ihren Blick auf sich. »Das glaube ich nicht. Es war ihr Wunsch hierherzukommen. Sie ist immer so zurückhaltend. Das macht ihr Beruf.«

Die jüngere Frau schielte neugierig zu Eirene hin. »Was macht sie denn?«

»Sie ist Astronomin«, sagte Jonathan und fühlte einen diffusen Stolz bei den verblüfften Gesichtern der beiden Frauen. »Zuletzt war sie in Chile. Bei den ALMA-Radioteleskopen.«

Die Buchhändlerin stellte sich neben Eirene, die gerade in einem Roman blätterte, dessen Titel Jonathan nicht lesen konnte. »Sie arbeiten immer vor Ort?«

»Für die Kalibrierungen schon, manchmal auch für die Forschung.«

»Woran forschen Sie?«

»Früher Gravitationslinsen, jetzt Pulsare.«

»Dafür waren Sie in Chile?«

»Nein. In Chile ging es um Teleskop-Kalibrierung, genauer gesagt um Dekonvulations-Algorithmen.«

Jonathan lachte auf. »Außer *Deko* habe ich nichts verstanden.«

»Willst du das wirklich erklärt haben?«

»Ja. Wenn es einfach geht.«

»Teleskope erfassen Unmengen von Daten. Die Signale stammen aber nicht nur von dem Objekt, das den Forscher interessiert, sondern auch aus allen möglichen anderen Quellen. Es entstehen Verzerrungen. Mittels Computerprogramm wird das gewünschte Signal herausgearbeitet. Das heißt Datenreduktionspipeline. Und die wird für jedes Teleskop spezifisch entwickelt.«

Die jüngere Frau schaute mit großen Augen. »Wo waren Sie denn schon überall?«

Eirene zögerte einen Moment, dann sagte sie in einem Tonfall, der zu einem Bewerbungsgespräch gepasst hätte: »Bei den Keck-Teleskopen in Hawaii, Projekt ASKAP in Murchison an der australischen Westküste, für das Kepler-Projekt am Max-Planck-Institut in Deutschland, bei der NASA in Florida und im Ames Research Center in Kalifornien, jetzt für die ESO, die europäische Südsternwarte, in Chile. Die betreiben dort drei Teleskopstandorte und ein vierter ist geplant.«

»Wow. Da passen sie ja gut zusammen. Sie sind beide moderne Nomaden.« Die jüngere Frau strich über ein paar Buchrücken. »Ich war immer nur in Benson.«

Eirene legte ihr sanft die Hand auf die Schulter. »Sie waren mit ihren Büchern schon auf der ganzen Welt. Dort draußen ist nichts, das nicht auch hier drin wäre.« Sie tippte sich auf die Stirn und auf die linke Brustseite. »Und ich möchte ein wenig von ihrer Welt mitnehmen.«

Mit glänzenden Augen schaute die junge Frau sie beide an und packte ihnen die Bücher ein, die sie sich ausgesucht hatten.

Als sie am Campingplatz die Helme abnahmen, wischte er Eirene etwas Fahrstaub vom Gesicht und drückte ihr einen Kuss auf die Wange.

»Wofür war der?«, fragte sie amüsiert.

»Für deine Begleitung. Und weil ich hungrig bin.«

»Bestechung sozusagen?«

Er nickte und sie schmunzelte. Während sie Zwiebel hackte, läutete ihr Smartphone. Eirene warf einen Blick auf das Display, drückte den Anruf mit dem Ellbogen fort und reinigte sich die Hände. Sie drehte sich von ihm weg und tippte eine SMS. Dann widmete sie sich wieder der Zubereitung des Abendessens.

Kurz danach ging sie vor das Wohnmobil, um den Salat zu waschen und Jonathan rief, neugierig geworden, das Menü auf und öffnete den Verlauf. Der Anruf war von einer unterdrückten Nummer gekommen, sie musste aber gewusst haben, wer sie erreichen wollte.

Eirene hatte an die anonyme Nummer eine Kurznachricht zurückgeschrieben: *Bereits PRIORITY verschickt* - T+.

»Lone Star State«, sagte Jo.

»Das Kennzeichen?«

»Das Kennzeichen. T46 WVR.«

Jake frisierte sein Haar zurück und richtete die Krawatte. »Dann werden wir uns mal Zutritt verschaffen.« Er holte zwei Ausweise aus dem Handschuhfach und gab einen Jo.

»Wie immer?«

»Wie immer.«

Sie betraten das Büro der Highway Patrol in Yuma und wiesen sich aus. Unablässig läutete das Telefon und zwei Polizeibeamte mühten sich mit den Anrufern ab. Ein LKW-Unfall hatte zwei Spuren der Interstate 8 lahmgelegt. Jake grinste. Kein Zufall.

Ein schlanker, dunkelhäutiger Officer bemerkte sie und kam ihnen entgegen. »Kann ich ihnen helfen?«

Sie hielten ihm die Ausweise hin, die sie als Mitarbeiter des Internal Revenue Service auswies. Der Officer zog die Brauen hoch, sein Funkgerät schnarrte und er antwortete. »Komme gleich. Da sind zwei Beamte von der Steuerbehörde.« Er machte sich nicht die Mühe ihre Ausweise zu überprüfen.

»Wir suchen ein Wohnmobil aus Texas«, sagte Jake und hielt ihm einen Zettel mit dem Kennzeichen hin.

»Warum suchen Sie das Fahrzeug?«, fragte der Officer.

»Nichts Weltbewegendes, es geht nur um einen Kaufvertrag, der uns in einem größeren Steuerfall zum

Durchbruch verhelfen würde. Leider ist der Besitzer abgereist, bevor wir bei ihm nachfragen konnten. Urlaubszeit, sie wissen ja.«

»Und ob! Immer wieder können wir RV im Nirgendwo aus losem Schotter ziehen lassen, weil die stur den Navis folgen. Wir wissen oft gar nicht, wo wir zuerst hinsollen.« Der Officer verschränkte die Arme, wieder schnarrte sein Funkgerät. »Gleich«, schnauzte er hinein.

»Und jetzt kommt noch die Finanz und will auch was.« Jo lächelte ihn freundlich an.

Der Officer rückte seinen Gürtel zurecht und erwiderte das Lächeln. »Sie machen auch nur Ihren Job.«

»Wenn Sie einen Unterordner im Überwachungssystem einrichten könnten, auf den wir Zugriff bekommen? Dann hätten ihre Kollegen keine zusätzliche Arbeit und wir rufen entsprechende Meldungen von ihren Patrouillen selbstständig ab.«

»Ja, ja, gute Idee. Geben Sie mir Ihre Mobilnummer und ich simse Ihnen die Zugangsdaten. Okay?« Der Officer war sichtlich froh über die simple Lösung.

Jo schrieb die Nummer unter das Kennzeichen und sie bedankten sich. Nur zehn Minuten später poppte eine Kurznachricht auf und sie hatten Zugang zum Intranet der Highway Patrol, durch Jos Talent weitläufiger, als dem Officer bewusst war.

Jake überflog die aufgerufenen Daten. »Was nützt jede Firewall, wenn die echte Schwachstelle weiter herumläuft. Gut gemacht.«

»Wie immer gerne«, antwortete Jo.

Der Suchalgorithmus, der die Verkehrskameras durchforstete, brauchte trotzdem eine Stunde, bis sie das Wohnmobil ausgemacht hatten: Es passierte gerade die Staatsgrenze zu Texas. »Neues Spiel, neues Glück«, sagte Jake und warf seine Goldmünze.

Schüsse peitschten durch den Abend. Einsatzlichter ließen Jonathan bremsen und mehrere Polizeiautos blockierten die Abfahrt. Der Suchscheinwerfer eines Hubschraubers fräste sich über den Asphalt. Mit roten Leuchtstäben winkten die Cops die Fahrzeuge weiter. Der kurze Stau hatte sich bald wieder aufgelöst.

Eirene sah bei der Seitenscheibe hinaus. »El Paso wird auch nicht besser, was?«

»Hier könnten wir dokumentieren, was eine Mauer und Rundum-Überwachung bringt. Trump-Land lässt grüßen.«

»Ich bin nicht politisch.«

»Was willst du damit ausdrücken? Du wirst doch eine Meinung haben?«

»Klar habe ich eine Meinung. Aber keine politische. Wir leben in einem Zwei-Parteien-System. Sollte laut Karl Popper das beste von überhaupt sein. Und wo stehen wir? Paramilitärische Grenzmilizen auf dieser Seite und…«, sie deutete nach Süden, Richtung Juarez, »die Schlepper vom Aztekas-Kartell dort drüben. Beide bis zum Scheitel bewaffnet. Noch keines der beiden politischen Lager in unserem Land hat an dieser Situation etwas ändern können. Ist doch gleich, wer am Ruder sitzt. Am Ende bestimmt das Kapital.«

»Wegschauen ist auch keine Lösung.«

»Hinaufschauen schon.« Sie öffnete den Sicherheitsgurt, stand auf und balancierte nach hinten.

Jonathan schaltete das Radio ein und fuhr eine längere Strecke, als er am Anfang des Tages vorgehabt hatte. Erst der Ort Van Horn lag seinem Geschmack nach weit genug von der mexikanischen Grenze entfernt, dafür ließ sich kein Campingplatz finden, so hielt er beim Pilote Travel Center, einer typischen Tankstelle für Fernfahrer neben der Interstate. Durch den Shop gingen sie in das angrenzende Restaurant. Wendy's entpuppte sich als heller Raum mit Linoleumboden, ein paar Kunststofftischen, einer fast leeren Kuchentheke und einem gelangweilten Koch an einer Fritteuse. Eirene bestellte ohne zu zögern den TexMex-Teller und eine Coke, legte aber nach der Hälfte das Besteck zur Seite. »Ich geh schon voraus. Ich brauche noch was aus dem Shop.«

Er nickte und stand mit der Rechnung in der Hand auf. Während er auf die Kellnerin wartete, durchstöberte Jonathan die Anschlagtafel neben dem Ausgang. Wenn sie schon hier in der Gegend bleiben mussten, wollte er wenigstens etwas Lohnendes für seinen Blog finden. Auf einem roten Plakat prangte eine Ankündigung für einen lokalen Viehmarkt, daneben ein Termin fürs nächste Kinder-Rodeo und ein Schönheitswettbewerb für Grannys. Schließlich entdeckte er einen Flyer: *Aircraft Dance Hall presents* RUNNING ROOSTERS.

»Wo ist das?«, fragte er die Kellnerin beim Zahlen.

Sie warf einen Blick auf den Flyer. »Nehmen Sie die Unterführung der Interstate, dann die 54 durch Van Horn und bei dem unbebauten Grundstück kurz vor Ortsende fahren sie rechts, dann weiter bis zum Flugfeld, nach einer langen Rechtskurve geht ein Feldweg ab. Wo der endet steht der Schuppen.« Jonathan nickte und sie setzte nach: »Es ist wirklich ein Schuppen.

Rentner und Mexikaner.« Genau das Richtige, dachte Jonathan und gab ihr großzügig Trinkgeld.

Im Wohnwagen lag mitten am Tisch ein rosa Strohhut mit einem Hutband aus silberfarbenen Hufeisen. Er betrachtete den Cowboyhut verwundert, hörte die Dusche plätschern und rief ins Bad. »Hast du ein Kleid mit?«

Das Wassergeräusch verklang und sie steckte den Kopf hinter der Trennwand hervor. »Wo meinst du, hätte ich das versteckt?«

»Wir fahren weiter zu einem Tanzabend.«

»Dann ziehe ich die Jeans statt der Cargo an. Das muss reichen.«

Jonathan ging zu einem Schrank und suchte ein Hemd im Westernstil heraus – blauweiß gestreift mit aufgesticktem Blumenkranz an den Schultern – ein Überbleibsel von Morton. »Das könnte passen, ist hübscher als ein T-Shirt.«

Sie zuckte mit den Achseln und zog es über. Ihr Smartphone schnarrte. Eirene schaute auf die Anruferkennung, sprang auf und lief hinaus. Vor dem Wohnmobil blieb sie stehen und telefonierte. Vorsichtig kippte Jonathan das Fenster und lauschte.

»Nein, es gibt keine elektronische Spur, alles nur auf Papier …- Jetzt sei nicht paranoid …- Wer soll schon mithören? …- Der ist okay, keine Sorge …- Ich weiß, dass andere auch dran sind, also mach das Beste daraus …- Dieses Mal wird es klappen, versprochen …- Ruf nicht mehr an, ich melde mich bei dir …- Genau, ich bin dann ein paar Wochen offline …- Natürlich, mein Lieber, *see you*.«

Eirene betrachtete das Gebäude und sagte zweifelnd: »Da willst du rein? Was soll hier schon besonders sein?«

»Die sterben langsam aus.« Jonathan zeigte ihr einen Beitrag auf seinem Blog. »Früher hatte jedes noch so kleine Kaff seinen Scheunentanz am Samstag, aber heute musst du die schon suchen. Und wenn ich eine solche Halle finde, melde ich sie der Texas Dance Hall Preservation.«

Bunte Neonreklame beleuchtete die Holzwände, die Dachbalken warfen lange Schatten und ließen den Saal größer erscheinen als er war. Nur wenige Tische waren besetzt und eine rothaarige Barfrau lehnte gelangweilt am Tresen. Ein einzelner Scheinwerfer beleuchtete die leere Holzbühne auf der Kopfseite, die Wand dahinter zierte eine texanische Flagge.

Sie wählten einen der viereckigen Tische am Rand und Jonathan bestellte zwei Bier bei der Kellnerin, während Eirene die Digicam auspackte und die Frau, als sie zurückkam, um Erlaubnis zum Filmen fragte. »Wenn es keinen der Gäste stört, nur zu«, kam als Antwort.

Eirene sah auf die Corona-Flaschen und dann zu Jonathan hin. »Werde ich nicht gefragt?«

»Eines trinkst du mit mir. Wir stoßen an.«

»Worauf?«

»Meine Mama hätte heute Geburtstag. Es würde ihr gefallen, mich hier zu sehen, sie hat Tanzabende immer geliebt. Ich durfte von klein auf immer mit ihr tanzen.«

»Und dein Dad?«

»Der hatte es mehr mit der Bar.«

»War sie nicht traurig, als du mit Leroy weg bist?«

»Da war sie schon ein Jahr begraben.«

»Tut mir leid.«

Er winkte ab und bestellte noch ein Bier. Vier Leute um die sechzig staksten herein. Die Männer trugen Stetsons und Cowboystiefel, die Frauen karierte Kleider und ebenfalls Stiefel. Eirene zog die Brauen hoch und

Jonathan fühlte sich bemüßigt zu sagen: »Wird hier recht fröhlich, wenn die Band aufspielt, du wirst sehen.«

»Gehen wir bis dahin ein wenig Lokalkolorit aufschnappen? Ich setzte mich zu dem fleischgewordenen Männertraum an die Bar.« Sie deutete auf die Frau hinter der Theke. Er nickte und schlenderte zwischen den Tischen herum, unterhielt sich mit einem Pärchen aus Pecos. Ein dunkelhäutiger Mann, der in seinem Anzug und mit seinem gepflegten Vollbart wie Onkel Tom wirkte, winkte ihn näher. »Kriegsveteran?« Er klopfte mit seinem Stock auf Jonathans Kunstbein.

»Nein. Unfall auf der Rennstrecke.«

»Auch schlecht. Trinkst du einen mit mir, Honcho?«

»Wenn ich zahlen darf.«

»Kommt nicht in Frage, du bist mein Gast. Setz dich.« Der Bärtige winkte der Kellnerin, sie brachte ihnen eine Flasche Tequila und schenkte ein. Sie stießen an und kippten den Schnaps in einem Zug hinunter. Ein junger Hispano setzte sich zu ihnen und nickte Jonathan zu, deutete mit einer Kopfbewegung zur Seite. »Foxy, deine Chica. Schönes Haar. Sieht aus wie Schneewittchen.«

Jonathan sah zur Bar hinüber. Eirene unterhielt sich gerade mit der Rothaarigen, deren Bluse so tief ausgeschnitten war, dass er den BH sehen konnte. Auf ihrem Namensschild stand Candy.

»Leihst du sie aus?« Der Hispano leckte sich die Lippen.

»Keine Chance, Mann«, sagte Jonathan scharf.

»War nur eine Frage, reg dich nicht auf, Cracker.«

»Bleib höflich, Amigo, er ist mein Gast«, sagte der Bärtige. »Die wär sowieso nix für dich, die ist viel zu *sharp*.«

»Willst du sagen, ich bin dumm?«

»Nicht dümmer als ich, aber um einen Häuserblock dümmer als die Lady dort.«

»Was weißt du schon?«

»Hab sie letztens am Discovery Channel gesehen. Hat über Sternenspiralen gesprochen und den strahlenden Dingern ganz weit weg.«

»Galaxien und Quasare«, warf Jonathan ein.

»Ganz recht. Hat so 'nen Preis gewonnen. Fürs Sternegucken und Nachrechnen.«

»Den Warner Prize«, ergänzte Jonathan.

»Eine schlaue Frau brauch ich nicht«, sagte der Hispano arrogant. »Der rinnt nur das Maul aus und sie folgt nicht.«

Der Bärtige schenkte wieder ein. »Weißt nicht, was versäumst. Eine wie Candy hast bald über. Aber eine schlaue Frau, die fordert dich, da bleibst selber auch *sharp*. Hast 'ne gute Wahl getroffen, Honcho.« Er prostete Jonathan zu. Sie tranken bis die Flasche leer war.

Die Band hatte fertig aufgebaut, stimmte einen Two-Step an. Jonathan stand auf und nahm Eirene die Digicam aus der Hand, steckte sie in den Rucksack. Candy zwinkerte ihm zu, aber er beachtete sie nur kurz.

Jonathan fasste Eirene am Arm. »Genug Material. Komm mit.«

Er zog sie auf die Tanzfläche. Der Akkordeonspieler war richtig gut. Nach zwei raschen Songs wechselte die Band zu einem langsamen Walzer. *The Big Easy.*

»Du tanzt passabel«, sagte Eirene. Jonathan drückte sie an sich und sie legte ihre Wange an seine Schulter. Ihr Haar verströmte einen leichten Rosenduft. Er beugte den Kopf und küsste sie, steckte seine Zunge in ihren Mund. Sie biss zu, er zuckte zurück.

»Das gehört nicht zu unserem Deal.«

»Bisschen rummachen wird doch drin sein?«, maulte er und schmollte.

»Die Gleichung stimmt nicht.«

»Lass mich heute Abend mit Mathe zufrieden.«

Sie deutete auf sich. »Ein Corona und ein Ginger-Ale.« Dann auf ihn. »Zwei Corona und eine halbe Flasche Tequila. Da ist ein gewisses Ungleichgewicht.«

»Gehen wir.« Er packte den Rucksack und zog sie vor die Scheune. Vor dem Tor herrschte drückende Schwärze. Bevor er ihr Gespräch fortsetzen konnte, rollte Donner durch die Nacht und schlagartig prasselte Regen herunter. Die zehn Meter zum Wohnmobil reichten, um sie völlig zu durchnässen. Jonathan schlug die Tür hinter sich zu, Eirene holte zwei Handtücher.

»Liegt es daran?« Er stampfte mit der Unterschenkelprothese auf.

Sie riss die Augen auf. »Jetzt sei kein Trottel. Das spielt absolut keine Rolle. Du bist ein attraktiver Mann, aber jetzt gerade ziemlich betrunken. Also verzieh dich nach hinten. Ich bin müde.«

Grummelnd trocknete er sich ab und trottete zu seinem Bett. Als er die Schiebetüre schloss, schaute er noch einmal zurück. Sie lächelte, während sie den Rucksack zum Trocknen aufhängte. Morgen ist auch noch eine Nacht, dachte Jonathan.

9

»Halt an«, rief Eirene. Er bremste und sie sprang aus dem Wohnmobil, rannte um ein kleine Mauer herum und begann zu knipsen. Um keine Strafe zu riskieren, suchte Jonathan einen regulären Parkplatz und spazierte dann zu der Kreuzung zurück. Auf der kleinen Mauer prangte in Lettern *Welcome to Fort Stockton* und dahinter war eine übermannsgroße Figur eines Roadrunners aufgestellt.

Jonathan setzte sich auf den Steinrand. »Der Aufstand wegen dem Vogel?«

»Also wenn du den nicht auf deinem Blog unterbringst.«

»Fotografier lieber einen echten.«

Eirene lachte. »Die rennen zu schnell.« Sie machte noch ein paar Bilder und versuchte eine Aufnahme ohne das blaue Firmengebäude im Hintergrund hinzubekommen. Schließlich war sie zufrieden und sie marschierten zum Wohnmobil.

»Ich brauche ein paar Sachen«, sagte Eirene, während sie die Fotos betrachtete, und er fuhr weiter zu einem Einkaufsmarkt.

Hinter dem Walmart-Supercenter befand sich ein RV-Stellplatz mit Hook-Up. Jonathan steckte die Kreditkarte in die Kassa und schloss die Tanks an. Während das Abwasser abgepumpt wurde, saß er auf den Stiegen und betrachtete Eirene, die ihr Haar frisierte und mit der Motorrad-Spange zu einem Zopf hochband.

»Ich warte beim Taco-Mann«, rief er ihr nach, als sie zum Supermarkt ging.

Zehn Minuten später hängte er die Schläuche ab, trat dabei auf ein Endstück, drückte das Kunststoffrohr nieder und sofort blockierte die Prothese durch den undefinierten Untergrund. Jonathan stolperte, kippte, ließ den Schlauch fallen und fing sich gerade noch an der Dachleiter des Wohnmobils. Er fluchte, ein Rest des Abwassers hatte sich auf seine Hose ergossen. Er zog sich um und spritzte mit einem Wasserschlauch den Asphalt ab.

Dann schlenderte er um die Ecke und blieb vor dem fahrenden Händler stehen. Ein Sombrero schmückte den VW-Bus, der zu einem Verkaufsstand mit einer kleinen Küche umgebaut war. Er bestellte einen Multifruchtsaft und gab ein großzügiges Trinkgeld. Das Lächeln des kleinen Mexikaners blitzte golden. Eine übergewichtige Frau schob einen vollbeladenen Einkaufswagen vorbei, der Junge an ihrer Hand streckte dem Taco-Mann die Zunge heraus. Obwohl der nicht reagierte, schnauzte die Frau ihn an: »Halt bloß das Maul, Wetback.«

Jonathan lehnte sich an einen der gelben Begrenzungspfosten und beobachtete einen schwarzen GMC Yukon, der langsam zwischen den Parkreihen kurvte, so als würde der Fahrer jeden einzelnen freien Stellplatz prüfen. Schließlich hielt der Wagen nahe der Ausfahrt. Das FBI braucht anscheinend eine Zahnbürste, dachte Jonathan, oder sie müssen Zeit totschlagen.

Er bestellte sich noch einen Orangensaft. »Stört es Sie gar nicht, hier zu stehen und sich blöde Sprüche anhören zu müssen?«

Der kleine Mann legte den Kopf schief. »Ach, Freund, Stolz hat man umsonst, aber Brot muss man kaufen.«

In diesem Moment kam Eirene heraus, lächelte dem Mexikaner zu und bestellte einen Taco. »Der ist wirklich gut«, sagte sie nach dem ersten Bissen. »Großes Lob an den Koch.«

Das Gesicht des Mannes strahlte mehr als seine Goldzähne. Sie hängte sich bei Jonathan ein und sie schlenderten zum Wohnmobil. Er deutete auf die beiden Einkaufstaschen an ihrem Arm. »Das ist ja ein Männereinkauf.«

Sie zuckte mit den Achseln. »Ich brauch nur was zum Wechseln und keine Modeschau.«

Während sie die Sachen auspackte, konnte er sich nicht verkneifen zu fragen: »Khaki und Beige sind deine Lieblingsfarben?«

»Wieso, das Polo hat doch einen farbigen Schriftzug?«

»Trotzdem. Stehst du auf den Wüstenlook?«

»Nein, ich gehe nur auf Nummer sicher. Ich habe Deuteranomalie und normalsichtige Menschen irritiert meine Farbwahl manchmal.«

»Du hast *was*?«

»Grünsehschwäche.«

»Farbenblind?«

»Nein. Das wäre Achromatopsia.«

»Danke, Frau Doktor. Was siehst du also?«

»Kann ich schwer beschreiben, da für mich meine Farbsicht normal ist. Ich habe lange nicht gewusst, dass andere Menschen nicht so sehen wie ich.«

»Hm. Empfindest du das als schlimm? Besonders bei den bunten Weltraumbildern muss dich das doch schmerzen?«

»Warum? Ich sehe sie ja auch farbig, nur halt ein anderes farbig. Und für meinen Beruf ist das irrelevant. Die Buntheit erzeugt der Bildschirm. Daten haben keine Farbe.«

»Kommt das von einer Erkrankung?«

Nein, ist genetisch bedingt und bei Frauen ganz selten, da beide Eltern den Gendefekt tragen müssen. Genau das teilten Leroy und Suzie. Ihre einzige Gemeinsamkeit.«

Er musste grinsen. »Deswegen der rosa Hut.«

»Welcher rosa Hut?«

»Der Strohhut vom Travel Center.«

Sie sah ihn verwirrt an. »Der ist rosa? Echt? Am Schild stand Terra.«

Jonathan bekam sich kaum ein vor Lachen. Sie warf einen Putzschwamm nach ihm. »Mach weiter und du darfst fasten.«

Er hielt sich die Hand vor den Mund und gluckste noch eine Weile, während sie die Zutaten für ein Gumbo zurechtputzte: Okra, Paprika, Tomaten, scharfe Würste und Shrimps.

Nach dem Essen sagte er: »Das war bei weitem besser als alles was Popeys Lousiana Kitchen zusammenbringt.«

»Popeys Lousiana Kitchen?«

»In San Antonio.«

»Du hast dort gewohnt?«

»Vier Jahre. Bei Morton.«

»Dein Kumpel? Der aus Vegas?«

Jonathan nickte und räumte das Geschirr ab. »Er war damals nur über das Wochenende in Vegas. Kam sturzbetrunken mit einem fetten Gewinn aus dem Casino und ist in seinem Auto eingeschlafen. Keine gute Idee in *der* Stadt. Schon gar nicht für einen Schwarzen.« Er begann abzuspülen. »Ich habe ihn in sein Hotel gefahren und ihn mit dem Rezeptionisten auf sein Zimmer geschafft. Eigentlich dachte ich nicht, dass ich ihn wiedersehe.«

Eirene nahm ein Geschirrtuch und trocknete ab. »Aber er hat dich gesucht.«

»Er hat mich gesucht, mir aber kein Geld angeboten, sondern darauf bestanden, mich mitzunehmen. Das war keine leichte Übung, aber er ist ein hartnäckiger Bastard.«

»Und er hat dich dazu gebracht, einen Schulabschluss zu machen.«

»Ja. Aber ich wollte nichts geschenkt von ihm. Untertags war ich Hilfsarbeiter in einer LKW-Werkstatt, abends habe ich gelernt. Kommt mir jetzt bei dem alten Herrn hier zugute.« Er tätschelte die Wand des Wohnmobils. »Nach Sonora werde ich ein Service machen.«

»Sonora? Die haben wir doch schon hinter uns?«

»Ich rede nicht von der Wüste, sondern von der Stadt in Texas. Dort fahren wir als nächstes hin. Zu den Höhlen. *The Caverns of Sonora*. Wir dürfen dort kostenlos am Abstellplatz übernachten.«

Die Sonne stand schon tief, als sie den Walmart umkurvten, alle Autos hatten den Parkplatz bereits verlassen.

In der Nacht tobte ein Sturm. Die Luken schepperten, Kiesel wurden gegen das Wohnmobil geschleudert. Es fühlte sich an, als hätte man sie samt dem Gefährt in ein Sandstrahlgebläse gesteckt. Jonathan reversierte, damit die schmale Seite in den Wind ragte, das verringerte das Schaukeln, aber kaum den Lärm.

Eirene holte zwei Zitronenlimos. »Kann daraus ein Tornado werden?«

»Wir sind eigentlich noch zu weit im Westen. Die Tornado Alley beginnt erst bei San Antonio«, sagte Jonathan.

»Hm. Ich suche einen regionalen Sender. Falls eine Warnung kommt.« Sie tippte am Autoradio herum. Johnny Cash sang *Wayfaring Stranger*. I'm just going over Jordan, I'm just going over home.

Eirene nahm den Finger vom Display. »Ich glaube, wir sind richtig.«

»Den Song habe ich lange nicht mehr gehört.« Jonathan summte mit. »In der Rehab hat mir eine Schwester das jeden Tag vorgespielt.«

»Wie aufmunternd!«

»War eine katholische Einrichtung.«

»Amen. Die haben dir sicher einen Priester statt einem Therapeuten gestellt.«

»Weder noch. Und das war in Ordnung.«

»Wirklich? Keine Traumabehandlung?«

»Nein. Und Morton hat mir erklärt, warum das auch gut so war. Negatives brennt sich ins Gedächtnis ein und wird immer präsenter, je mehr man sich daran erinnert und darüber spricht. Dieser ganze Kriseninterventionsscheiß macht die Menschen erst recht kaputt.«

»Also hast du deinen Unfall einfach verdrängt?«

Jonathan rieb am Hosenstoff über seinem Stumpf, die Haut juckte ihn. »Oh nein. Morton hat später mit mir Abrufübungen gemacht. Positive Überlagerung.«

Eirene schaute zweifelnd und spielte mit dem Gummiband an ihrem Handgelenk. »Psychozeug ist nicht meine Stärke.«

»Er hat mich immer wieder von meiner Rennfahrerzeit erzählen lassen. Von meinem ersten Superbike, vom Rausch des Rennfahrens, von den Siegerehrungen. So lange, bis der Unfall in meinem Gedächtnis nur mehr eine Episode von vielen war, eine Nebenfahrbahn sozusagen.«

»Kluger Mann, dein Morton.«

»Das ist er. Und mein bester Freund.«

»Und nach deinem Abschluss seid ihr gemeinsam über die Landstraßen gezogen. Wie Hap und Leonard?«

»Morton ist nicht schwul.«

»Du weißt, was ich meine.« Sie ließ das Gummiband, das sie ständig trug, weiter gegen ihre Haut schnalzen. »Buddys – komme was wolle.«

Er kratzte an seinem Bein, der Juckreiz wurde stärker. »Nicht ganz. Eine Frau ist gekommen.«

»Bist du ihr böse?«

»Wo denkst du hin? Seine Janet ist eine reizende Person und ich war Trauzeuge. Ich habe es ihm von Herzen vergönnt.«

»Du überrascht mich. Ich hätte dich nicht für einen Romantiker gehalten.« Sie gähnte.

»Ich überrasche mich manchmal selber. Müde?«

»Bei dem Lärm kann ich sicher nicht schlafen.«

Jonathan stand auf. »Bin gleich zurück.«

Im Bad nahm er seine Prothese ab, wusch seinen Stumpf, trocknete ihn und kontrollierte die Haut auf wunde Stellen, bevor er ihn eincremte. Er zog sich einbeinig mit einer Krücke nach vorn. »Schauen wir einen Film?«

»Fernsehempfang wird schwierig.«

Jonathan setzte sich neben sie und deutete auf ihren Laptop. »Hast du keine verborgenen Schätze auf deiner Festplatte?«

»Keine romantischen Komödien.«

»Alice, ich schau mir alles mit dir an.« Er legte ihr den Arm über die Schultern und sie ließ ihn gewähren.

»Okay.« Sie klappte den Bildschirm auf und klickte eine Datei an: *Cerro Torre – Nicht den Hauch einer Chance.*

»Auf so was stehst du?«

»Ich steh auf Chile. Die Landschaft, die Menschen, das Essen. Ich wünschte, ich hätte einmal Zeit mehr von dem Land kennenzulernen.«

»Du kannst dir die Zeit nehmen. Oder etwa nicht?«

Eirene blieb stumm, lehnte sich an ihn und sah auf den Bildschirm. Unerwarteterweise gefiel Jonathan die Filmdokumentation über den Wettstreit der Alpinisten in den Bergen von Patagonien. Der Sturm rüttelte an den Luken, während Kletterer David Lama fast an der gewaltigen Felsspitze zerbrach.

10

Die Wacholderzweige fuchtelten im Wind, kratzten am Seitenfenster. Im Scheinwerferkegel pumpte der Hammer unbeirrt vom Sturm den Reichtum von Texas aus dem Boden. Noch einer davon. Inzwischen hatte Jake zu zählen aufgehört. Jo tippte am Bildschirm, versuchte ein Update zu bekommen.

Jake legte den Rückwärtsgang ein und schob den GMC zurück. »Noch immer kein GPS-Signal?«

»Nicht durchgängig.«

Jo hatte auf einer Verkehrskamera gesehen, dass das Wohnmobil an der Frontage Junction abgefahren war. Eine Stunde später hatten sie die Abfahrt erreicht, im Umkreis von 10 Meilen war aber kein Trailerpark verzeichnet, auch kein Truckstop oder Supercenter, die RV Stellplätze anboten. Sie vermuteten, dass die beiden ein privates Quartier aufgesucht hatten. Das ganze Gebiet südlich gehörte zur Glasscock Ranch und sie versuchten, seit sie die Interstate verlassen hatten, das Farmgebäude zu erreichen, waren aber im Labyrinth der Ölbohrtürme gelandet. Unzählige namenlose Zufahrtsstraßen, die alle in einer Sackgasse endeten. Staubböen verdunkelten die Dämmerung und Jake hatte völlig die Orientierung verloren.

Ein gutes Dutzend Verwünschungen später stießen sie endlich auf eine Landstraße. Jake bog Richtung Süden ab, in der Hoffnung doch noch auf ein Hinweisschild zu treffen. Nach einer Minute wurden sie von einem rot leuchtenden Stab aufgehalten. Der Deputy kam zur Fahrertür und Jake ließ das Fenster herunter. Die Stimme des Polizisten war hinter dem Tuch, das er als Staubschutz vor Mund und Nase hatte, kaum zu verstehen. »Bitte kehren Sie um, Sir. Der Sturm hat einen Truck zum Schleudern gebracht. Er liegt quer über die Straße und wir warten auf Bergegerät. Kann ein paar Stunden dauern.«

Jake lag ein Fluch auf den Lippen, aber er beherrschte sich. Inzwischen hatte der Satellit ihre Position erfassen können. Sie befanden sich auf der Caverns Road. Jo zeigte auf die Karte. »Fahren wir nach Sonora. Heute Nacht finden wir nichts mehr.«

Jake bedankte sich beim Deputy und wendete den SUV.

Im Comfort Inn angekommen, ließ sich Jake auf das Bett an der Wand fallen, er wusste, dass Jo lieber näher beim Fenster schlief. »Lust auf Pizza Hut?«

»Ist mir egal«, antwortete Jo grummelnd.

»Na komm schon. Sie haben keinen Vorsprung mehr. Morgen erwischen wir sie.«

Jo schien nicht überzeugt und durchsuchte die Minibar. »Verfluchte Scheiße. Ich brauch was Stärkeres als ein Bier.«

»Dann La Mexicana. Na komm.«

Trotz des starken Windes liefen sie die zweihundert Meter zum Restaurant. Sie beide liebten ihren Beruf, aber während Jo am effizienten Abschluss eines Auftrages interessiert war, genoss Jake die Jagd. Sie war für ihn der wahre Reiz, das unabwendbare Ende eher Formalität.

11

Die Frau in dem kurzen Overall fasste an Eirenes Zopf.
»Widmannstätten-Muster! Ein Meteorit?«

Eirene nahm ihre Haarspange ab und hielt sie ihr hin.
»Ja, ein Mitbringsel aus Australien. Kommt aber ursprünglich aus der Antarktis.«

Mit einer Lupe betrachtete ihre Höhlenführerin den Motorradtank. »Der ist toll geschliffen. Die Ätzmuster an der Schnittstelle sind wunderbar geometrisch. So was sieht man nicht oft. Verkaufen Sie das Teil?«

»Nein. Ist eine letzte Erinnerung an meinen verstorbenen Vater.«

»Wenn Sie sich doch einmal trennen wollen.« Sie gab Eirene eine Visitenkarte, dann klatschte sie in die Hände und scharte die zehn Leute im Souvenirshop um sich. »Dann einmal los. Ab in die Unterwelt.«

Nach einer langweilig vorgetragenen Einführung zur Entdeckungsgeschichte der Höhlen, stiegen sie eine Betontreppe hinunter. Die Luftfeuchtigkeit nahm beständig zu und Jonathan spürte wie ihm das Polo am Leib klebte. Ein seltsam metallischer Geruch erfüllte die Luft, aber entgegen seiner Erwartung war es in der Kaverne nicht düster, sondern Dutzende Scheinwerfer brachten die Strukturen zum Leuchten. Die Wände waren bedeckt von blühendem Gestein wie ein Korallenriff unter dem Boden von Texas. Kristallformen, die wie Fischschwänze aussahen, verstärkten den Eindruck; daneben ein versteinerter Springbrunnen, weißgoldene Kaskaden gebildet von Calcit. Sie durften filmen und

Eirene revanchierte sich, als sie die unterste Treppe wieder hochstiegen, und richtete die Digicam auf seinen Hintern. »Damit die Ladys auch etwas vom Blog haben«, raunte sie ihm zu – alle Besucher unterhielten sich nur flüsternd, beeindruckt von der fast unirdischen Schönheit der Höhlen.

Wieder im Sonnenlicht, kam ihm der Ausflug wie ein Traum vor. Ein heißer Wind strich über die Bäume, die Gruppe strebte dem Souvenirshop zu, aber Eirene hängte sich bei Jonathan ein und zog ihm zum Parkplatz. Im Wohnmobil angelangt, holte sie ihren Laptop aus der Tasche und sah ihre Mails durch, rieb sich dabei die Schläfen. »Ich habe Kopfschmerzen. Ich brauche eine Stunde Schlaf.«

»Leg dich in mein Bett, ich dreh eine Runde und schreibe dann noch den heutigen Artikel.« Jonathan schob sich bei der Sitzbank durch und konnte dabei auf ihrem Bildschirm lesen: *Von: Doggy-Daddy. Formeln sind vielversprechend. Riemann klimpert schon.* Eirene klappte den Laptop zu.

»Worum geht es da?«, wollte Jonathan wissen.

»Satelliten. Berechnungen zu Lagrange-Punkten. Ein Kollege wollte Rat.« Sie sah an ihm vorbei, vermied seinen Blick.

»Ein Kollege? Der sich Doggy-Daddy nennt?«

»Ein guter Freund, um genau zu sein.«

»Von wo? DIA, NSA, CIA – welche Abkürzung?«

»JPL.«

»Sagt mir nichts.«

»Jet Propulsion Laboratory.«

»Also NASA?«

»Das JPL gehört zum Caltech und baut Satelliten und Raumsonden für die NASA, arbeitet aber auch für andere staatliche Einrichtungen.«

»Also doch die Regierung?«

»Die ist nun mal der wichtigste Geldgeber für Weltraumprojekte dieser Größe.«

»Und dein Freund wollte Hilfe – wobei genau?«

Sie klappte ihr Notizbuch auf, hielt ihm ein paar Skizzen und Formeln vor die Nase, aus denen er nicht schlau wurde. »Zufrieden?«

»Hm.« Jonathan nahm seine Raulederjacke, verließ das Wohnmobil und schlug die Tür hinter sich zu.

Zuerst holte er die Motorradstiefel aus der Heckgarage und zog sie über, hörte dann aber Donnergrollen. Eine blaugraue Wand wuchs am Horizont und er ließ die Yamaha festgezurrt. Stattdessen spazierte er zum Kiosk im Souvenirshop, holte sich eine Tüte Doritos Sweet Chili und ein halbes Pfund Fudges, setzte sich mit einem Sixpack in den Schatten hinters Wohnmobil und beobachtete die abfahrenden Autos.

Plötzlich fuhr ein heftiger Schmerz durch seinen Stumpf und er sprang auf. »Verdammt noch mal, verfluchte Scheiße.« Er hüpfte herum, stieß dabei die Dosen um. »Nicht mein Tag«, murmelte er, »kann nur besser werden.« Er kehrte ins Wohnmobil zurück, der Wohnbereich war leer.

Schweiß perlte von seiner Stirn, seine Zunge klebte am Gaumen. Er öffnete die Abdeckung vom Bedienfeld der Klimaanlage, überlegte es sich dann wieder und ließ sich Wasser aus der Mischbatterie am Spülbecken über den Nacken laufen. Schließlich holte er sich eine Mineralwasserflasche aus dem Regal und trank in langen Zügen. Sein Blick wanderte durch die offenen Türen in den abgedunkelten Schlafbereich.

Er zog sein Polo über den Kopf, wischte sich den Oberkörper ab und warf es in den Wäschekorb; ging an der Duschkabine vorbei und blieb im Türrahmen stehen, blickte auf das Bett. Eirene regte sich, drehte sich um und schaute schläfrig zu ihm hoch.

Der Druck nahm zu, er fühlte ein Pochen am Hosenstoff und sein Puls beschleunigte sich. Jonathan fasste in die untere Lade vom Waschtisch, dann öffnete er den Gürtel seiner Cargohose. Sie verweigerte nur kurz, dann half sie ihm.

»Und – das war jetzt so schlimm?«, fragte er danach.

»Nein. Aber doch ziemlich intim.«

»Allein aber viel umständlicher als zu zweit.«

»Du solltest mehr Dehnungsübungen machen. Dann kannst du ihn besser erreichen.« Sie kontrollierte noch einmal das Wundpflaster an seinem Stumpf. »Sitzt, passt und hat Luft. Was hat dich da gestochen?«

»So ein verfluchter Wüstenskorpion. Der ist wohl in Arizona an Bord gekommen und hat sich meine Motorradstiefel zum Chillen ausgesucht. Ich war unaufmerksam.«

»Nette Umschreibung für angeheitert.«

Er grinste und streckte sich auf dem Bett aus. »Was machen wir mit dem angebrochenen Nachmittag?«

»Was schwebt dir vor?«

»Sex?«

»War das ein Wunsch an die gute Fee?«

»Eine Schnapsidee.« Dann stöhnte er, ein heftiger Stich krampfte seine Muskeln.

»Du bleibst ruhig liegen und ich bring dir ein Schmerzmittel. Über deine Idee verhandeln wir, wenn du wieder am Damm bist.«

»Auch gut«, sagte Jonathan und zog sich die Decke über. Er zitterte, Schweiß stand auf seiner Stirn und er atmete heftig.

Sie legte die Handfläche auf seine Stirn und sah ihn besorgt an. »Bist du allergisch?«

»Nicht, dass ich wüsste«, murmelte er und sackte weg.

Als er aufwachte, hing er am Tropf, vor seinem Gesicht weißer Stoff und der Schriftzug *Lilian M Hudspeth Memorial Hospital.* Ein fülliger, blonder Mann in einem weißen Kittel beugte sich über ihn. »Er kommt zu sich«, sagte er zur Seite und dann zu Jonathan gewandt: »Es wird alles gut. Sie haben das Schlimmste überstanden.«

Eirenes Stimme erklang wie aus der Ferne. »Können wir vorerst hinten parken?«

Der Weißkittel nickte. »Die Klinikleitung ist informiert. Sie können aber …«

Das weichgelbe Licht rundum lullte Jonathan ein, er dämmerte weg und träumte von bunten Fischen, die zwischen Korallen schwammen, die blumigen Felsspitzen gleich aus einem schwarzen SUV wuchsen. In dem saß ein bleicher Mann mit Goldzähnen, grinste und schwenkte einen rosa Cowboyhut. Und Johnny Cash sang *Man in Black*: You'll never see me wear a suit of white.

12

Das Smartphone schrillte und Jonathan erschrak. Den Klingelton hatte er seinem Prothetiker zugeordnet und er wunderte sich, dass der Techniker den Kontakt suchte; er drückte den Anruf weg. Der Arzt beendete die Untersuchung und nickte zufrieden. »Hat dramatischer ausgesehen als es im Endeffekt ist. War wohl mehr eine vegetative Reaktion auf den Schmerz und die Schwellung.«

Verblüfft sagte Jonathan: »Sie meinen eine Panikattacke?«

Der Arzt wiegelte ab. »Der Stich eines Hadrurus verursacht einen heftigen und weit ausstrahlenden Schmerz. Der hat wahrscheinlich die Erinnerung an die Umstände der Amputation aufgeweckt. Das ist Ihnen nicht direkt bewusst, aber der Körper reagiert da automatisch und wenn der Blutdruck dann zu rasch abfällt, schaukelt sich die Angstreaktion hoch. Ein Teufelskreis. Ich würde das nicht überbewerten. So oft wird sich ja nicht ein Skorpion in ihre Hose verirren. Mich wundert sowieso, dass der durch den Kunststoff stechen konnte, er war wohl ausreichend motiviert.«

»Wäre ich auch, wenn sich einer auf mich draufsetzt.«

Der Arzt drückte ihm einen Salbentiegel in die Hand. »Spezialmischung unserer Hausapotheke. Dreimal täglich einschmieren. In drei Tagen ist alles gut.«

Jonathan schwang sich vom Behandlungstisch, bedankte sich, durchschritt ein paar helle, in Pastell gestrichene Gänge, in denen es nach Desinfektionsmittel roch, und beglich im Verwaltungsbüro die Rechnung. Er verließ das Memorial durch den Haupteingang und ging die Lieferantenzufahrt entlang hinter das Klinikgebäude. Dabei wich er ein paar Pfützen aus, das heftige Gewitter in der Nacht hatte er komplett verschlafen, dafür fühlte er sich heute, als könne er seine Yamaha hochstemmen. Was immer die mir eingeflößt haben, es war guter Stoff, dachte er.

Vor dem Wohnmobil blieb er stehen und rief seine Mobilbox ab. Eirene öffnete die Einstiegstür und Jonathan reckte den Daumen hoch. Nachdem er die Nachricht abgehört hatte, rief er den Prothetiker zurück, kam aber nur auf dessen Anrufbeantworter. Er sprach darauf: »Nachricht bekommen. Ich bin pünktlich um zehn da.« Auf Eirenes fragenden Blick hin, sagte er: »Kleiner Abstecher nach Austin. Ich wurde vom Prothesenhersteller für einen Beta-Test ausgewählt. Ein neues bionisches Modell.«

»Muss man da nicht eine Weile vor Ort bleiben, um zu üben?«

Jonathan schüttelte den Kopf. »Fußprothesen sind nicht so heikel. Da geht es um ein natürliches Gangbild, Trittsicherheit und Gleichgewicht. Wenn man schon eine Weile eine Prothese trägt, hat man das gleich raus und die Steuerungs-App ist nach ein paar Schritten kalibriert.«

Er holte eine Einkaufstasche und schlenderte noch einmal in die Eingangshalle der Klinik zurück. Der Lebensmittelshop hatte soeben geöffnet, der Geruch nach frisch gebackenen Croissants erfüllte den Laden, aber Jonathan kaufte Orangen, Bananen und eine Ananas. Gleich vor dem Geschäft schälte er eine Banane und biss hungrig hinein. Die ersten Autos hielten auf dem Parkplatz. Während er einen Mistkübel für die Schale suchte, bemerkte er einen schwarzen SUV, der mehrfach im Kreis fuhr, obwohl ausreichend Stellplätze frei waren. Jonathan kniff die Augen gegen die aufgehende Sonne zusammen. Ein GMC Yukon. Eine ähnliche Szene wie am Walmart-Parkplatz in Fort Stockton. Er war sich nicht sicher, ob es sich um das gleiche Fahrzeug handelte. Dieses Mal konnte er einen Blick auf die Insassen erhaschen: Zwei blonde Männer in identischen Anzügen. Wenn die nicht das Klischee der *Men in Black* erfüllen, dann weiß ich nicht, dachte er und stellte sich hinter eine Hausecke, machte bei der nächsten Runde des SUV ein paar Fotos.

Zuerst nahm er die Interstate, nach Junction entschied er sich aber für die Route 290 und fuhr über Fredericksburg nach Austin. Um seine Verabredung einzuhalten, lenkte er den Morelo direkt zum Alterra Parkway. Der Portier wollte sie mit dem Wohnmobil nicht auf den Kundenparkplatz lassen, aber Jonathan erklärte ihm, dass er einen kurzfristigen Termin wahrnahm, der von der Firma ottobock Healthcare gewünscht worden war. Nach einem kurzen Telefonat maß der Portier das Fahrzeug mit Blicken, deutete dann zu einer gestrichelten Fläche neben der LKW-Zufahrt. »Geben Sie mir den Schlüssel. Ich stelle ihn um, wenn nötig.« Jonathan bedankte sich.

Im dritten Stock zog er die Tür von ottobock auf, ließ Eirene vorgehen und meldete sich an. Einen Augenblick später kam der Prothetiker, schüttelte ihnen die Hand und führte sie ins Techniklabor. Das neue Modell stand bereits am Arbeitstisch und sah klobiger aus, als sein bisheriger Ersatzfuß: gebogenes Carbon auf einer Kunststoffbasis in Sohlenform, darüber ein schwarzer Zylinder mit silberglänzenden Komponenten und einem

Titanadapter. Daneben ein neuer Vakuum-Schaft, der die Verbindung zwischen Fußprothese und Stumpf herstellte.

»Den AeroLink gibt's dazu?«, fragte Jonathan erstaunt.

»Wenn schon ein Belastungstest, dann ordentlich«, sagte der Techniker und klopfte auf die Tischplatte.

Jonathan schwang sich darauf und der Prothetiker zog den Strumpf ab, löste den Schaft und den Liner. Er runzelte die Stirn: »Eine Verletzung?«

»Skorpionstich. Heute Morgen im Sonora Memorial versorgt. Ein Problem?«

Der Techniker schürzte die Lippen, dann zwinkerte er und sagte: » Es ist alles für Sie maßgefertigt. Wir werden das kleine Übel in der klinischen Studie unerwähnt lassen, okay?«

Jonathan nickte.

»Also, dann ab ins neue Bein.« Er verband die Fußprothese mit dem Metalladapter des Schaftes, rollte den Liner über Jonathans Stumpf und stülpte die Kunststoffschale darüber. Mit seinem Tablet steuerte er die Sensoren an. »Das ist eine Neuentwicklung für hochaktive Menschen. Wir haben versucht, ein paar Funktionen des emPower in das Meridium Modell zu übertragen.«

Jonathan stand auf und trat von einem Bein auf das andere, balancierte bei jedem Schritt. Zufrieden sagte der Prothetiker: »BionX03/17 ahmt die Funktion der Muskeln und Sehnen im Fußgelenk nach. Das schont bei Dauerbelastung das Knie und die Hüfte. Sie können schneller und länger gehen. Gleichzeitig passt sich das Fußgelenk automatisch an alle Geschwindigkeiten, Böden und Neigungen an.« Er deutete auf eine Leuchtdiode am Hydraulikmodul. »Ganz wichtig. Ladezustand des

Akkus. So, jetzt aufs Laufband und wir kalibrieren Ihr Bewegungsmuster.«

Jonathan folgte und absolvierte das halbstündige Programm, das der Computer abspielte. Während Eirene interessiert die Eingaben beobachtete, justierte der Techniker über Bluetooth die Sensoren. »Perfekt. Sie haben den Kniff schneller heraussen, als ich dachte. Spüren Sie den Unterschied?«

»Zuerst ziemlich seltsam, aber nach ein paar Minuten fühlt es sich ganz natürlich an.«

»Sehr gut. Dann sind wir fertig. Ich lade Ihnen noch die App auf Ihr Smartphone. Sie wollen noch immer keinen kosmetischen Überzug für das ganze Bein?«

Jonathan schüttelte den Kopf. »Ich finde, das sieht seltsamer aus, als wenn man gleich die Prothese erkennt. Die Hülle für den Fuß genügt.«

»Gut, das wäre es dann. Ich trage alle Daten auf Ihrem Kundenkonto ein.«

Während er am Bildschirm saß, fragte Jonathan: »Was sagen die Marketingleute? Was bekomme ich für den Test?«

»Einen Vorzugspreis, falls Sie die Prothese behalten. Dreißig Prozent Rabatt.«

»Sechzig.«

»Unmöglich. Fünfunddreißig.«

»Fünfundvierzig. Und ein cooles Video, wie ich damit einen Cross-Country-Lauf mache. Oder ein Enduro-Rennen. Sie können es sich aussuchen.«

Der Techniker hielt ihm die Hand hin. »Abgemacht.«

Eirene beugte sich zu Jonathan und flüsterte. »Was kostet das Ding normalerweise?«

»Vierzigtausend Dollar.« Er tippte ihr Kinn an und lachte. »Mach den Mund zu.«

Ihre Nachbarn am Oaks Forest RV Park hatten den Grillplatz in Beschlag genommen und ein älterer Mann, mit dünnen Beinen und einer gestreiften Kochschürze über dem Bierbauch, winkte ihnen mit der Grillzange zu. Seine Frau stellte Türme von Plastikschüsseln mit bunten Beilagen auf den Campingtisch. Ein strenger Geruch wehte herüber. Eirene rümpfte die Nase. »Gehen wir zum Pool, bis die ihre Rippchen verbrannt haben?«

»Das ist nur ein Kinderbecken, ich möchte lieber eine Runde wandern, um die Prothese auszutesten.«

»Gut. Gehen wir.«

Sie marschierten vorbei an den Rasenflächen des Parks, deren Ränder mit Schotterstreifen eingefasst waren, in denen Aloepflanzen mit grünen Spitzen dem bewölkten Himmel drohten; weiter über eine unbebaute Fläche voller Wacholderbüsche, durch eine Einfamilienhaussiedlung mit hunderten identischen Häusern und kahlen Vorgärten; vorbei an einem algenbedeckten Teich und über den leeren Parkplatz einer Grundschule zurück zum Trailer-Park. Hinter den Bäumen konnte sie bereits die aufgereihten Wohnwagen sehen, als ein Schreien aus dem Halbdunkel zwischen den Stämmen schallte.

Am Rand des Eichenwäldchens schubsten weiße Teenager einen dunkelhäutigen Jungen. Bei einem der Jugendlichen prangte ein Totenkopf-Tattoo mit einem Konföderierten-Hut am Oberarm, der zweite hatte sich eine Glatze rasiert und trug einen spärlichen Kinnbart, einen Schritt dahinter schaute ein schmächtiger Bursche mit großer Sonnbrille und Hasenzähnen zu und filmte mit seinem Smartphone. Alle drei waren mit Camouflage-Shorts, Ledergürtel und Springerstiefel uniformiert.

Am Spielplatz staken in einem Eisenkorb ein paar Kinderbaseballschläger. Jonathan griff sich einen und deutete Eirene zum Campingplatz zu gehen.

Die drei hatten den Jungen auf den Boden geworfen. Der Tätowierte trat ihm gegen die Rippen. »Bist gechickt, Niggerbastard? Gut so.«

Jonathan schob seine Finger zwischen die Lippen und pfiff. Die drei Möchtegern-Rednecks drehten sich um und musterten ihn.

»Was willst du, Goofy?«, fragte der Tätowierte.

Jonathan schlenderte näher, den Baseball-Schläger unter den Arm geklemmt und stellte sich neben sie. Der Kahlgeschorene spuckte auf den Boden. »Willst etwa mitmachen?«

Jonathan sah nach unten: Der Junge hatte sich zusammengerollt, schützte seinen Kopf mit den Armen und war ganz still. Mit einem raschen Schritt stellte sich Jonathan vor ihn und packte den Baseballschläger mit beiden Händen. »Ja, ich will mitmachen. Aber ein Kind am Boden, das ist doch keine Herausforderung. Drei Typen, die aufrecht stehen, das gefällt mir besser.«

Mit offenem Mund starrte ihn das Hasengesicht an. Der Tätowierte grinste. »Ein Niggerfreund. Das lohnt sich ja heute.« Er griff in seine Hosentasche, zog ein Klappmesser und ließ die Klinge herausspringen.

Der Kahlgeschorene streifte einen Schlagring über, nur das Hasengesicht starrte weiter. Der Tätowierte stellte sich breitbeinig hin, hob die leere Hand und winkte. »Trau dich doch, Goofy.«

Gerade als Jonathan entschied zuerst dem Kahlköpfigen eine überzubraten, richteten sich die Augen der drei auf etwas neben ihm, aber er unterdrückte den Drang auch hinzusehen. Das Hasengesicht wurde blass und der

Kahlgeschorene stieß hervor: »Bist du geschrotet, Schlampe?«

»Willst du es testen, Fliegenfresser? Tu mir den Gefallen. Meine letzte Wildsau ist schon eine Weile her.« Eirenes Stimme klang hart und böse.

Der Kahlgeschorene trat einen Schritt zurück. Nicht weit entfernt ertönte ein Folgetonhorn. Das Hasengesicht raunzte: »Alter, das ist uncool. Bullenalarm. U-Turn.«

Die drei Teenager verschwanden in den Büschen und Jonathan schaute zur Seite. Ein paar Meter hinter ihm stand Eirene mit einer entsicherten Schrotflinte. Einige Atemzüge hielt sie die Waffe noch im Anschlag, dann richtete sie den Lauf zu Boden und sicherte das Gewehr.

»Geladen?«

»Selbstredend.«

Er grinste. »Wo hast du die Hardware her?«

»Habe ich mir vom netten Nachbarn geborgt.«

»Bring sie lieber zurück.«

Sie nickte und stapfte zu ihrem Stellplatz. Jonathan beugte sich hinunter und legte dem Jungen die Handfläche auf den Rücken. »Alles okay?«

Braune Augen musterten ihn, dann richtete sich der Junge auf und kam hoch. »Danke, Mister. Gott segne Sie.« Sein Flüstern war kaum zu hören. Er rannte davon.

Als Jonathan zum Wohnmobil zurückkam, saß Eirene auf einem Klappstuhl unter der Markise und kritzelte in ihrem Notizbuch. Er holte sich eine Coke, setzte sich neben sie und winkte dem beschürzten Nachbarn zu. Nach einem Schluck aus der Dose fragte er: »Hättest du geschossen?«

»Hundert pro«, antwortete Eirene ohne aufzusehen.

»Auf die Jungs?«

Sie sah in an. »Über ihre Köpfe. Das hätte schon gereicht, damit sie sich anpissen.«

»Hm. Schießwütige Farmer in Oregon. Wer hätte das gedacht?«

»Keine Spur. Fort Irwin, National Trainings Center, wenn du es genau wissen willst.«

»Army?«

»Yep.«

»Du warst bei der Army?«

»Ach was. Ich war bloß bei einem vierwöchigen Überlebenstraining der Army. Da waren auch Ärzte von der WHO und Kriegsberichterstatter dabei. Leute eben, die aus irgendeinem Grund wortwörtlich in die Wüste geschickt werden.«

»Dazu gehörte auch Waffentraining?«

»Heißt ja Survival. Apropos. Spezieller Essenswunsch?«

»Überlasse ich dir.«

»Italienisch. Zur Abwechslung?«

Er nickte. Eirene klappte das Notizbuch zu, zog aus ihrer Umhängetasche ein Kuvert und schob ein Schulheft hinein, steckte beides zurück in die Tasche. Anscheinend ist es inzwischen voll, dachte Jonathan.

Sie verschwand im Wohnmobil und Jonathan holte das Heft wieder heraus, blätterte es durch. Formeln, Formeln, Formeln – wie immer. Aber auf der ersten Innenseite eine Notiz und ein Name: *Die letzte Sendung. Mach Gold daraus, Eugene!*

13

»Sie sind nicht auf die Interstate zurückgekehrt.« Jo durchsuchte noch eine Weile die Bilder der Überwachungskameras, zuckte dann mit den Schultern. »Die Highways rundum absuchen wird dauern.«

»Ist schon okay«, sagte Jake.

»Nein, ist es nicht«, meinte Jo. »Wir waren schon so knapp dran. Bei Junction habe ich sie im Fernglas sehen können. Wir sollten längst in San Diego sein. Der Auftraggeber wird ungeduldig.«

»Schick eine Absage.«

»*Was* soll ich machen?«

»Du hast mich schon verstanden.«

»Das wäre das erste Mal.«

»Einmal ist eben das erste Mal.«

Jo runzelte die Stirn und wischte eine blonde Strähne zurück. »Das gefällt mir nicht.«

»Mir gefällt es auch nicht, hörst du? Wir haben hier schon viel zu viel Zeit eingesetzt. Aber Auftrag ist Auftrag. Eine Absage ist weniger schlimm als ein Scheitern.«

»Scheitern?«

»Ja, scheitern. Das darf keinesfalls passieren.« Jake legte Jo die Hand auf den Unterarm. »Und das wird auch nicht passieren.«

Mit einem Ruck stieß Jo die Beifahrertür auf und stürmte hinaus. Jake hatte die gleichen Gefühle. Langsam wurde die Jagd mühsam und er fragte sich, ob ihr Hirsch nur unverschämtes Glück oder seine Verfolger inzwischen gewittert hatte.

Er schaute bei der offenen Beifahrertür hinaus, Jo brauchte dringend Aufmunterung.

Nach ein paar Minuten hatte er im Darknet etwas Passendes gefunden: Ein kleiner Abstecher nach Dallas.

Jake steckte die Finger in den Mund und pfiff. Jo kam zurück, stieß dabei Steine mit der Schuhspitze aus dem Weg und warf einen Blick auf den Bildschirm, den Jake umgeschwenkt hatte. Ein Leuchten überzog Jos Antlitz.

Zwei Stunden später spazierten sie über die Auffahrt zu einem Bungalow, vorbei an einem rostigen Camaro. Jo trug eine Aktentasche. Der Auftrag war so schlicht, dass sie keine Vorarbeit leisten mussten. Ein DEA-Spitzel, keine große Sache.

Jake sah durch die Fenster und Jo warf einen Blick in den struppigen Garten. Vor der Haustür holte Jake seine Münze heraus und warf sie. Der Adler mit den Pfeilen in den Klauen schimmerte im schwachen Außenlicht. »Dein Mann«, sagte Jake zu Jo und drückte die rissige Tür auf.

Aus dem Fernseher krakelte ein japanischer Showmaster, während ein leicht bekleidetes Mädchen mit grünem Schleim aus Roboterarmen geduschte wurde, die Männer fernsteuerten. Der Latino saß in Muscle-Shirt und Jogginghose auf dem Sofa, die Haare zu einem Zopf gebunden. Er hörte sie nicht kommen und starb mit einer Handvoll Gummibärchen im Mund.

Jo stach ihm das Stilett von oben hinter dem Schlüsselbein direkt ins Herz. Der Latino sackte stumm zusammen. Sie schauten sich im Haus um. Nach fünf Minuten zog Jo den langen Dolch heraus und sie spazierten aus dem Gebäude.

»Schokocroissant?«, fragte Jake.

»Geht immer.« Jo lächelte.

Ein paar Straßenzüge weiter fanden sie einen Starbucks und holten sich Espresso und Gebäck. Jos Smartphone piepste. Der im Auto eingebaute Computer schickte eine Meldung. Jo tippte auf ein Rufzeichen am Bildschirm. »Neue Sichtung. Sie waren auf der I-10 in Houston, sind aber bei Golfcrest schon wieder von der Interstate abgefahren.«

Sie verließen das Café. Jake strich sich die Haare glatt. »Die haben irgendwie keinen Plan.«

»Zumindest keinen, den wir durchschauen.«

»Kein Plan. Chaotisches Verhalten lässt sich nicht durchschauen.« Jake zog die Handschuhe aus, drehte den Schalldämpfer von seiner Magnum und legte beides in eine Schatulle im Kofferraum. Nachdem sie im GMC saßen, sagte Jo: »Das Katz- und Mausspiel nervt mich langsam. Wir sollten die Strategie ändern. Was wissen wir eigentlich von Jonathan Woolfe?«

14

Flaschen klirrten und ein Mann grölte mit Bruce Springsteen um die Wette: »Born in the USA.« Rauch trieb um die Hausecke, vernebelte die gelben Kletterrosen, die eine Wand aus beigen Kunststoffplatten verschönten. Jonathan öffnete das Gartentor, auf dem ein rotes Schild mit der Aufschrift *We ain't call 911* unerwünschte Besucher warnte. Eirene bedachte die Konföderierten-Fahne, die an einer Stange unter dem Lone-Star-Banner wehte, mit einem Stirnrunzeln.

Sein Bruder Stan kam ihnen freudestrahlend entgegen, umarmte Jonathan herzlich und gab Eirene artig die Hand. Sie folgten ihm ins Haus. Auf dem Rücken seines T-Shirts prangte der Schriftzug *United Steelworkers*.

Stan deutete in den Garten hinaus. »Ein paar Kollegen sind da, Johnny. Aber die beißen nicht. Wir haben gerade den Grill angeworfen. Setzt euch dazu.«

Die meisten der Männer trugen wie Stan dunkle Jeans und das Gewerkschaftsshirt, nur zwei stachen heraus: Einer hatte ein schwarzes Polo an, das ein rundes Logo mit weiß-schwarzem Malteserkreuz auf rotem Grund auf dem Ärmel aufgenäht hatte, ein anderer trug ein weißes T-Shirt mit einem Fadenkreuz darauf, in dem eine schwarze Gestalt lief.

Der Mann, der Bruce Springsteen imitiert hatte, fragte: »Fürchtet deine Freundin sich eh nicht unter lauter Kerlen?«

Jonathan wandte sich Eirene zu. »Fürchtest du dich, Honey?«

Sie warf ihm einen strafenden Blick zu und erwiderte: »Hunde die bellen, beißen nicht. Und wenn doch, gibt's 'nen Teaser an die Lefzen.«

Die Männer lachten. Stan klopfte Jonathan auf die Schulter. »Mandy kommt gleich, dann hat deine Kleine jemanden zum Schnattern. Sie ist nur kurz zur Our-Lady-of-Mount-Carmel. Der Wohltätigkeitsbazar hat Kuchen gebraucht.« Er rollte genervt mit den Augen. Dann begann eine hitzige Diskussion zum letzten Spiel der Houston Texans und Jonathan genoss den Nachmittag.

Kurz vor fünf kam seine Schwägerin beim Haustor herein. Sie winkte Jonathan zu, ihr mit diverser Tupperware zu helfen. Er trug einen Stapel Behälter und Backbleche vom Pick-Up in die Küche und wurde von Mandy sofort zu weiteren Hilfsdiensten eingeteilt.

Ihre goldenen Kreolen glitzerten, als sie sich vorbeugte, um die Tomaten zu waschen und ihm zum Schneiden reichte; eine Kette mit einem Kinderengel daran baumelte aus dem Ausschnitt ihrer Rüschenbluse. Der Anhänger erinnerte Jonathan daran, dass sie seit Jahren vergeblich an kleinen Stans arbeitete und plötzlich tat sie ihm leid.

Mandy verteilte Scheiben mit Knoblauchbrot auf einem Backpapier und warf einen Blick in den Garten. »Eine sehr anziehende Frau. Schlaft ihr miteinander?«

Jonathan zuckte zusammen. »Nein. Sie übernachtet im Hochbett.«

»Halleluja. Sind doch nicht alle Männer nur auf das eine aus. Ihr könnt über Nacht hierbleiben, wenn du willst. Nimmst du den Cole Slaw?«

Gott, wenn sie wüsste, dachte Jonathan. Er nickte, küsste seine Schwägerin auf die Wange und trug den Krautsalat hinaus.

»Armadillo de Luxe«, sagte Stan und klatschte Eirene einen Burger auf die Chips.

»Na hoffentlich kein überfahrenes Gürteltier.«

Stan grinste. »Und wenn doch?«

»Müsste ich meine Tetanus-Impfung auffrischen lassen.« Eirene aß mit Appetit und Stan strahlte. Nachdem Mandy alle mit Servietten versorgt und eine Dose mit Feuchttüchern bereitgestellt hatte, setzte sie sich neben Eirene. »Hast du eine Arbeit?«

»Yep. In einer Woche ist der Urlaub zu Ende.«

»Was machst du denn?«

»Ich bin freischaffende Astronomin.«

Stan hielt im Grillen inne. »Hast du gerade Astronomin gesagt?«

Eirene nickte und schob ein paar Chips in den Mund. Kurz breitete sich Schweigen aus, dann sagte Mandy mit Nachdruck: »Warum denn nicht? Gibt ja auch schon Motorrad-Rennfahrerinnen. Nicht wahr, Jonathan?«

»Und die fahren so manchem Rookie um die Ohren«, bestätigte er.

Der Bann war gebrochen und die Männer fragten alles Mögliche durcheinander. Gibt es Leben am Mars? Wird die Erde bald von einem schwarzen Loch verschluckt? Wo ist das Zentrum des Universums? Wann kann ein Teleskop endlich den Urknall sehen? Warum gibt man so viel Geld für Unsinn aus?

»Langsam, Leute, langsam«, sagte Jonathan. »Wir sind hier, um meinen Bruder zu besuchen, und nicht in einer Quizshow. Jeder eine Frage, okay?«

Eirene bemühte sich, allen eine verständliche Antwort zu geben. Am Schluss war Stan an der Reihe: »Kommen wir endlich ins nächste Sonnensystem? Mit sowas wie 'nem Warp-Antrieb?«

Eirene schüttelte den Kopf. »Der Weltraum ist kein Golfplatz. Auch wenn Hubble und Spitzer uns wunderschöne Bilder bis ins Wohnzimmer liefern. Und diese Technikvisionäre aus dem Silikon Valley von nichts anderen als dem Fortschritt quatschen. Das alles täuscht, lässt uns glauben, wir erobern mit einer Marsmission schon den Weltraum. Das ist lächerlich. Das ist gerade mal unser Vorgarten. Die interstellaren Entfernungen sind unvorstellbar groß.« Sie fuhr mit der Fingerkuppe den Rand ihres Trinkglases entlang. »Wir sind von einem Transportmittel zu anderen Sternen so weit weg wie eine Ameise vom Autofahren.«

»Trotzdem forschst du an diesen Dingen?«

Langsam stellte Eirene das Glas ab, zeigte auf den Gartenzaun, die Stromleitung vor dem Haus, die Autobahnbrücke und die Schallschutzmauer. Die Männer folgten mit den Augen ihrem Finger. Schließlich deutete sie über sich. »Dort sind keine Grenzen. Es geht nicht darum, wohin mein Körper reist, sondern darum, was mein Kopf sich vorstellen kann.«

Stan nickte und legte eine neue Ladung Burger auf den Grill. Sanft berührte Mandy das Kreuz, das Eirene um den Hals trug. »Glaubst du an Gott? Wie passt er da hinein?«

Kurz öffnete Eirene die Lippen, schloss sie aber wieder und neigte den Kopf, sah auf den Halsschmuck hinunter, legte die Hand darauf. »Das ist von meiner Großmutter. Die war sehr gläubig. Sie hat es aus Deutschland mitgebracht, von ihrer Großmutter, die hatte als junge Frau von Griechenland nach Deutschland geheiratet. Es bedeutet Beständigkeit für mich. Du verstehst?«

Mandy nickte und schien zufrieden. Schmunzelnd stand Jonathan auf. »Noch ein Bier?«

Sein Bruder bejahte. »Samstag geht's schon.«

Während er in der Küche zwei Flaschen aus dem Sixpack im Kühlschrank klaubte, fiel Jonathans Blick durch das geöffnete Fenster: Ein schwarzer GMC Yukon rollte langsam vorbei, hinter dem Beifahrerfenster schimmerte ein blonder Haarschopf. Jonathan runzelte die Stirn. Das ist jetzt aber kein Zufall mehr, dachte er, holte sein Smartphone heraus, beugte sich vor und knipste rasch ein paar Schnappschüsse, bis der GMC hinter einem parkenden Truck verschwand. Rasch rief er die Fotos aus Sonora auf, die er am Parkplatz der Klinik gemacht hatte, wischte hin und her, bis er sich sicher war: Es handelte sich um das gleiche Fahrzeug und die gleichen Insassen. Jemand verfolgte sie!

Verschiedene Theorien durchzuckten im Stakkato seine Gedanken. Verkaufte Eirene geschützte Technologie und das FBI war ihr auf den Fersen? Arbeitete sie doch für einen der Dienste und wollte sich als Whistleblower absetzen? Oder waren das einfach nur Bodyguards von welcher Scheißbehörde auch immer? Du hast zu viele Actionfilme gesehen, Jonathan, schimpfte er.

Trotzdem beunruhigte ihn der Gedanke unter Beobachtung zu stehen und nicht zu wissen, was die Typen wollten. Sein erster Impuls war, Eirene danach zu fragen, aber vielleicht täuschte er sich auch und stand dann wie ein Verschwörungstheoretiker da. Er wählte einen Mittelweg. »Stan, kommst du mal?«

Sein Bruder schlenderte in die Küche, die Hände in den Hosensäcken. Jonathan zeigte ihm das Foto und deutete auf den SUV, der gerade wieder vorbeikam. »Schau mal, die drehen schon die zweite Runde um den Block. Wird einer deiner Jungs observiert?«

Stan presste die Lippen zusammen und stieß hervor: »Wäre nicht das erste Mal, dass die Feds benützt werden, um uns einzuschüchtern. Im Moment stecken wir zwar in keinen Verhandlungen, aber vielleicht hatte einer der Bosse schlechte Laune.«

»Und die beiden Kapuzenmänner im Garten?«

Sein Bruder winkte ab. »Ach, das sind nur Schmalspurrassisten. Nach zwei Bier reden sie laut, aber in der nächsten Mittagspause sitzen sie ganz gesittet mit Kollegen jedweder Hautfarbe in der Kantine.«

»Mir lässt das aber keine Ruhe. Ich möchte nicht von solchen Typen kontrolliert werden.«

»Wieso? Hast du Gras im Wohnmobil?«

»Schon lange nicht mehr. Aber du weißt, wie das ist, wenn man sich ungerecht behandelt fühlt.«

Stan verzog den Mund und klopfte ihm auf den Rücken. »Und ob ich das weiß, Johnny. Hat mir oft genug Ärger gebracht. Keine Sorge, meine Jungs werden ihnen den Weg raus aus dem Viertel zeigen.«

»Okay. Wir fahren dann weiter, der Morelo braucht ein Service, eine Ölleitung leckt. Ich will nicht, dass dir das Wohnmobil den Rasen versaut. Hat gutgetan, dich zu sehen, Stan.«

Sein Bruder umarmte ihn. »Lass bald wieder von dir hören, Johnny. Und noch was. Mandy mag deine Freundin. Versau es nicht.«

Wenn's nur an mir liegen würde, dachte Jonathan. Aber da war auch noch Eugene, der gute Freund, der durchaus jemand sein konnte, der ihm die Tour vermasselte.

15

Der Vogel raste nach links, bremste, quietschte, raste zurück, verfolgt von einem Kojoten. Mit einem Banjo-Solo verschwanden die beiden Comicfiguren vom Bildschirm und der Blog poppte auf. Jake stieß hervor: »Das hätten die uns gleich sagen können. Mann, hätten wir uns leere Kilometer gespart.«

Jo klickte auf einen andern Tab. »Das habe ich auch gefunden. Eine Artikelserie. Zum Glück war auf einem Foto das Kennzeichen zu erkennen.«

Jake überflog den Text und ballte die Fäuste. Noch immer brodelte es in ihm. Wie gerne hätte er einem der Rednecks eine Kugel verpasst, aber dann hätte Jo zumindest einen Tag nichts mit ihm gesprochen, weil ein Polizeieinsatz den Auftrag gefährdet hätte.

So musste er zähneknirschend den GMC Yukon zurückschieben und sich wie ein Schafbock von einem Schäferhund bis hinter Houston scheuchen lassen.

»Stahlarbeiter«, sagte Jo, als würde das alles entschuldigen. Jake war schon früher eine Schwäche von Jo für *Workingman* aufgefallen.

»Daytona Beach also. Dort können wir sie erwarten. Guter Plan?«

»Guter Plan. Besser vorher dort sein, als ihrer Zick-Zack-Route zu folgen. Dort muss eine Reservierung vorliegen, sonst kann man gleich weiterfahren.«

»Vorbereitung?«

»Läuft schon.« Jo lud Adressen aus einer Datenbank und wischte über den Bildschirm. »Meinst du sie halten bei den Alten oder bei den Reichen, bei den Rechten oder bei den Familien?«

»Stehen auch Schreibkommunen zur Auswahl?«

»Höchstens in Key West.«

»Nehmen wir die Familiencamps. Das passt zu den Artikeln. Und die Biker-Treffs.«

»Zeitplan?«

»Können wir immer noch leicht einhalten. In fünf Tagen muss der Auftrag erledigt sein. So wie sie bisher fahren, sind sie in spätestens drei Tagen dort.« Pfeifend überholte Jake einen Sportwagen und nebelte ihn mit einer Ladung Ruß ein.

16

Motoröl rann über seine Hände. Der Schraubenschlüssel rutschte ab und Jonathan fluchte. Er wischte die Ölreste, die sich im Knick der kaputten Leitung gesammelt hatten, mit Putzpapier weg und zog den neuen Schlauch auf. Nachdem er frisches Motoröl nachgefüllt hatte, säuberte er seine Hände mit Nitroverdünnung. Eirene rümpfte ob der scharfen Dämpfe die Nase, half ihm aber die Spuren der Reparatur auf dem Kundenparkplatz zu entfernen. Der Morelo hatte es nicht mehr bis zu einer Werkstatt geschafft. Wenigstens konnten sie die Abfälle beim Ersatzteilhändler entsorgen.

Die aufgehende Sonne schickte warmfeuchte Luft über die Betonfläche und sie fuhren mit geöffneten Fenstern los. Bis sie den Lafayette KOA erreicht hatten, war es im Wohnmobil nur wenig kühler geworden, die Klimaanlage schaffte es kaum die Fenster zu entfeuchten. Der Platzwart verlangte einen Aufpreis für den Kurzaufenthalt, aber Jonathan hatte keine Lust eine freundlichere Bleibe zu suchen und füllte die Registrierung ohne Murren aus. Die Tanks mussten dringend gewechselt werden.

»Tretbootfahren oder Mini-Golf?«, fragte Eirene, nachdem sie das Angebot studiert hatte. »Schwimmen ist im See leider nicht erlaubt.«

»Leider nichts davon«, sagte Jonathan. »Ich muss zuerst meine tägliche Anzahl an Zeilen abliefern. Dann gehört auch noch das Propangas aufgefüllt.«

Er warf einen Blick ins Freie und zeigte auf eine kleine, mollige Frau in zu engen Leggins, die am benachbarten Stellplatz ihren Chihuahua mit Kringel fütterte, und immer wieder interessiert zu ihrem Wohnmobil schaute. »Wie es aussieht, möchte die Lady nebenan Gesellschaft.«

Eirene rieb sich den Nacken und schien ernsthaft darüber nachzudenken, dann seufzte sie, streifte ihre Sneakers über und joggte davon.

Der Text wollte und wollte nicht Gestalt annehmen, nach mehreren Anläufen war Jonathan versucht, ein paar alte Artikel zu recyceln. Klatschnass kam Eirene zurück, marschierte ins Bad, packte den Wäschesack und verschwand wieder. Noch immer waren seine Gedanken zäh wie die Luft über den Bayous. Schließlich schrieb er als Einstieg über den Musiker Papa Cairo und dessen Einfluss auf Sonny Landreth, der vor kurzem ein Konzert in Lafayette gegeben hatte, und wie die Besucher am Campingplatz weiter gefeiert hatten. »Muss ja keiner wissen, dass das nicht gestern war«, murmelte er.

Eirene kam mit der frischen Wäsche zurück, räumte die Kleidung fort und setzte sich mit ihrem Laptop an die kurze Seite der Sitzecke. Zuerst übertrug sie ein paar Fitnessdaten vom Smartphone auf den Computer, dann stöpselte sie Kopfhörer ein, schloss die Augen und lauschte.

Jonathan beugte sich hinüber, nahm einen Stöpsel von Eirenes Ohr und hörte mit. Er verstand kein Wort. »Was ist das? Deutsch?«

Sie nickte.

Er warf einen Blick auf den Dateinamen des Hörbuches – *Der Schrecksenmeister* – suchte nach dem Titel in seinem Computer. Wikipedia benannte den Roman eine »kulinarische Märchengeschichte«.

»Nie im Leben wäre ich darauf gekommen, dass du auf sowas stehst.«

»Zur Entspannung«, sagte sie und legte den Finger auf die Lippen. Jonathan schüttelte mit hochgezogenen Brauen den Kopf und schrieb weiter an seinem Artikel. Fertiggestellt wollte er ihn schon *Blue Bayou* titulieren, aber das war ihm dann doch zu abgedroschen.

»Acadian Village oder Sunset Limited?«, fragte er Eirene.

Sie nahm die Kopfhörer ab, dabei löste sich die Haarspange und fiel hinunter. Jonathan hob sie auf und wunderte sich über ihre Leichtigkeit. »Eine Triumph Thunderbird aus Titan mit einem Tank aus Meteorgestein. Das ist ganz Leroys Stil. Gut getroffen, nur der Auspuff ist unförmig.« Er gab sie ihr zurück, sie verstaute den Haarschmuck in ihrer Umhängetasche und band sich die Locken mit einem Gummiband hoch. »Acadian Village.«

»Wie bitte?«

»Der Titel. Sonnenuntergänge gibt es überall.«

»War eigentlich als Wortspiel auf den Zug bezogen, aber du hast recht. Das erinnert nur an den Eisenbahnunfall in den Bayous.«

Eirene räumte ihren Laptop beiseite und fächelte sich Luft zu. »Die Klimaanlage macht auch mehr Lärm als Kälte.«

»Schalt sie ab. Ich habe noch einen Ventilator.«

Bis er den Tornado hervorgezogen und angeschlossen hatte, waren sie schweißüberströmt.

»Das letzte Mal so geschwitzt habe ich bei meiner Abschlussarbeit«, bemerkte Eirene.

Jonathan steckte den Ventilator an, öffnete die Einstiegstür und setzte sich wieder an seinen Laptop. »Worum ist es da gegangen?«

Eirene hielt ihr Gesicht in den Luftstrom. »Ich habe meine Dissertation über eine Messung an zwei Gravitationslinsen und deren Auswirkung auf die Hubble-Konstante geschrieben.«

Er sah kurz von seiner Tastatur auf. »Du kannst mir alles erzählen. Geht das auch für Dummys?«

»Frag nicht, ist für mich nicht mehr wichtig. Im Moment interessieren sich ein Haufen Wissenschaftler für dieses Thema. Die Hubble-Konstante liegt im Fokus der Astrophysik. Sie haben für die weitere Erforschung dieser Fragestellung ein Konsortium gebildet. Ich hätte mich für lange Zeit am Max-Planck-Institut verpflichten müssen.«

»Und das hat dir nicht gepasst?«

»Ich will mir meine Arbeit selber einteilen und nicht von einem Forschungsleiter zugewiesen bekommen.«

Jonathan schickte den Artikel weg und klappte seinen Laptop zu. »Also hast du den Forschungsbereich gewechselt?«

»Kalibrierungen habe ich schon bei meiner Dissertation am Keck gemacht, das hat den Technikern so gut gefallen, dass dann eine Anfrage nach der anderen gekommen ist. So bin ich von Teleskop zu Teleskop getingelt und habe mich in der Zeit neu orientiert.«

»Die Pulsar-Sache?«

»Genau. Extragalaktischen Pulsare finden nicht so viele sexy.«

Jonathan lächelte. »Mir fällt zu diesem Wort auch was Anderes ein.« Sein Blick wanderte ihr verschwitztes T-Shirt hinunter.

»Und zwar?« Sie schnippte gegen seine Nasenspitze. »Und mach jetzt keine Bemerkung über meine Nippel.«

»Schade. Nein, im Ernst. Sexy ist für mich, wenn ich mit dem Bike einen Sprung schaffe, der mir vorher einen flauen Magen verursacht. Oder einen Satz zusammenbringe, der das, was ich sagen möchte, ganz genau auf den Punkt bringt.«

»Gut gebrüllt, Löwe.« Sie stand auf, holte Limetten aus dem Kühlschrank, presste deren Saft in einen Krug, gab ein paar rosa Pfefferkörner dazu und goss Mineralwasser dazu. Aus der Eiswürfeltasse drückte sie alle Stücke in den Krug, den letzten nahm sie mit zwei Fingern und strich sich den Eiswürfel über Nacken, die Schläfen und zuletzt vom Kinn bis in den Ausschnitt, bevor sie ihn in den Mund steckte. Jonathan schluckte und wünschte sich auch einen Eiswürfel.

Sie nahm zwei Gläser und eine Packung ungesalzene Nüsse. »Du bist fertig? Setzen wir uns raus.«

Er folgte ihr zu einer Bank unter einer Eiche am Ententeich. Die Hitze ließ die Luft über der Interstate flimmern. Eine Fontäne belüftet das Wasser und ab und zu wehte ein Wasserschleier herüber, spendete ein wenig Frische. Die Limonade schmeckte auch ohne Zucker und erinnerte ihn an die Nachmittage mit seiner Mutter. Wochentags waren sein Vater und sein Bruder noch in der Schicht im Stahlwerk, wenn er von der Schule gekommen war, und sie kochte immer etwas aus ihrer Heimat für ihn. Sein Dad konnte die Eingeborenenküche, wie er sie nannte, nicht leiden.

Eirene saß im Schneidersitz auf der Bank und warf einem Grauhörnchen ein paar Erdnüsse zu, das sich neugierig vom Baum getraut hatte. Es verspeiste seine Beute mit zierlichen Bissen. »Wieso hast du noch Hemden von Morton?«

»Seine Misses hat gemeint, der Western-Style ist nichts für Philly und so hat er die schrillsten Teile dagelassen. Ich wollte sie eigentlich an Obdachlose verschenken, hat sich aber noch nicht ergeben.«

»Also schenkst du sie mir?«

»Die sind nur geliehen.«

Sie stupfte ihm den Ellbogen in die Seite. »Knausrig auch noch.«

»Bullshit. Die meisten sind dir einfach zu groß. Das sieht komisch aus.«

»Ich könnte nur das Hemd tragen. Ein Hemdkleid sozusagen. Nur mit dem Bücken muss ich aufpassen.«

Er verzog das Gesicht. »Ich beschenke lieber doch ein paar Obdachlose. Das wäre ganz in seinem Sinne.«

»Morton, der Retter.«

»So würde ich ihn nicht bezeichnen und er sich selber schon gar nicht. Morton hat mir viel geholfen, aber wirklich vor dem Absturz gerettet hat mich die Sprache. Er hat mir ein Buch geschenkt, einen Gedichtband, den ich zuerst nicht lesen wollte, aber dann war ich doch neugierig. Er hieß: *Nach Träumen tauchen – Gedichte zitiert in Filmen und Büchern.* Und plötzlich hat sich für mich eine Welt geöffnet, die fast genauso berauschend war wie ein neuer Rekord auf der Rennbahn.«

Eirene stützte sich auf ihre Hand auf und musterte ihn. »Die Sprache ist wie das Rennfahren? Ernsthaft?«

»Beides erfordert Konzentration und sichern Umgang mit den Werkzeugen. Achtsamkeit, wenn du so willst. Und Lyrik ist die Königsklasse, wenn es nicht gerade nur ein brutal gereimter Werbejingle ist.«

»Wow, das nenne ich eine Wandlung! Vom Bestzeitjäger zum Wortklauber.«

Jonathan konnte nicht entscheiden, ob sie sich gerade lustig machte und beschloss ihren Kommentar zu ignorieren. »Worte in Gedichten sind Klang, Rhythmus, sie haben oft mehrere Bedeutungen, erreichen eine tiefere Ebene, als nur eine Aussage zu treffen. Sie offenbaren die ganze Schönheit der Sprache.«

»Ein Gedicht kann noch so groß sein, die Welt bleibt trotzdem Alltag«, erwiderte Eirene.

»Und doch hörst du dir Märchenbücher an. Noch dazu in Deutsch?«

Sie zuckte mit den Schultern.

Jonathan lächelte. »Fast kein Buch oder Film kommt inzwischen ohne Zitate aus. Und das ist gut so. In Endymion, zum Beispiel, vom Dichter John Keats:

We have imagined for the mighty dead;
All lovely tales that we have heard or read
An endless fountain of immortal drink,
Pouring unto us from the heaven's brink.«

»Wirst du mich jetzt bei jeder Gelegenheit mit gerade passenden Zitaten nerven?«

»Nur, wenn du es verdient hast.«

Eirene rieb sich die Nase. »Ich habe jetzt einen ganz irdischen Drink verdient.«

Jonathan sprang auf und scheuchte sie zum Wohnmobil. »Komm mit.«

Sie zögerte. »Wohin?«

»Lass dich überraschen. Das ist mein Abend.«

Die Acadiania Mall war gut besucht, mit der Enduro parkten sie trotzdem nahe beim Eingang. Die untergehende Sonne färbte die Backsteinwände orange und die roten Markisen leuchteten. Kinder saßen auf der Bank neben dem Eingang, schleckten an einem Eis.

Eirene zog die Mundwinkel nach unten. »Shoppen gehört nicht zu meinen bevorzugten Freizeitaktivitäten.«

»Das habe ich mir schon gedacht, aber du musst dich nicht bemühen, ich such dir was aus.«

»Wenn du meinst. Heute bist du der Chef.«

Jonathan warf in jede der Auslagen einen raschen Blick: Boutiquen mit modisch gekleideten Schaufensterpuppen wechselten mit einem Pokémon-Shop, einer Parfümerie und einem Kindermodenladen. Bei einem Geschäft mit der Aufschrift *J.Jill* fand er seinen Geschmack getroffen. Den Boden bedeckten dunkelbraune Holzbohlen, ein Kristall-Lüster baumelte von der weißgefliesten Decke, die Mode war unaufdringlich und verspielt bis elegant. Die Verkäuferin eilte auf Eirene zu, die aber lächelnd abwinkte und auf Jonathan deutete. »Wir haben keine Herrenmode«, sagte die schicke junge Frau verwirrt.

»Ich suche aus und zahle.« Jonathan betrachtete eine Kollektion Sommerkleider. Die junge Frau riss die Augen auf, fasste sich und maß Eirene mit Blicken. Dann griff sie in die Kleiderständer und hielt verschiedene Modelle vor ihn hin. Bei einem kniekurzen Kleid aus einem weichfließenden Stoff, mit einer Schnürung auf der Vorderseite, nickte er. »Genau das. Probier das an.«

Eirene flüsterte ihm zu: »Welche Farbe?«

»Pastellrosa.«

Nach ein paar Minuten kam sie aus der Umkleidekabine, drehte sich vor dem Spiegel und strich über die dezente Spitzenborte am Saum der kurzen Ärmel. Das Kleid saß, als wäre es Eirene auf den Leib geschneidert worden.

»Sind Sie Stilberater?«, fragte die Verkäuferin.

»Nur ein Mann mit dem Blick fürs Wesentliche.« Er holte noch ein paar Schnürsandalen mit halbhohem Absatz und ein Strick-Jäckchen. »*Ace*, das ist genau das Richtige. Lass es gleich an, wir fahren weiter ins Blue Dog.« Er stopfte ihre Casuals in die Papiertasche, die ihm die Verkäuferin gegeben hatte, und bezahlte den Einkauf.

»Ich soll mit dem Kleid auf den Sozius?«, sagte Eirene zweifelnd. »Da werden ein paar Autofahrer auf meine Unterwäsche glotzen.«

»Klemm den Rock zwischen Beine und Sitzbank, bleib dicht an mir dran. Es ist nicht weit, ich fahre langsam.«

Das Blue Dog Café war ein bekannter Treffpunkt für Liebhaber der Cajun-Kultur. Vor Jahren war Jonathan mit seinem Bruder Stan ein paar Mal hier gewesen. Bevor Mandy das häusliche Kommando übernommen hatte. Er öffnete Eirene die Tür, ließ sie eintreten und genoss die sprachlosen Blicke, mit denen zwei Männer gleich am ersten Tisch ihr hinterher glotzten.

Eirene schaute sich um. »Hier sind ja lauter Bilder von immer dem gleichen blauen Hund. Weißt du die Geschichte dazu?«

»Du kennst *Blue Dog* nicht? George Rodrigue?«, fragte er verblüfft.

»Erstens ist Malerei nicht so mein Ding und zweitens komme ich aus Hood River County. Bei uns hat es gerade mal zu Bildern mit Scheunen und Sonnenblumen gereicht.«

»George Rodrigue ist ein Cajun-Künstler, der aber auch in Kalifornien studiert und ausgestellt hat. In Pasadena, um genau zu sein. Ich bin mir sicher auf eurem Campus hängt ein Bild von ihm. Er ist im Süden der USA berühmt.«

Eirene zuckte mit den Schultern und steuerte einen weißgedeckten Tisch an, an dessen Wandseite ein Blue Dog in einem Lehnsessel hockte, hinter dem eine Erdkugel aufging, und sie mit gelben Augen anstarrte.

»Strato Lounger, wie passend«, grinste Jonathan. Als sie saßen, sagte er: »Das erste Mal hat er den Hund für das Buch *Bayou* gemalt, eine Sammlung von Geisterge-schichten aus Louisiana. Inspiration war der Mythos vom Werwolf und Vorlage sein verstorbener Hund Tiffany, ein Terrier-Mischling. Populär wurde der Blue Dog dann als Werbeträger für Absolut Vodka.«

»Na, dann passt er ja in eine Bar«, murmelte Eirene.

»Kunstbanause«, maulte er.

»Physikignorant«, gab sie zurück.

»Stimmt nicht. Physik ist sehr wichtig für einen Mo-torradfahrer. Wenn auch nicht in Formeln, dann doch im Feeling unterm Hintern.« Die Kellnerin legte ihnen die Speisekarten hin. Jonathan ließ seine geschlossen. »Darf ich für uns bestellen?«

Sie nickte und Jonathan orderte frittierte Flusskrebse mit Jalapenos, gegrillten Wels und Pecannuss-Kuchen. Nach dem Hauptgang fragte er: »Noch einen Rotwein?«

Eirene schüttelte den Kopf. »Eine höhere Dosis ver-ursacht bei mir Vergiftungserscheinungen.«

»Andere nennen das einen Kater.«

»Der bei mir ein sibirischer Tiger ist. Darauf kann ich verzichten.«

Jonathan ging zur Bar nebenan, auf deren kleiner Bühne gerade Instrumente aufgebaut wurden, und kam mit zwei Drinks zurück. Sie sah ihn fragend an.

»Sundowner ohne Wodka.«

»Beide?«

Er nickte. »Ich habe auch genug. Oder fährst du mor-gen das Wohnmobil?«

»Ich habe keinen Führerschein.«

Er sog gerade am Strohhalm und verschluckte sich fast. »Hast du gerade gesagt, du hast keinen Führer-schein?«

»War noch nie nötig.«

»Jetzt weiß ich wenigstens, warum du per Anhalter geflüchtet bist.«

»Wieso geflüchtet?«

»War das in Monterey etwa keine Flucht?«

»Mehr ein rascher Abgang.«

»Und die beiden blonden Typen, die dich…«

Die Lautsprecher in der Bar übersteuerten und ein Pfeifen erfüllte den Raum, das die Besucher mit Buhrufen quittierten. Der Ansager entschuldigte sich und kündigte *The Cajun Troubadours* an. Eirene klatschte mit den anderen, bis ein Bandmitglied die Triangel schlug und die Troubadours den ersten Song intonierten.

»Was wolltest du sagen?«

»Ach nichts, lass uns tanzen.« Er bezahlte die Rechnung und sie gingen nach nebenan. Zuerst spielte die Band *L'anse aux pailles*, gefolgt von *Parlez nous a'boires*. Ein vierschrötiger Mann an der Bar sprang auf, hielt sein Bierglas hoch und brüllte: »If u don like dis music, I say u go back whe'a u came from, cher!«

Grölen und Klatschen stimmte ihm zu. Nach dem dritten Song war die winzige Tanzfläche überfüllt. Ein anderes Paar touchierte sie und Eirene stolperte gegen Jonathan. Er hielt sie fest, spürte ihre Brüste an seinem Körper, ihre Lippen streiften seine Haut und Jonathan fokussierte sich auf den verschwitzten Mann an der Bar, um keine peinliche Erektion zu bekommen.

»Gehen wir spazieren«, sagte er und zog sie zum Ausgang. Ein paar Straßen weiter erreichten sie den Girard Park. Milde Nachtluft strich über den Teich, in dem gescheckte Enten gründelten. Jonathan führte sie über einen Steg zu unbeleuchteten Holzpavillon, der im Wasser errichtet war, lehnte sich gegen die Brüstung und zog sie an sich. Dieses Mal biss sie ihm nicht in die Zunge.

Lachend kam eine Gruppe Jugendliche angeradelt, bunte Lichter blinkten an den Speichen ihrer Räder, sie chillten auf der runden Bank in der Mitte des Pavillons, die Gesichter blaugefärbt vom Bildschirm ihrer Smartphones. Jonathan löste sich von Eirene, nahm ihre Hand und sie spazierten durch den Park. Niedere LED-Säulen beleuchteten die Gehwege, daneben reckten dickstämmige Eichen ihre ausladenden Kronen in den Nachthimmel, die Äste über und über mit lichtgrünem Louisiana-Moos behangen; der Legende nach das verwehte Haar einer unglücklichen Indianerprinzessin. Grillen zirpen in der lichten Dunkelheit.

Eirene starrte in die Schatten zwischen den Bäumen. Sind unsere Verfolger wieder da?, schoss es Jonathan durch den Kopf und er schaute sich um. »Siehst du da jemanden?«

»Ich warte schon die ganze Zeit auf die Südstaatenschönheit im Rüschenkleid, die aus einer offenen Kutsche steigt«, sagte Eirene. »Dann ist der Kitsch perfekt. Und am Ende des Parks stehen sie mit der Spendendose für die Live-Rollenspiele.«

Jonathan sagte schärfer als beabsichtigt: »Willst du mir die Stimmung verderben?«

»Tut mir leid. Ich bin nur verlegen.« Sie drückte sanft seine Hand, trotzdem war er eingeschnappt und schlug den Weg Richtung Parkplatz ein. Sie fuhren zum Campingplatz zurück.

Kaum hatte er die Einstiegstür verriegelt, wollte er sie wieder umarmen, aber etwas in ihrem Ausdruck ließ ihn stocken. Er murmelte: »Ich muss kurz wohin«, und verschwand auf der Toilette.

Als er zurückkam, war Eirene fort, das zartrosa Kleid hing über der Sofalehne. »Eirene?«

»Mmh.« Sie hatte sich ins Hochbett verkrochen.

Auch wenn er den schwarzen SUV nicht mehr gesehen hatte, wollte Jonathan endlich wissen, was die beiden Regierungstypen auf ihre Spur brachte. »Sag mal, Eirene. Sind dir die zwei blonden Männer in schicken Anzügen aufgefallen, die einen schwarzen GMC Yukon fahren? Kennzeichen aus Kalifornien?«

Sie antwortete nicht. Er gab ihr ein paar Minuten, um nachzudenken. Schließlich lugte er in das Hochbett. »Eirene?«

Sie war bereits eingeschlafen.

17

Eine Harley Electra Glide dröhnte vorbei, dann noch eine und zwei weitere. Der Altherrenklub im Adrenalinrausch, dachte Jonathan und blinkte rechts. Sorgfältig kontrollierte er im Rückspiegel, ob ein schwarzer SUV die gleiche Ausfahrt nahm. Nichts. Vielleicht hatten die Stahlarbeiterfäuste genügt.

Er ließ Tallahassee links liegen, bog auf den Blownstown Highway und fuhr bis zum Coe Landing Campground am Lake Talquin, der von den ausgedehnten Pinienwäldern des Apalachicola National Forest eingerahmt war. Er hatte Eirenes Blick bemerkt, als sie in Lafayette nicht im Ententeich schwimmen durfte, und wollte ihr Freude bereiten. Die Stellplätze lagen weit auseinander, er fand einen freien Platz direkt am Wasser nahe einem Schwimmsteg. Der dichte, sattgrüne Bewuchs des Campingplatzes schirmte sie von den anderen Wohnwagen ab und ließ das Gefühl aufkommen, sich allein mitten in der Natur zu befinden. Eirene strahlte. »Florida kann doch auch schön sein.«

»Schwimmen wir zu der Insel hinüber?« Jonathan deutete auf eine Gruppe aus Zypressen und Tupelobäumen, die aus dem Wasser zu wachsen schienen.

»Kannst du soweit mit …« Sie stockte. »Mir ist es unangenehm zu fragen, aber welche Beschränkungen hat deine Behinderung?«

Er lächelte. »Muss es nicht sein. Die Prothese ist zwar resistent gegen Spritzwasser, in den See kann ich nicht damit. Zum Schwimmen brauche ich sie aber auch nicht.« Da er das Versuchsmodell nicht am Steg liegen lassen wollte, holte er sich seine Krücken und folgte Eirene einbeinig zum Ende des Stegs. Er setzte sich an den Rand, stieß sich ab und sprang ins grünklare Wasser. Kurz tauchte er unter, genoss das Gefühl getragen zu werden, das kühle Streicheln auf der Haut, die Stille. Er rollte einmal um seine Achse, dann tauchte er auf. Eirene schwamm schon ein Stück vor ihm. Rasch hatte er sie eingeholt und kitzelte ihre Fußsohle. Sie lachte und spritzte ihn an.

Am Ufer der Insel angelangt, mussten sie feststellen, dass es keine Möglichkeit gab an Land zu gehen, also traten sie zum Ausruhen eine Weile auf der Stelle. Jonathan schaute zum Himmel hinauf: Dünne Wolken trieben wie Luftschlangen vorbei, ein paar Waldstörche kreisten über den Baumkronen, gedämpft hörte er das Knattern eines Motorbootes.

Eirene tupfte an seine Schulter, sie schwammen zum Steg zurück und sonnten sich am warmen, dunklen Holz. Eine sanfte Brise strich über den See, kräuselte das Wasser, ließ die Blätter rascheln. Die Zeit wurde zu einem unbedeutenden Begriff und Jonathan döste ein. Sein Magen knurrte und Eirene sagte: »War das gerade ein versteckter Wink?«

Er legte eine Hand auf seinen Bauch. »So versteckt gar nicht. Das Mittagessen ist ausgefallen. Gehen wir was essen?«

»Nein. Ich mag kochen. Chilenisch. Empanades mit Chuchru.«

»Was ist das?«

»Lass dich überraschen.« Sie sprang auf und lief zum Wohnmobil zurück, er folgte ihr langsam ein paar Minuten später. Eirene hatte eines der Westernhemden übergezogen, die weiten Enden über den Shorts zusammengeknotet, und die Haare zu einem Zopf geflochten; sie werkelte pfeifend am Propangasherd. Er warf einen Blick auf die Arbeitsfläche: Teigblätter, Hühnerfilet, Chilis und Kraut.

Nachdem er den Fahrersitz zum Tisch geschwenkt hatte, blätterte er in einer Zeitschriftentasche, kramte eine Broschüre heraus. »Schau, dort könnten wir am Abend hingehen. Wäre ein cooler Beitrag für meinen Blog.«

Er hielt ihr den Folder hin, aber sie nahm ihn nicht, sondern überflog das Titelblatt nur. »Bradford Blues Club.«

»Ja, ein Tipp von Morton. Alle R&B-Bands des Mississippi-Deltas spielen dort.«

Sie schien nicht so begeistert. »Wir werden sehen. Jetzt essen wir erst einmal.«

Zuerst wollte Jonathan den Fernseher einschalten, suchte aber dann einen lokalen Radiosender, stieß auf Gospel, Gospel, eine Predigt, klassische Musik, eine Talkrunde, eine spanische Predigt und endlich auf einen Country-Sender.

Die Empanades entpuppten sich als gebackene Teigtaschen, gefüllt mit Gemüse und Hühnchen, nach Koriander duftend, Chuchru war ein Krautsalat mit Chilischoten. Nach dem ersten Bissen brauchte er einen Schluck von dem Limettenwasser, das Eirene dazugestellt hatte.

»Sollte es dir in der Astronomie einmal nicht mehr behagen, könntest du jederzeit einen Imbiss eröffnen. Du würdest ein gutes Geschäft machen.«

»Danke für die Blumen. Aber ich hätte keine Lust mir damit Geld zu verdienen, das würde mir den Spaß daran verderben. Ist nur der Urlaub.«

»Dann komme ich exklusiv zu dem Vergnügen?«

»Ja. Ansonsten habe ich kaum Zeit zu Kochen. Ein bis zweimal im Jahr, wenn ich in Pasadena bin, dann lade ich Doktoranden nach Hause ein und gebe ein großes Essen.«

»Du hast eine Wohnung dort? Nahe der Uni?«

Sie nickte, stand auf und räumte das Geschirr ab, putzte die Küche. Jonathan holte seinen Laptop heraus und begann mit seinem täglichen Artikel für das Camper-Magazin. Heute lief es besser und die neunzig Zeilen waren in einem Rutsch geschrieben: Waldstörche und Forellen. Dann stellte er ein Video mit Abendeindrücken vom Lake Talquin in seinen Blog, das ihm Eirene von einer kurzen Laufrunde mitgebracht hatte.

Grillen zirpten und der See war nur noch durch die Spiegelungen der Uferbeleuchtung zu erkennen. Die Schwüle hatte nachgelassen, der Abend wehte frische Luft herein – und Mosquitos. Er steckte eine chemische Keule zur Vernichtung der Blutsauger an, setzte sich wieder zum Laptop.

»Brauchst du schon eine Brille?«, fragte Eirene.

»Reduziert die Reflexionen, das ist angenehmer bei langer Bildschirmarbeit.« Er setzte die gelbe Computer-Brille ab. »Meine Augen werden auch nicht jünger.«

»Ich sehe noch kein Grau.« Sie fuhr mit den Fingern sanft durch sein Haar und ein Schauer rann von seinem Nacken bis zu seinem Gesäß. Ihr Zopf glitt über seine Schulter als sie sich vorbeugte, um den Text am Bildschirm zu lesen mit dem er das Video ergänzt hatte. »Guter Kommentar. Witzig.«

»Was ist jetzt mit dem Bradford Club. Soll ich die Yamaha auspacken?«

Eirene runzelte die Stirn. »Viele Menschen gedrängt auf kleinstem Raum und laute Musik? Heute Abend nicht, du genügst mir als Gesellschaft.«

Spontan griff er nach ihrer Hand. »Mein Tagespensum ist erledigt. Die Rechnungen sind bezahlt. Ich bin nüchtern. Habe ich jetzt einen Wunsch frei?«

Eirene spitzte die Lippen, schwieg einen Augenblick, legte dann einen Arm um seine Schulter und hauchte ihm ins Ohr: »Komm, packen wir deinen Zauberstab aus.« Ihre Lippen berührten flüchtig seine Wange.

Sie ging voraus und er folgte ihr. Als sie das Schlafabteil erreichten, wandte sie sich um. »Setz dich.«

»Heute führst du den Two-Step?«

»Ich lass dich führen, aber erst, wenn ich weiß, woran ich bin.«

»Kontrollfreak.«

»Kannst du es mir verübeln? Du bist groß und stark.«

»Habe ich dir etwa was getan?«

»Lass mir die Pole Position und dann kannst du Gas geben. Deal?«

Er grinste. »Deal.« Jonathan setzte sich auf das Bett, zog das Polo-Shirt aus und warf es auf den Boden. »Quid pro quo?«

Sie lachte. »Du bist klüger, als du vorgibst.«

»Ich schaue die Simpsons.«

Eirene knöpfte das Hemd auf, sie trug nichts darunter. Dann setzte sie sich auf seinen Schoß, wiegte ihre Hüften und legte ihre Lippen auf seine. Sie schmeckten nach Limetten. Er öffnete den Mund und nahm ihre Zunge. Ihre Nippel piekten seine Brust, er schob seine Hand in ihre Haare und seine Finger folgten der Kontur ihres Nackens. Sie keuchte und er fühlte ihren raschen Puls auf seiner Haut. Ihre Hand glitt in seinen Hosenbund, doch er hielt sie zurück.

Sanft streichelte er ihre Wange, ihre Schultern, ihren Rücken, packte sie um die Taille und legte sie aufs Kreuz.

»Du bist mir zu schnell bei der Sache. Darf ich jetzt führen?«, murmelte er rau.

Sie holte tief Luft und nickte. Langsam streifte er ihr die Shorts ab. Streichelte ihre Hüften und ihre Schenkel. Ließ sich Zeit zu erkunden. Sie stöhnte. Kurz richtete sich Jonathan auf, zog sich die Short herunter und nahm die Prothese ab. Er küsste ihren Nabel und raunte: »Alice, jetzt gleiten wir ins Wunderland.«

Nachher schlief sie ein, einen Arm um seine Taille gelegt. Er drückte seine Nase in ihr dunkles Haar. Rosenduft vermischt mit Algen. Jonathan schloss die Augen, atmete ihre Wärme und hatte noch einen Wunsch an die gute Fee: Das Hier und Jetzt bis zum Rand des Universums.

18

Platschend schnappten die Kiefer nach dem Huhn. Das Wasser schwappte hoch. Der geschuppte helle Bauch leuchtete auf, als sich das Tier rollte. Jake lächelte und warf dem Alligator noch eines zu. Er tupfte sich Schweiß von der Stirn. Lieber hätte er gesehen, wie sich die Zähne in lebendiges Federvieh bohrten, aber es gab nur die bleichen Happen.

»Können wir bald weiter?« Jo biss in ein Alligator-Sandwich, das im Drive-In neben dem Wildtierpark in St. Augustine verkauft wurde, und Jake verzog angewidert das Gesicht.

»Wieso?«, sagte Jo, »ist doch nur veredeltes Hühnchen, so, wie ein Rind veredeltes Gras ist« und grinste. Jake seufzte, er liebte Alligatoren seit er denken konnte. Das unterschied ihn von Jo.

Seit Jahren plante er einen Urlaub in den Everglades zu machen, aber die Geschäfte liefen einfach zu gut, als dass sie sich eine längere Auszeit nehmen konnten.

Kurz stellte er sich vor, die hübsche Frau aus dem Wohnmobil in einen Sumpf zu hetzen und zuzusehen, wie sein Wild auf eine der Panzerechsen trat und der Alligator seine Zähne in die weiße Haut bohrte. Er fühlte ein Ziehen im Unterleib, seufzte und folgte Jo zum Auto.

»Du machst schon wieder so ein Gesicht.«

»Vergiss es.« Jake startete den Motor.

»Ein Dollar für deine Gedanken.«

»Das geht dich nichts an«, schnauzte er.

»Als ob ich nicht wüsste, woran du denkst. Das weiß ich doch immer.«

»Was fragst du dann?«

»Bitte«, bettelte Jo, »erzähl es mir. Du kannst das so gut. Bitte. Ich könnte ein wenig Spaß vertragen. Mit einem richtig guten Höhepunkt.«

»Na gut.« Jake lächelte versöhnt und bog auf die Route 1 Richtung Daytona Beach ein. Er schmückte seine Geschichte mit bestialischen Details aus und hörte erst auf, als Jo neben ihm am Sitz rumrutschte und stöhnte.

Jake hatte auf den Daytona Racetrack RV getippt, Jo auf den Speedway KOA und kassierte den symbolischen Dollar von ihm. Die falschen Ausweise hatten den fetten Kerl in der Anmeldung nicht beeindruckt, die zweihundert Dollar dagegen schon. Dafür durften sie auch eine Runde über den Platz drehen ohne sich zu registrieren.

»Die haben einen Stellplatz ganz hinten für ihn reserviert, wenn wir hier parken, fallen wir auf.«

»Noch dazu ohne Trailer.« Jo sah sich die Online-Karte der Umgebung an. »Über der Straße ist ein Motel 6. Vom Parkplatz aus kann man die Zufahrtsstraße sehen, aber unser Auto ist von der BP-Tankstelle verdeckt.«

»Nehmen wir«, sagte Jake und steuerte die Ausfahrt an.

Der Rezeptionist schaute verwundert, als sie ein Zimmer mit Blick auf die Tankstelle verlangten, gab ihnen aber kommentarlos den Schlüssel.

Jo baute das Equipment auf, ging noch einmal zum SUV zurück und stellte die Kamera nach. »Sollen wir gleich rüberfahren, wenn sie ankommen?«

»Der Campingplatz ist gut gebucht, besser wir warten auf den Abend. Wenn sie einmal dort drin sind, gehören sie uns, es gibt nur die eine Ausfahrt.«

»Dir gefällt das Schneewittchen, nicht wahr?«, sagte Jo.

»Sie kann dir nicht das Wasser reichen. Sie ist ganz nett, du bist schön.« Jake wusste, wie sehr Jo auf ihr Äußeres achtete, auch wenn sie sich im Job gleich kleideten.

Sie hatte ein rotes Kleid mit, knöchellang und hauteng, mit einem Dekolleté bis zum Nabel, und zur Entspannung ging sie gelegentlich in Bars. Jo hatte einen Riecher für Typen, die sich gerne härter anfassen ließen.

»Sie hat aber was. So wie sie sich bewegt, da merkt man, dass das Nette nur oberflächlich ist, nicht wahr?«

Jake grinste. »Wenn du es sagst.«

Sie hängte das Sakko über einen Sessel, legte sich in Hemd und Hose auf das King-Size-Bett. »Übernimmst du die erste Schicht?«

Jake nickte, schob den Vorhang ein Stück zur Seite, zog den Tisch näher und stellte einen Sessel zum Fenster. Die Kamera im GMC war auf die Zufahrtsstraße gerichtet und er konnte am Bildschirm des Laptops die Fahrzeuge beobachten, trotzdem wollte er die Straße im Blick behalten. Er rutschte tief in den Sitz und ergötzte sich noch einmal an seiner Fantasiegeschichte, änderte sie in einer Form ab, die er Jo nicht erzählen würde. Wie er zubiss und zärtlich die zitternde Haut kaute.

19

Die Tür klapperte. Ein Schwall heißer Luft schwappte herein. Verschwitzt hüpfte Eirene die Treppe hoch und nahm die Kopfhörer ab. Jonathan stand auf einer Trittleiter und versuchte gerade die Klimaanlage zu reparieren. »Was hörst du?«

Sie zog den Stecker und aus dem Smartphone tönte *Rebel Yell*. »Hayseed Dixie.«

»Ich hätte dich auf Shania Twain geschätzt.«

»Schlechte Menschenkenntnis.«

Jonathan sah herunter und registrierte in diesem Moment, dass ihre Haare nicht zurückgesteckt, sondern abgeschnitten waren. Zuerst wusste er nicht, ob ihm der neue Look gefiel. Sie sah mit dem Pixie plötzlich unglaublich jung aus.

»Schau nicht so schockiert«, sagte sie. »Ich habe keinen Finger verloren, die wachsen wieder nach.«

»Nein … es passt dir ja … es ist nur …«

»Bemüh dich nicht. Es ist zweckmäßig. Ab morgen bin ich wieder im Dienst.«

»Schade um die Haarspange«, antwortete er unbeholfen. Eirene rollte mit den Augen, klappte ihren Laptop auf und trug ihre Laufdaten in die Tabelle ein, die sie für jeden Tag führte. Jonathan stieg von der Leiter, holte sich einen Messbecher, drehte den Wasserhahn auf und schaute ihr über die Schulter. »Was ist das eigentlich?«

»Mein Trainingsplan.«

»Trainingsplan wofür?«

»Die Antarktis.«

Er starrte ihren Hinterkopf an, das Wasser lief über den Rand des Gefäßes. »Hast du gerade Antarktis gesagt?«

Eirene nickte.

»Was, zum Teufel, machst du am gottverdammten Südpol?«

»Vorarbeiten für die Marsmission der NASA.«

»Du erklärst mir jetzt aber nicht, dass du auch zum Mars fliegst?«

Sie lachte laut. »Nein, dafür bin ich zu alt.«

»Hättest du wollen?«

»Vielleicht.«

»Echt jetzt?«

»*The last Frontier*. So gut wie jeder Astronom ist ein Star Trek-Fan.«

Er wischte das Wasser von der Arbeitsfläche und schüttelte den Kopf. »Und was ist das mit der Antarktis?«

»Messgeräte müssen auf ihre Tauglichkeit getestet werden und eine nötige Software-Korrektur soll gleich im Testbetrieb erfolgen. Mein Schutzbefohlener heißt SMARTIS.«

»Das geht nicht in Kalifornien?«

»Nein. Es muss kalt, steinig und trocken sein. Und stürmisch. Die Tests sollen bei Bedingungen stattfinden, die der Marsumgebung ähneln.«

»Bei Antarktis denke ich an Schnee, viel Schnee.«

»Antarktisches Trockental. Das Lager ist im Taylor Valley, im Süden der Asgard Range.«

»Als ob mir das irgendwas sagt.«

»Frag Google Earth.«

Genau das machte er. Während die Webpage lud, betrachtete er noch einmal ihren Kopf. »Deshalb der Kurzhaarschnitt?«

»Im Zeltlager gibt es nur Katzenwäsche. Und ich lass mir sicher nicht von einem Friseur die Haare schneiden, der Airmen als Kunden hat.«

Er sah auf den Bildschirm. »McMurdo Station, also?«

»Yep. Um vier ist Vorbesprechung im Kennedy Space Center. In zwei Tagen ist Abflug. Eigentlich hätte ich ins Ames Research Center in Kalifornien kommen sollen, aber die sind mit einer Tele-Konferenz auch zufrieden.«

Jonathan horchte auf. »KSC? Nimmst du mich mit? Dorthin, wo die Touristen sonst nicht sind?«

»Du wirst enttäuscht sein. Sind nur Büros und Besprechungszimmer.«

»Bitte, bitte …« Er versuchte einen Hundeblick.

Eirene lachte. »Okay, okay. Ich muss dich nur ankündigen, sonst lassen sie dich nicht durch.« Sie telefonierte und hielt den Daumen hoch.

Jonathan zog die Rampen heraus und rollte die XT 600 aus der Heckgarage. Zuerst überprüfte er den Durchhang der Kette an mehreren Stellen und die Schmierung, kontrollierte den Bremspunkt und das Spiel am Gaszug und an der Kupplung. Als nächstes kamen Kraftstoff und Motorölstand an die Reihe, dann maß er den Reifendruck, zog die Radschrauben nach und begutachtete die Speichen.

Eirene saß auf den Stiegen zur Einstiegstür und sah ihm zu. »Ist gut in Schuss, dein Baby. Ein spezieller Grund für den Double-Check?«

»Der Speedway hat nördlich von Kingston Shores für eine Woche am Strand eine Geländestrecke abgesteckt. Für zwei Tage darf sich jeder daran versuchen. Ich habe für mittags Fahrzeit gebucht.«

Aus einer Box in der Heckgarage holte er seine grau-schwarzrote Gore-Tex Kombi, streifte die Hose über und zog die Motorradstiefel an. Mit einem Panzerband sicherte er den rechten Stiefel am Prothesenschaft, zog den Zipp des Hosenbeins runter und schlüpfte in die Jacke. Während er die Handschuhe anzog, den Moto-cross-Helm aufsetzte und die Brille zurechtrückte, verschwand Eirene im Wohnmobil und kam kurz darauf mit dem Rucksack zurück, der die Videoausrüstung enthielt.

»Ich komme mit und filme dich, okay? Dann kannst du gleich dem Prothetiker von ottobock seinen Marketingfilm schicken.«

Jonathan klopfte auf die Rückbank und trat den Kickstarter durch. Schon beim zweiten Mal sprang die Yamaha an. Eirene hängte sich den Rucksack um, setzte den Helm auf und schwang sich auf den Sozius.

Normalerweise fokussierte er sich ganz auf die Strecke, aber heute glitten in den Auslaufstellen seine Gedanken ab. Jonathan fragte sich, ob das Video ein Abschiedsgeschenk von Eirene war. Nachdem er genug Sand geschluckt hatte, bremste er in einer Wolke an der Ausfahrt und fuhr die Rampe zum Ocean Shore Boulvard hoch, parkte die Enduro und nahm den Helm ab. Eirene stapfte die bewachsene Böschung hoch, kletterte über die Holzplanken, die den Parkplatz absicherten, und lehnte sich neben ihn an das Geländer. Sie holte eine Wasserflasche aus dem Rucksack und gab sie ihm. Ein beständiger Wind strich vom Atlantik herüber, wehte den aufgewirbelten Sand herauf.

Während er trank betrachtete Jonathan ihr Profil. Sie blickte auf das Meer hinaus und hatte wieder diesen Gesichtsausdruck, den er nicht genau einordnen konnte:

Gleichzeitig abwesend und konzentriert, ohne eine Regung, nur ab und zu ein Blinzeln. So, als wäre ihr physischer Körper in dieser Welt zurückgeblieben, während sich ihr eigentliches Ich in einer abstrakten, jenseitigen Dimension aufhielt.

Schweigend trank er die Flasche halb leer, schließlich nieste sie, rieb sich die Nase und sagte: »Willst du wieder Rennen fahren? Motocross?«

Er zog den Zipp der Jacke auf und lachte. »*Dafür* bin ich zu alt. Ich fahre nur mehr aus Spaß.«

»Gut. Ja, das ist gut.« Sie wuschelte ihm Sand aus dem Haar.

Jonathan hätte sie gerne gefragt, wie es zwischen ihnen weitergehen sollte, fürchtete aber gleichzeitig die Antwort. »Wir sollten zurück, wenn du deinen Termin einhalten willst.«

Sie winkte ab. »Keine Eile. Wir können direkt hinfahren.«

Jonathan sah an sich herunter. »Echt? So?«

»Ich habe meinen Laptop mit, mehr brauche ich nicht. Scheiß auf die Aufmachung. Ist kein Schönheitswettbewerb.«

»Alles klar. Dann fahren wir den Strandweg entlang bis Cape Canaveral.«

»Geht das?«

»Mit der Enduro schon. Wenn es uneben wird, musst du dich gut an mir festhalten.«

Sie klatschte in die Hände und stülpte den Helm über.

Mit Abstand folgten Jake und Jo dem Motorrad zur Cross-Strecke, parkten hinter einem hellblauen VW-Bus und beobachteten die Enduro-Fahrer. Jo aß ein paar Pfirsiche und Jake drückte ihr gerade eine Serviette in die Hand, damit sie seinen Sitz nicht volltropfte, als die

Yamaha hinter ihnen vorbeiknatterte. Rasch schob er zurück und sie folgten ihnen die Straße am Strand entlang, vorbei an all den netten Häuschen und Freizeitparks, den Hotels und Strandbars, mit denen jeder Flecken der Atlantikküste gepflastert war.

»Paradies der fetten Rentner«, murmelte Jo.

Beim Pirates Cove Hotel blinkte die Yamaha Richtung Stadt, überquerte den Halifax River und Jake dachte, dass die beiden zum Campingplatz zurückfahren würden, das Motorrad bog aber auf die Route 1 ab und kehrte bei Smyrna Beach auf die Atlantic Avenue zurück. Jo zoomte die Strecke auf dem Navigationsbildschirm größer und deutete auf einen gelben Kringel. »Die Straße führt in unbebautes Gebiet und endete bei einer Umkehrstelle. Das ist eine Sackgasse. Wenn nicht allzu viele Besucher am Strand sind, können wir sie endlich einfangen.«

Ein Adrenalinstoß wallte in Jake hoch und er fletschte die Zähne. Trotzdem bemühte er sich, genug Abstand zu halten, damit Jonathan ihn nicht im Rückspiegel bemerkte.

Sie näherten sich dem Straßenende, links der Strand, an dem der Atlantik seine Wellen abarbeitete, rechts der Halifax River, der träge im Sonnenlicht glitzerte, dazwischen die schmale Landmasse, bedeckt von Sand und Strandhafer. Nur zwei Autos parkten am Straßenrand, weit und breit war niemand zu sehen. Ihr Wild saß in der Falle.

Jo kramte eine .22er aus dem Handschuhfach und setzte eine Sonnenbrille auf. Doch die Yamaha hielt am Ende des Betonkreises nicht an, sondern fuhr den Trail weiter. Jake bremste heftig, schlug auf das Lenkrad, sprang aus dem Wagen und trat gegen die Poller, die ihnen die Weiterfahrt versperrten.

»*Rough Road*? Ich fahre einen Allrad-SUV, ihr Wichser«, schrie er das gelbe Warnschild an. Fast hätte Jake am Rückweg absichtlich einen Radfahrer gerammt.

Eirene drückte ihre Schenkel gegen seine und er bremste. Kurz stemmte sie sich auf den Tritten hoch und deutete zum Strand. Er nickte, sie hielt sich fest und er rollte über die Grasbüschel die Dünen zum Meer hinunter. Soweit er schauen konnte war der Küstenabschnitt menschenleer. Nachdem die Yamaha stillstand, rutschte Eirene herunter, nahm den Helm ab und begann sich auszuziehen.

»Ich nehme an, du willst schwimmen?«

»Klar doch«, sagte sie und zwinkerte ihm zu, »und du auch.«

»Das wird schwierig ohne Steg und ohne Krücken. Ein See oder Pool ist eine Sache, das Meer mit dem Wellengang eine andere. Und erst der Sand.«

»Ich helfe dir. Oder stört dich das?«

»Schon vergessen: groß und stark, in dem Fall unbeholfen und schwer. Willst du das wirklich?«

Anstelle einer Antwort zog Eirene den Zipp seiner Gore-Tex-Jacke auf. Jonathan seufzte und legte die Kombi ab, zerrte sich das verschwitzte T-Shirt über den Kopf und ging nur in Boxershorts zum Wasser, betrachtete zweifelnd die auslaufenden Wellen.

»Setz dich mit dem Rücken zum Meer«, befahl Eirene, »und halt deine Prothese aus dem Wasser.«

»Ich kann auch auf einem Bein balancieren.«

»Der Sand fließt leicht weg und die Wellen könnten dich aus dem Gleichgewicht bringen. Ich kann dich nicht auffangen.«

»Ich kann auch auf allen Vieren krabbeln.«

»Gegen die Wellen und Salzwasser schlucken? Mach wie ich es sag. Los.«

Seufzend gehorchte er. Nachdem sie ihm die Prothese abgenommen und sorgfältig im Rucksack verstaut hatte, fasste sie ihn unter den Achseln. »Stemm dich in den Boden und halt die Short fest, sonst bleibt sie am Strand.«

Er gehorchte und sie half ihm, am nassen Sand weit genug ins Wasser zu rutschen, dass er am Rücken liegend gegen die Wellen paddeln konnte.

Eirene sagte zufrieden: »Na, siehst du. War ganz einfach.«

Ein paar segelnde Möwen schrien über ihnen, ansonsten war nur die sanfte Brandung zu hören. Sie schwammen ein Stück den Strand entlang und mieden das tiefere Wasser. Das Ufer war überraschend sauber, keine einziges Stück Plastik ragte aus den angeschwemmten Algen oder flatterte in den Gräsern auf den Sanddünen.

Als die Yamaha nur mehr ein roter Punkt war, fasste er Eirene um die Taille. »Mich wundert, dass hier keine Bebauung ist und auch keine Badetouristen, es wirkt so unberührt.«

Eirene hielt sich an ihm fest und sagte: »Die Leute gehen nur dort baden, wo sie es vom Parkplatz zum Strand nicht weit haben. Sie müssen ja Unmengen Zeug mitschleppen. Hier gibt es weit und breit nichts. Shiloh war einmal bewohnt, dann hat sich das KSC dieses Stück Land gekrallt, die Leute abgesiedelt und wollte hier Abschussrampen bauen, aber die Naturschützer haben Einspruch erhoben. Dann wollte es Space X für kommerzielle Raumfahrt nutzen, die sind aber nach neuerlichen Protesten lieber Richtung Texas abgezogen. Im Moment ist die weitere Widmung in Schwebe, die

Natur darf Natur sein und nur ein paar Astronomen nutzen es als *Dark Sky Site*. Hoffentlich bleibt das so und es wird ein Naturreservat, es gibt schon zu wenige Orte wie diese.«

»Dark Sky Site?«

»Sterneschauen ohne große Lichtverschmutzung. Ich war schon ein paar Mal mit den Amateurastronomen des KSC hier.«

»Du kommst wirklich herum.«

Gemeinsam trieben sie auf dem warmen Wasser, ließen sich von den Wellen schaukeln, schwammen dann zurück und dieses Mal krabbelte Jonathan bis er im Trockenen ankam. Eirene hielt ihn auf. »Bleib sitzen und halt das Bein hoch.« Sie lief zum Rucksack, holte die Wasserflasche und ein Handtuch heraus, spülte seinen Stumpf mit dem sauberen Wasser ab, trocknete die vernarbte Haut und half ihm Liner und Schaft überzuziehen.

Jonathan stand auf und lächelte. »Hat gut funktioniert, aber zusehen dürfte da keiner.«

»Unsinn. Machen wir sowas wieder und einer glotzt blöde, erzähl ich ihm was.« Sie fuhr sich mit den Fingern durch ihr kurzes Haar. »Noch ein Vorteil der Frisur. Gleich trocken.« Sie sah auf ihre Armbanduhr. »Jetzt müssen wir aber.«

Rasch zogen sie sich an. Jonathan zeigte zum Trail hin. »Geh bitte zu Fuß. Ich brauche etwas mehr Schwung, um durch den Sand rauf zu kommen.«

Eirene folgte und lief los. Jonathan fuhr im Wasser an, drehte den Gasgriff auf und die Yamaha biss sich durch den losen Sand die Böschung hoch, im Gras nahm er Gas zurück, rüttelte über den Sandhafer und blieb neben Eirene stehen.

»Schade, dass ich das nicht gefilmt habe.«

Er schüttelte den Kopf. »Das ist gut so. Es kostet viele schwerverdiente Dollars Strafe unerlaubt am Strand zu fahren.«

»Ach, das kleine Stück.«

»Die Ranger kennen da keine Gnade.«

Bevor sie aufstieg, zwängte sie ihr Gesicht in seine Helmöffnung und hauchte einen Kuss hinein. »Danke für den schönen Nachmittag.«

In diesem Moment wusste er, dass das Video kein Abschiedsgeschenk war.

Die erste Abschussrampe war bereits in Sichtweite, als der Trail endete und mit einer neuerlichen Umkehrschleife die asphaltierte Straße wieder begann. Ein voll besetzter Parkplatz folgte dem nächsten und am Strand leuchteten unzählige bunte Sonnenschirme.

Nach ein paar Hundert Metern folgte Jonathan dem Straßenverlauf ins Landesinnere nach Titusville und benützte die offizielle Zufahrt zum Kennedy Space Center über den Indian River. Eirene lotste ihn am Besucherzentrum, mit dem phallischen Modell einer Trägerrakete neben der Einfahrt, vorbei und sie hielten erst beim Security-Gate zum Industriekomplex der NASA.

Der Sicherheitsmann ließ sie die Helme abnehmen und kontrollierte ihre Ausweise, tippte die Daten in seinen Computer, telefonierte kurz, dann gab er ihnen zwei folierte Zugangskarten an Bändern und schickte sie geradeaus weiter zum Headquater. Vor dem Eingang des langestreckten, dreistöckigen Flachbaues erwartete sie ein weiterer Sicherheitsmann, der Eirene begrüßte und Jonathan kurz zunickte. »Sie sollen ins Operation Support Building II, dort ist ein Meetingraum reserviert. Sie wissen, wo das ist, Doktor Leblanc?«

Eirene bejahte und dirigierte Jonathan auf einer Straße, die über eine weite, buschbestandene Ebene führte, zu einem anderen Industriekomplex, in dessen Mitte sich ein modernes fünfstöckiges Bürogebäude mit geschwungener Glasfassade von den kastenförmigen Montagehallen rundum abhob wie ein Superbike von einer Royal Enfield.

Jonathan parkte und ein grauhaariger Mann mit einer Statur wie Muhammed Ali kam auf sie zu. Er schüttelte Eirene lächelnd die Hand. »Freut mich, Sie wiederzusehen.«

»Jonathan, das ist Sam, der Chef vom Wach- und Notfallteam im OSB II. Sam, das ist Jonathan, Schriftsteller und mein Freund.«

Sam musterte Jonathan von oben bis unten, warf einen Blick auf die Enduro und sagte: »Sie sind *der* Jonathan Woolfe, nicht wahr? MotoAmerica?«

Jonathan nickte und der Sicherheitsmann klopfte ihm freudenstrahlend auf die Schulter. »Haben Sie dann Zeit, mit mir einen Kaffee zu trinken?«

»Hat er«, antwortete Eirene an seiner Stelle. »Ich brauche sicher länger.«

»Super, das ist super. Kommen Sie, die Leitung zum Ames Research Center steht schon.«

Er führte sie durch blitzsaubere Gänge mit unzähligen Fotos verschiedener Weltraum-Missionen in ein lichtdurchflutetes Büro mit einem runden Konferenztisch in der Mitte und einer Anrichte mit Sandwiches, Getränken und Thermoskannen an der Schmalseite. »Wir sind nur zwei«, sagte Eirene erstaunt.

»Standardverpflegung vom Subway für Meetings, die fragen nicht viel. Also, melden Sie sich, wenn Sie noch etwas brauchen.«

Jonathan legte Helm, Handschuhe und Jacke auf einen Stuhl. »Du bist hier Chefsache, oder?«

»Sam und ich – wir kennen uns schon länger, sein Sohn studiert am Caltech und ich habe ihn für ein Praktikum am ARC empfohlen. Sam ist unheimlich stolz auf seinen Jungen und dankbar für jede Unterstützung.«

Er deutete auf Bildschirm, Tastatur und Headset, die jemand am Tisch aufgebaut und an das Mediasystem angeschlossen hatte. »Darf ich zuhören? Ich bin neugierig.«

»Natürlich«, sagte Eirene, setzte die kabellosen Kopfhörer auf, rückte das Mikrofon daran zurecht und schaltete den Bildschirm ein. Das NASA-Logo erschien und eine Leiste zeigte den Status. Das Bild wechselte und ein Büro, nicht unähnlich dem ihren, erschien.

Eine tiefe Frauenstimme sagte: »Eirene, *mon amour*, schön, dass du wieder Zeit für uns hast, ich dachte schon, die ESO hat dich ganz in Beschlag genommen.«

Jonathan konnte die Sprecherin nicht genau erkennen, da er schräg zum Bildschirm saß, der einen Blickschutzfilter angebaut hatte.

»Auch dir einen guten Tag, Nadine. Du weißt, dass ich Abwechslung schätze«, antwortete Eirene.

»Warst du schon bei Patrick in Berkley? Das muss ja ein besonderer Tag für euch gewesen sein, als die Schweden die gelinste Supernova erwischt haben? Eine Sensation!«

»Nein, ich war im April in der Klinik. Aber das ist ja auch nicht mehr mein Thema.«

»Zumindest hast du deinen Teil beigetragen. Keck hat hervorragende Daten geliefert, habe ich gehört.«

»Nur ein kleiner Beitrag.«

»Der Teufel scheißt immer auf den größten Haufen. Jeder in der Teleskop-Branche weiß, von wem die besten Dekonvolutions- und Fourier-Transformations-Algorithmen stammen. Du hättest dir bei Space Solutions eine goldene Arschbacke verdienen können.«

»Schnee von gestern. Kommen wir zum Heute. Wann und wo sind wir gestellt?«

»Treffpunkt ist der 22. Juli in Christchurch, ich erledige heute noch alle Buchungen. Du fliegst von Orlando nach Houston und von dort nach Neuseeland. Ab da übernehmen die Kiwis die Organisation. SMARTIS ist schon vorausgeflogen, aber der Geek vom FTIR-Team möchte noch mit dir abhängen.«

»Okay. Schick seine IP. Brauche ich noch spezielle Sachen?«

»Du bekommst gleich ein Mail mit einer Checkliste. Die angekreuzten Dinge sind schon in Christchurch vorrätig. Wenn dir noch was fehlt, melde es gleich Iann. Ich kämpfe noch mit einem personellen Problem.«

»Hat Eric schon wieder Darmgrippe?«

»Aber nein. Unser Swabbie hat sich abgesetzt. Der wollte unbedingt bei den Krauts mit. Dümpelt bereits auf der Polarstern in Richtung Spitzbergen. Vielleicht hat er auch nur Angst vor seinem eigenen Mut bekommen. Oder vor mir. Was weiß ich. So kurzfristig Ersatz für einen Crewman zu bekommen ist ein …«

Jonathan unterbrach ihre Unterhaltung. »Ich kann das übernehmen, ich kann ein Schneemobil fahren und alles andere mit Motor auch. Und ich bin Mechaniker für schweres Gerät. Mit Kletterzeug komme ich auch zurecht.«

Nadines Blick suchte den Sprecher, Eirene hielt das Mikrofon zu. »Du willst mitkommen?«

»Ja, warum nicht?«

»Das ist ein Junge-für-alles-Job. Das ist dir klar?«

»Habe ich verstanden. Und es wäre eine einzigartige Gelegenheit für den Beta-Test. Das ist ottobock sicher ein großzügiges Sponsoring wert. Oder stört es dich, wenn ich mitkomme?«

»Das kommt jetzt etwas überraschend.« Sie tippte mit den Fingern auf die Tischplatte, nahm schließlich die Hand vom Mikrofon.

»Entschuldige, Nadine, kleine Unterbrechung, jetzt ist wieder alles Online. Hörst du mich?«

Die Französin nickte. »Wer hat da gerade gesprochen?«

»Mein Freund. Jonathan. Er ist abenteuerlustig und hat zusätzlich jemanden an der Hand, der das Projekt finanziell unterstützen würde. Bist du interessiert?«

»Dein Freund? Was kann er beitragen? Wer ist der Sponsor? Ist er fit?«

»Am besten ihr redet direkt.« Eirene nahm das Headset ab und reichte es Jonathan, der sich an ihrer Stelle vor den Bildschirm setzte. Eine aparte Frau um die fünfzig schaute ihn neugierig an. »*Mon dieu*, was für ein kantiger Junge. Das allein ist ja schon ein Grund ihn mitzunehmen.«

Augenblicklich war Jonathan verlegen, doch Eirene beugte sich vor und flüsterte: »Sie steht auf Frauen, lass dich nicht beirren.«

Er lächelte und antwortete der Französin: »*Tout n'est pas oro ce qui brillant*. Deshalb werden Sie mich kaum engagieren.«

»*Sans phrase*. Ihr Französisch ist sehr eigenwillig. Cadien?«

»*Vie*. Aber ich kann nur mit ein paar Sätzen angeben.«

Nadine schien trotzdem erfreut. »Das Bemühen zählt. Ich habe Sie inzwischen gegoogelt. Interessanter Querschnitt. Sie haben Erfahrung mit schwerem Gerät? Woher?«

»Vier Jahre Arbeit in einer Scania-Werkstatt, die auch Industrieaggregate gewartet hat. Und ab und zu nebenbei Aushilfe in einer ATV-Werkstatt. KTM, Yamaha, TGB.«

»Gut. Wer ist dann der Sponsor? Scania?«

»Nein. Ganz und gar nicht. Kennen sie die Firma ottobock aus Austin?«

Nadine nickte. »Wir hatten schon einmal im Rahmen eines größeren Meetings zum Marsprojekt das Vergnügen. Da ging es um Prototypen für Body Extender. Die haben vor kurzem BionX aufgekauft, nicht wahr?«

»Ich bin gerade Beta-Tester für einen bionischen Fußersatz. Klinische Studie.«

Nadine rückte näher zum Bildschirm. »Sie tragen eine bionische Prothese? Das ist sogar äußerst interessant. Lassen Sie mich kurz mit dem Projektteam sprechen, das sich mit den Exoskeletten beschäftigt.« Sie verschwand aus Jonathans Gesichtsfeld und er betrachtete ein paar Minuten den leeren Stuhl. Als Nadine wieder auftauchte hatte sie noch das Telefon am Ohr. »Welchen Typ?«

»Es gibt nur eine fortlaufende Versuchsnummer. BionX03/17.«

Nadine nannte die Bezeichnung ihrem Gesprächspartner, hörte eine Weile zu, nickte und legte auf. Sie konzentrierte sich wieder auf Jonathan. »Mein Kollege hat gerade so viel Endorphine ausgeschüttet, dass er den Rest des Tages high sein wird. Er nimmt mit der Firma ottobock wegen der Modalitäten Kontakt auf und ich muss jetzt gleich in die Administration, damit der Risikomanager keinen Atemstillstand wegen eines Quereinsteigers bekommt. Ich melde mich später noch einmal bei Eirene. Richten Sie Ihr das bitte aus. Willkommen im Team, Jonathan.«

Das NASA-Logo überdeckte den Bildschirm, die Verbindung war getrennt. Jonathan sprang auf und hüpfte einmal um den Sessel herum.

»Du freust dich ja wie ein kleines Kind, das Santa Claus im Kamin stecken sieht.« Eirene schmunzelte.

Er fasste sie um die Taille und wirbelte sie hoch. »Wie viele Reise-Blogger kommen schon in die gottverdammte Antarktis? Noch dazu mit einer NASA-Expedition? Das ist wie Thanksgiving und Valentinstag auf einmal. National Geographic wird sich um den Bericht reißen.«

Eirene kniff ihn in die Wange. »Und ich dachte, du kommst meinetwegen mit.«

»Aber ja. Nur wegen dir – und wegen der Pinguine.«

»Ich wusste doch, dass da noch was war. Ich muss dich aber enttäuschen – in den Wintermonaten sind keine am McMurdo Sound.«

»Winter?«

»Natürlich. Südhalbkugel. Würde für eine Astronomin auch keinen Sinn machen im Sommer hinzufahren, wenn die Sonne rund um die Uhr scheint.«

»Dann gibt es eben Fotos von Polarlichtern statt von Pinguinen.«

»Wenn du zum Fotografieren kommst. Nadine ist sehr genau mit den Prozeduren, du wirst alle Hände voll zu tun haben. Apropos: alle Hände voll. Ich komme gleich um vor Hunger.« Eirene stand auf, ging zum Büfett und begann wahllos Snacks in sich hineinzustopfen.

»Dir wird schlecht werden«, sagte Jonathan und nahm sich ein Roastbeef-Salat-Sandwich.

»Von Essen wird mir nie schlecht«, erwiderte Eirene mampfend. »Nur von Schnaps.« Sie schüttete einen

Becher Kaffee nach und nahm sich reichlich Kekse mit zum Computer. Ein Jingle kündigte neue Mails an.

»Der Spektroskop-Techniker ist in fünfzehn Minuten Online. Gehst du zu Sam? Jetzt kommen langweilige Sachen. Ich muss mit seinem Team am ARC ein paar technische Einstellungen klären und möchte später auch noch mit Iann in Christchurch zu den Ausrüstungsgegenständen skypen. Er leitet die Expedition. «

»Ich dachte, das macht Nadine.«

»Für unsere kleine US-Truppe schon, aber die NASA und die Air Force haben sich da bei den Kiwis angehängt. Es ist eigentlich deren Chose.«

»Wieso plötzlich Air Force?«

»Die Air Force macht die Flüge nach McMurdo und als sie von der Winterexpedition gehört haben, wollten sie auch mit. Zwei Techniker testen einen neu entwickelten Generator. Details weiß ich aber nicht. Andere Baustelle.«

»Was ist eigentlich SMARTIS? Darfst du mir das sagen?«

»Aber natürlich. Das ist der *Small Marsian Radiometer and Thermal Infrared Spectrometer*, eine Einheit zur Positionsbestimmung. Ein kompaktes, mobiles Gerät, mit dem Leitsterne anhand ihrer Spektralfarben analysiert und unter einem Himmel mit unbekannten Sternbildern automatisch wieder identifiziert werden. Dafür entwickle ich in dem Projekt die Algorithmen. Trilateration. Astronomische Ortsbestimmung.«

Jonathan runzelte die Stirn. »Wie auch immer. Da ist aber noch etwas, das ich wissen muss: Warum bekommt jemand namens Eugene haufenweise Formeln in Schulheften zugeschickt?«

Eirene schüttelte den Kopf, presste die Lippen zusammen. Sie murmelte: »Muss aufs Clo«, und lief hinaus.

Jonathan wartete zehn Minuten vergeblich, dann legte er ihr eine Notiz hin, ging gleichfalls hinaus und hatte bald das Protective Services Office gefunden. Er öffnete die Tür und steckte den Kopf hinein. Sam winkte ihn näher und stellte ihm sein Team vor, durchwegs junge Männer, die gebannt vor Bildschirmen saßen. Am Schluss sagte er: »Das, Leute, ist Jonathan Woolfe, er war mal Seriensieger und auf gutem Weg, ein ganz Großer im Motorrad-Rennsport zu werden. Er hatte einen schlimmen Unfall, der ihm ein Bein gekostet hat, und seht ihn euch heute an. Fährt mit der NASA auf Expedition in die Antarktis.«

Jonathan grüßte alle, sagte: »Zuviel der Ehre, Chief«, und flüsterte Sam zu: »Wie hat sich das so schnell rumgesprochen?«

»Ihr Status hat sich im System sofort von Besucher auf Kontraktor geändert. Hier, die neue Zugangskarte.« Er tauschte sie gegen die vorherige, die um Jonathans Hals baumelte. »Willkommen bei der NASA.«

Wieder am Gang sagte Sam: »Leistung gehört gewürdigt, Jonathan, und die Burschen da drinnen können manchmal einen Ansporn vertragen. Alles nur noch Videospieler. Kommen Sie, ich mache meine Runde und gebe Ihnen eine kleine KSC-Privatführung.«

Nach einer Tour mit einem getunten Golfwagen zur früheren Space-Shuttle Landebahn, einer Saturn V-Abschussrampe, den ehemaligen Astronautenquartieren und durch zwei Montagehallen, kamen sie zurück in die Kommandozentrale und tranken Automatenkaffee.

Sam sagte: »Ich mag diesen Job. Habe nie bereut, das FBI in Frisco verlassen und an die Ostküste gewechselt zu haben. Hier ist es zwar auch oft stressig, aber das ist guter Stress.«

Jonathan horchte auf. »Darf ich Sie etwas fragen, ohne dass Sie mich für paranoid halten?«

Sam nickte. »Nur zu.«

Jonathan erzählte ihm von den beiden Blonden und dem GMC Yukon. Am Ende sagte er: »Ich dachte, sie hätten aufgegeben oder es war doch nur ein krasser Zufall, aber bei der Herfahrt sind sie mir wieder im Rückspiegel aufgefallen. Und dieses Mal waren sie sicher hinter uns her, denn weit und breit war sonst niemand.«

Jonathan zeigte ihm die Fotos auf seinem Smartphone und beschrieb ihm die beiden Verfolger. Der Security-Mann kratzte sich am Kopf, klopfte plötzlich auf den Tisch. »Aber ja – das sind die Coyo-Twins, ein richtiges Duo Infernale. Treten immer gleich gekleidet auf, mal als Mann, mal als Frau. Hat die Behörden jahrelang irritiert, wie einer an zwei Stellen gleichzeitig sein kann. Selbst die DNA-Techniker waren oft nicht einig. Bis sie geschnallt haben, dass das ein eineiiges Zwillingspärchen ist. Bruder und Schwester. Wie haben Sie sich denn die eingetreten?«

»Ich denke, die beiden beschatten Eirene. Warum auch immer.«

»Kann ich mir nicht vorstellen. Das sind Auftragskiller, arbeiten bevorzugt für das organisierte Verbrechen. Kann schon sein, dass sie auch manchmal inoffizielle Aufträge von regierungsnahen Kreisen annehmen. Das Darknet ist anonym.«

»Killer?« Jonathan starrte Sam an. »Ich habe eher an Überwachung gedacht. Oder Industriespionage.«

»Vielleicht machen sie jetzt sowas auch, ich bin schon eine Weile weg von dem Thema. Aber dafür wären die beiden eigentlich zu teuer.«

»Rezession im Mördergeschäft?«, versuchte Jonathan zu scherzen.

Sam zuckte mit den Schultern. »Gab es schon eine gefährliche Situation? Haben Sie eine Waffe gesehen? Wurden Sie bedroht?«

»Nein. Bisher habe ich die beiden nur mit Abstand gesehen. Heute sind sie uns das erste Mal ziemlich nahe gewesen.«

»Wissen Sie was? Ich werde ein paar Erkundigungen einholen. Dann kann ich Ihnen eine Risikoeinschätzung geben. Fahren Sie zum Campingplatz zurück?«

»Kommt auf Eirenes Terminplan an, aber ich denke schon, wir haben unser ganzes Zeug noch dort.«

»Geben Sie mir Ihre Nummer, ich melde mich bei Ihnen, sobald ich was weiß.«

Jonathan schrieb Sam die Mobilnummer auf dessen Visitenkarte und hoffte inständig, dass sich der Security-Mann irrte.

20

Seit drei Stunden saßen sie jetzt im SUV am Parkplatz neben der Tankstelle und warteten. Jo hatte einen Bewegungsmelder unter der Einstiegstür des Morelo-Wohnmobils angebracht. Die milde Nacht lockte die Camper in die Strandbars und Autos verließen den Platz, andere mit lärmenden Kindern im Heck kehrten zurück. Nur das Motorrad war noch nicht aufgetaucht.

»Was treiben die bloß?«

»Vielleicht sind sie bis nach Cape Canaveral gefahren und machen eine Besichtigungstour.«

»Das dauert auch nicht so lang. Sie werden wohl kaum in den Klamotten in ein Restaurant gehen. Zumindest zum Umziehen müssen sie doch herkommen?« Jo kramte in ihrer Tasche und holte die Kreditkarte heraus. »Ich brauch was zum Beißen, sonst wird mir flau. Willst du auch was?«

Er schüttelte den Kopf, er war viel zu angespannt, um etwas herunter zu bekommen. Jo schlenderte zur McDonald-Filiale hinüber und kam mit zwei Tüten und einem Becher zurück.

»Ich wollte doch nichts«, sagte Jake gereizt.

»Ist auch alles für mich, Darling.« Sie aß mit Appetit die Styroporboxen leer und Jake knurrte der Magen. Gerade als sie den letzten Schluck aus dem Becher saugte, schlug der Bewegungsmelder an.

Jo warf die Tüten nach hinten, klopfte auf das Armaturenbrett. »Los, los.«

Jake startete den Motor und musste sich beherrschen nicht Vollgas zu geben. Im Schritttempo bogen sie am Campingplatz ein, der fette Kerl schnarchte in seinem Büro vor dem Fernseher. Langsam fuhren sie die Stellplätze entlang. Aus mehreren Wohnmobilen dröhnte Musik oder eine Abendshow, nur zwei ältere Pärchen grillten im Freien. Ein paar Meter vor dem Morelo stoppte Jake. Schemenhaft konnte er ein Motorrad unter den Bäumen erkennen, Licht erhellte die Fahrerkabine, zwei Gestalten bewegten sich hinter den Jalousien.

Jake zog die Handschuhe über. »Wir erledigen das jetzt gleich vor Ort, wir haben die ganze Nacht Zeit.«

Er nahm seine Goldmünze heraus und warf sie. Dieses Mal war das Glück auf seiner Seite. »Ich setzte sie mal fest, du parkst den GMC ein Stück abseits und siehst dich um, ob jemand etwas mitbekommt.«

Jo nickte. »Und lass mir was übrig.«

»Aber immer doch.«

Jake schlug die Beifahrertür des SUV hinter sich zu und Jo sah ihn erstaunt an.

»Holy Shit!«, keuchte er. »Da sind zwei Soldaten im Wohnmobil. Zum Glück habe ich noch die Uniform gesehen, ich wollte dem einen gerade den Schalldämpfer zwischen die Rippen drücken.«

»Langsam habe ich den Verdacht, dass man uns nicht alle Fakten zu dem Auftrag gegeben hat.« Jo wirkte nachdenklich. »Es wird Zeit ein paar Anrufe zu tätigen.«

Jake klappte die Sonnenblende herunter und richtete im Spiegel seine Frisur. »Ganz richtig. Es wird verdammt Zeit.«

Er wartete schweigend bis Jo mit den Telefonaten und ihrer Internetrecherche fertig war. Sie starrte kurz vor sich hin, dann sagte sie: »Weißt du, *wer* dein verfluchtes

Schneewittchen eigentlich ist? Eine Astronomin, die für JPL und die NASA arbeitet und für die ESO. Ein heimlicher Star ihrer Branche. Gilt als schwierig und brillant. Mit Kontakten bis ins Pentagon. Die Soldaten sind von Cape Canaveral gekommen. Anscheinend bleiben unsere beiden Turteltäubchen vorerst dort.«

Jake zerquetschte eine Mücke, die sich gerade auf seinem Handrücken niederlassen wollte. »Ich glaube, wir sollten neu verhandeln. Das ist ein anderes Kaliber.«

»Und ob wir das sollten. Der Zeitplan wird so nicht zu halten sein.« Jo knirschte mit den Zähnen.

»Er wird schon wieder herauskommen oder arbeitet er auch für die NASA?«

»Fragt sich nur, ob sie nicht mit Geleitschutz wohin chauffiert werden. Warum hätten die sonst das Wohnmobil geholt?«

Jake lächelte mit schmalen Lippen. »Ich glaube, es wird Zeit, dass du dein rotes Kleid auspackst und eine kleine Tour durch die Bars nahe dem Space Center machst.«

21

Das Croissant zeigte keine Wirkung. Auch nicht der Kaffee, die Orangenspalten und die Pfirsichhälften. Jonathan aß das Obst selber und tupfte ihr etwas Pfefferminzöl unter die Nase. Eirene nieste und öffnete die Augen. »Du bist ein grausamer Mann.«

»Du wolltest, dass ich dich um acht wecke. Aber ich kann mich auch wieder zu dir legen.« Er hob den Deckenzipfel an.

»Nein! Das bringt dich nur auf dumme Ideen.« Sie krabbelte unter der Decke hervor, blieb am Bettrand sitzen. »Hast du schon gepackt?«

»Wie angeordnet. Und das andere Zeug in Kartons geschlichtet, die Yamaha geputzt und versandfertig gemacht, den Kühlschrank ausgeräumt.«

Sie gähnte und hob die Hand. »Ist schon gut. Ich hab's verstanden.«

»Sam sitzt übrigens vorne, nur falls du blank frühstücken willst.« Er streichelte ihre nackte Schulter.

»Nach der letzten Telekonferenz war ich so erledigt, ich habe beim Schlafengehen nicht einmal mehr ein T-Shirt gefunden. Lass mich noch ein wenig munter werden, ich komm gleich.«

Jonathan drückte ihr einen Kuss auf die Schulter, schloss die Schiebetür des Schlafbereichs hinter sich und setzte sich wieder zu Sam in den vorderen Teil des Morelo.

Ohne viel Aufhebens hatte der Security-Mann gestern zwei Jungs von der Air Force Basis angefordert und das

Wohnmobil ins Kennedy Space Center schaffen lassen, nachdem sich herausgestellt hatte, das die Coyo-Twins verdächtig wurden, das Intranet der Highway-Patrol gehackt zu haben.

»Waffen genügen heute nicht mehr«, sagte Sam. »Inzwischen sind Verbrecher auch schon fit mit den elektronischen Medien.«

»Sind ja auch eine Waffe, wie wir seit der Wahl wissen«, gab Jonathan zurück. Sam nickte und trank seinen Espresso. »Guter Stoff«, sagte er anerkennend.

»Texas Special.«

Nachdem er ein paar Nachrichten auf seinem Smartphone durchgesehen hatte, schrieb Sam einen Aktionsplan für Jonathan.

»Also, einer meiner Jungs chauffiert sie beide gleich nach Orlando. Direkt im Flughafen ist im Hyatt ein Zimmer reserviert, dort bleiben sie bis am Abend. Ihr Flug nach Houston geht um 18:05, von dort der Anschlussflug nach Auckland um 22:15. Für die Wartezeit gehen sie direkt in die VIP-Lounge, dort gibt es nur begrenzten Zutritt, das ist sicher. Von Auckland dann nach Christchurch, Ankunft um 09:25. Dort wartet jemand von der Air Force.«

Jonathan nickte und Sam fuhr fort: »Ihre persönlichen Sachen und das Motorrad bringen wir an die Adresse in Golfcrest. Ihr Bruder weiß Bescheid?«

Wieder nickte Jonathan.

»Sie wollen sich wirklich von dem Morelo trennen?«

»Ja, er ist schon recht altersschwach, ich hätte ihn sowieso demnächst tauschen müssen.«

»Gut«, sagte Sam, »wir werden uns um den Verkauf kümmern.«

Jonathan hob die Brauen. »Das machen Sie für mich?«

Sam lachte. »Ich delegiere es. Alles eine Serviceleistung der NASA. Mit etwas gutem Zuspruch von meiner Seite. Ich bin Eirene einiges schuldig und die Firma kann es sich leisten. Das Marsprojekt hat ein großes Budget. Nichts macht der NASA gerade mehr Sorgen, als dass ihnen ein Privater am roten Planeten zuvorkommt.«

»Seltsamer Wettstreit.«

»Sie sagen es.« Sam trank seinen Kaffee aus. »Wenn Sie meinen Rat wollen: Übermorgen sind Sie aus der Schusslinie. Warten Sie es einfach ab. Wenn Sie zurückkommen und die beiden Coyos kleben noch immer an Ihren Haken, dann rufen Sie den Sicherheitsdienst der NASA am Moffett Field an. Ich gebe Ihnen eine bestimmte Nummer. Rufen Sie dort an. Die Jungs sind fast alle Ex-Seals und brauchen nicht so viele Beweise wie die Feds, wenn Sie verstehen.« Er schrieb eine Telefonnummer auf seine Visitenkarte. »Sagen Sie, dass Sie von mir kommen.«

Jonathan steckte sie in seine Jackentasche. »Wie kann ich Ihnen danken?«

Sam stand auf und schüttelte ihm die Hand. »Geben Sie auf Eirene acht. Gute Reise und Gott sei mit Ihnen.«

22

Aufgekratzte Kinder, fotografierende Erwachsene und Flughafenmitarbeiter, die in ihre Funkgeräte murmelten; ein Haufen Menschen wuselte durch die zentrale Halle, die von einem kassettenförmigen Glasdach überspannt war. Zwischen scheinbar aus dem Steinboden wachsenden Palmen kurvten Gepäckwagen, dahinter Touristen mit Tablets in der Hand, die sich trotz Routenplaner nicht zurechtfanden. Und über allem eine Klangwolke von Lautsprecherdurchsagen, die immer wieder das Plätschern der Fontäne im Springbrunnen überdeckte. Der Orlando International Airport quoll über vor Reisenden, die möglichst schnell in die Vergnügungsparks wollten.

Ihr Fahrer, ein junger Hispano in der Uniform des Sicherheitsdienstes, hatte sie bis zum Eingang des Hyatt Regency Hotels begleitet, das in der Abflughalle errichtet worden war, mit direktem Zugang zu den Terminals. Er kümmerte sich auch darum, dass ihr Gepäck und das Check-In erledigt wurde.

»Dieses Mal ist Sam aber überfürsorglich«, sagte Eirene, als der Sicherheitsmann ihnen die Bordkarten ins Zimmer brachte und gleichzeitig ein Page einen Wagen mit Fingerfood und Fruchtsäften hereinschob.

Einen Augenblick überlegte Jonathan, ob er Eirene erzählen sollte, was Sam über ihre Schatten herausgefunden hatte, ließ es aber dann sein. Seit dem letzten Schulheft waren ihm keine heimlichen Telefonate oder seltsamen Mails mehr aufgefallen. Eirene wirkte entspannt, ganz und gar nicht wie jemand, der Geheimnisse hüten musste. Vielleicht war alles einfach ein Irrtum, eine Verwechslung. Er wollte, dass es so war.

Er setzte sich zu ihr an den Tisch und tauchte einen gebackenen Jalapeno in den Sauerrahm. »Du hast gezögert, als ich mitwollte. Meinst du, dass ich dich unter deinen Kollegen blamiere?«

Sie hörte zu kauen auf und schluckte den Bissen im Ganzen hinunter. »Jetzt sei nicht komisch. Ich bin nur unsicher, ob dir ein Haufen Wissenschaftler mit ihrem Getue nicht den letzten Nerv ziehen werden. Menschen wie ich können bei gruppenartigem Auftreten bei anderen Menschen Fluchtreflexe auslösen.«

Er lachte herzlich. »Ich werde meine Geduld schärfen.«

Nach einem halben Tablett war er satt. Eirene trank einen grünen Smoothie und schob gleichfalls ihr Teller weg. Sie stand auf, ging zur Balkontür und schaute zum Tower hinüber. »Und noch was.«

»Ja?«

»Grabschen ist im Feldlager tabu. Ein unausgesprochenes Gesetz bei Expeditionen.« Sie drehte sich um und grinste.

»Kein Problem.«

»Sicher?«

»Und ob! Temperaturen weit unter dem Gefrierpunkt und drei Wochen ohne Dusche? Glaub mir, da ist gelegentliches Händchenhalten mein einziger Wunsch.«

Sie lächelte und tätschelte seinen Kopf. »Guter Blue.«

»Nicht frech sein, Alice. Sonst hole ich mir einen Vorrat.« Jonathan stand gleichfalls auf und streckte sich.

Sie zog ihn am Hosenbund näher. »Gar keine so üble Idee.«

Eine Stunde später schlüpfte Jonathan in seine Kapuzenjacke und setzte eine Schirmmütze mit NASA-Logo auf. »Ich hole noch Lesestoff. Du bleibst im Zimmer?«

»Ein bequemes Bett und der Luxus, einmal so richtig faul zu sein? Davon lass ich mir keine Minute entgehen.« Eirene angelte sich die Fernbedienung vom Nachttisch. »Mich bringen keine zehn Mulis dazu, mich dem Disney-Wahnsinn da unten auszusetzen.«

Jonathan benützte die Treppen, durchquerte den Mittelgang des Hyatt, mit den Inseln aus Grünpflanzen und gemauerten Brunnen, und lief in der Haupthalle des Terminals vorbei an den Shops von Universal Studios und Seaworld zu Hudson Booksellers. Im Eingangsbereich blieb er beim Regal mit den Neuerscheinungen stehen. Ein Knarzen ließ ihn den Kopf drehen und er sah eine philippinische Frau, die einen Putzwagen vorbeischob, mit gelb behandschuhten Fingern eine Sprühflasche nahm und die Sitzbänke gegenüber säuberte. In diesem Moment wurde ihm klar, warum Eirene Orlando für einen schrecklichen Ort hielt. Alles erschien sauber und fröhlich, aber es war eine Welt wie eine Bonbonniere: Ein quietschbunter Karton, eingehüllt in Cellophan, darin geformter Kunststoff mit ein paar wenigen Pralinen, alle sorgsam verpackt, so dass nicht einmal ein Hauch von künstlicher Vanille entkam. Eine Werbewelt mit viel Aufmachung und fast keinem Inhalt.

Er nahm *Play the Man* vom Regal, blätterte darin und schüttelte den Kopf. Eine Anleitung, wie man der Mann werden konnte, wie ihn sich Gott vorgestellt hatte; verfasst von einem Pastor. Jonathan grinste, das wäre genau das Buch das Mandy für Stan zu X-mas kaufen würde, wenn sein Bruder jemals ein Buch lesen würde. Er stellte den Schmöker zurück, spazierte zu den Taschenbüchern, nahm den neuen Roman von Don

Winslow *The Force* und ging damit zur Kassa. Beim Bezahlen machte er einer Mutter mit einem Kleinkind Platz und bemerkte im Augenwinkel zwei blonde Schöpfe. Schnell trat er einen Schritt zurück, damit ihn ein Regal verdeckte, die Zwillinge hatten ihn aber schon entdeckt, blieben vor dem Buchladen stehen. Der Mann spielte mit einer Goldmünze. Dann kamen sie näher.

Jonathan seufzte, er hatte sich getäuscht, als er meinte, sie in Daytona abgehängt zu haben, die beiden waren wie Bluthunde. Nun – dann werde ich einmal eine Spur legen, dachte er und schlenderte aus dem Buchladen, schaute nicht in die Richtung der beiden, sondern ging weiter auf die Gates zu. Sie folgten ihm, holten unauffällig auf. Verdeckt von einer deutschen Reisegruppe wurde er schneller, bog zur Lobby Bar ab, setzte sich auf einen Barhocker, und beobachtete im Spiegel hinter den Flaschen den Außenbereich. Die beiden Coyos hatten das Manöver durchschaut, näherten sich, betraten das Lokal. Er stand wieder auf, ließ sich vom Kellner den Weg zu den Toiletten zeigen, duckte sich aber nach der Theke und verließ die Bar durch den hinteren Ausgang.

Am South Walk eilte er zu Johnston & Murphy, packte die nächste Komplettbox im Outfittery-Stil, die er in seiner Größe fand, zahlte und mischte sich unter eine schwatzende Gruppe Männer, die anscheinend von einem Betriebsausflug in die Freizeitparks zurückkamen. Gerade als die Coyos den Gang entlang marschierten und sich umsahen, bog er ins XpresSpa ein, einem Wellness-Laden für Eilige, eingerichtet wie ein japanisches Teehaus. Er marschierte ganz nach hinten, setzte sich auf einen der grauledernen Relax-Sessel, gleich neben eine füllige Rothaarige, deren Gesicht mit einer Maske zugeschmiert war, und die ihn erfreut anblinzelte. Eine gepflegte ältere Latina, in einem zartgrünen Kittel und mit grellrosa lackierten Fingernägel, kam lächelnd auf ihn zu. Sie warf einen Blick auf die Einkäufe. »Darf ich raten? Rasur?«

Er nickte und sie machte sich sofort ans Werk. Geschickt hantierte sie zuerst mit dem Langhaarschneider, legte ihm warme Tücher auf, dann rasierte sie ihn noch einmal mit einem Klingenrasierer und cremte ihn mit einem nach Lavendel duftenden Mittel ein. Fast hätte er die Prozedur genossen, aber er konnte die beiden Blonden draußen umherwandern sehen, sie schauten sich aufmerksam um, beobachteten alle Läden im näheren Umkreis, versuchten dabei selber unauffällig zu bleiben.

»Eine Pflegecreme dazu?«, fragte die Kosmetikerin, als er zahlte. Zuerst wollte Jonathan ablehnen, aber dann sagte er freundlich: »Nehme ich, aber darf ich mich hier wo umziehen? Ich möchte nicht auf die Toilette gehen.«

»Okay.« Sie deutete auf eine weiße Tür an der Rückwand. Nachdem er im Personalraum dahinter das Hoody, die Schirmmütze und die Jeans gegen Leinensakko, Hemd und Chinohose getauscht, mit der Creme die Haare geglättet und eine Sonnenbrille aufgesetzt hatte, schlenderte er hinaus und an den Sitzbänken zwischen den Palmen vorbei in Richtung Hyatt Regency. Die beiden Coyos reagierten nicht.

Kaum war er außerhalb ihres Gesichtsfeldes, lief er los und sprang in den Aufzug, der gerade in der Lobby hielt. Er schlug die Tür ihres Hotelzimmers hinter sich zu, schaute sich im Raum um, aber das Bett war leer und der Fernseher ausgeschalten. Im Badezimmer brannte Licht, er drückte die Tür auf. Eirene knüpfte sich gerade ein Handtuch um und erstarrte. »Verdammt noch mal, Mister. Sie sind …« Sie riss die Augen auf. »Jonathan? Oh, wow. Babyface.«

»Gefällt es dir nicht?«

»Es ist so ...« Sie stockte und für einen Moment lag ein wehmütiger Ausdruck auf ihrem Gesicht. »Doch. Sieht gut aus.«

Er lächelte. »Es ist so wie früher – das wolltest du sagen, nicht wahr?«

Sie nickte und schaute zu Boden.

»Ist es aber nicht. Die Haut ist älter geworden. Und der Träger weniger großspurig, hoffe ich zumindest.«

»Großspurig? So habe ich dich nicht in Erinnerung.«

»Doch, das war ich. Vielleicht nicht bei dir. Aber wir haben uns nicht so gut gekannt. Ich hatte keine echten Freunde.«

»Wer hatte das schon in dem Alter?«, murmelte sie und zog sich an.

Eine halbe Stunde später packten sie ihre Taschen und gingen vom Zimmer in die Abflughalle. Immer wieder sah Jonathan sich möglichst unauffällig um. Eirene stoppte bei Disney's EarPort, einem Laden, vor dem eine Goofy-Figur rosagetunkte Kekse in Form eines Mickey-Kopfes balancierte. »Halt, ich muss noch etwas besorgen.«

»Ich dachte, du hasst den Disney-Wahnsinn.«

Eirene seufzte. »Tu ich auch, aber Iann hat noch eine SMS geschickt und ich muss seiner Enkelin etwas mitbringen. Bin gleich zurück.«

Er lehnte sich gegen die Wand, neben die lindgrüne Goofy-Mütze, die wie ein überdimensionaler Champignon aussah. Ein asiatisches Pärchen winkte ihm zu und fotografierte das Geschäft. Durch den Spalt hinter der Comicfigur war der Gang zu sehen, der zu den östlichen Gates führte, und Jonathan erkannte zwischen den bunten Urlaubern die inzwischen bekannten dunklen Anzüge und die blonden Haarschöpfe. Die beiden Coyos schlenderten auf und ab und begutachteten die Reisenden, die sich auf den Weg zu den Bahnzubringern machten. »Verdammt«, murmelte er.

Jonathan musterte die Leute um sich und entdeckte in einem benachbarten Laden einen jungen Weißen, der ihm in der Statur ähnelte.

Er ging hin und fragte: »Willst du dir fünfzig Dollar verdienen?«

»Was muss ich dafür tun?«, fragte der Twen vorsichtig.

»Ich will nur meinen Kumpels einen Streich spielen. Siehst du die beiden blonden Anzugstypen?«

Der Blick des jungen Mannes folgte seiner ausgestreckten Hand und er nickte.

»Ich gebe dir die Einkaufstüte. Da sind mein Hoody und ein NASA-Basecap drin. Du ziehst meine Sachen über, gehst ein paar Meter vor ihnen vorbei, dann dort drüben in die Toilette, ziehst das Zeug wieder aus, stopfst es in den Mülleimer und verziehst dich. Okay?«

»Ein Houdini-Manöver?«

»Genau.«

»Gebongt, Mann.« Der Twen grinste, setzte sich eine Sonnenbrille auf und hielt ihm die Faust hin. Jonathan schlug ein, gab ihm die Sachen und das Geld.

Inzwischen war Eirene zurück, bedachte die Aktion mit einem schrägen Blick, schwieg aber. Der Junge trottete davon.

Jonathan nahm Eirene an der Hand, lief vorwärts zum Einstiegsbereich der Bahnshuttles. Die metallenen Schiebetüren der Schleuse öffneten sich gerade, er hastete hinein und sie stolperte über eine Bodenschwelle. »Hey, nicht so eilig. Hast du Angst, dass dir die Antarktis wegschmilzt?«

Der Monorail brachte sie in einer Minute zum Terminal und er steuerte direkt die Sicherheitsschleuse an.

Nach den endlos scheinenden Kontrollen drehte sich Jonathan noch einmal um. Durch die Glaswand sah er das blonde Pärchen den Gang entlang hetzen, der Mann blickte sich hektisch um. Die Frau erkannte Jonathan und zerrte am Ärmel ihres Begleiters, aber die Sicherheitsschleuse zu den Gates stoppte sie.

Jonathan grinste und reckte den Mittelfinger. Zur Antwort zog die Frau ihren Finger über die Kehle.

KAPITEL 2
KREUZ DES SÜDENS

23

Die Wand in seinem Rücken vibrierten von den mächtigen Strahltriebwerken der Boeing C-17, das Frachtflugzeug sackte ab, fing sich wieder. Der schlaksige Doktorand neben Jonathan krallte sich an die Sitzstreben und keuchte. Für einen Moment dachte Jonathan, der junge Mann würde sich übergeben. Er klopfte ihm beruhigend auf den Oberarm und bot ihm eine Pfefferminzpastille an.

Außer ihrem zwölfköpfigen Team waren noch mehrere Wartungstechniker und einige Soldaten der Versorgungseinheit mit Vorräten für McMurdo an Bord. Manche schliefen, den Kopf auf ihre Rucksäcke gelegt, am blanken Metallboden zwischen den in der Mitte festgezurrten Kisten, andere hörten Musik, spielten auf ihren Tablets oder lasen Magazine.

Noch drei Stunden Flug lagen vor ihnen, sie hatten 50° südliche Breite überflogen und der südpolare Sturmgürtel schüttelte das Flugzeug. Der neuseeländische Militärarzt befragte nach der Reihe jedes Teammitglied und füllte Fragebögen aus. Das hätte er laut Iann Haves, dem Expeditionsleiter, schon am Militärflughafen in Christchurch machen sollen, der Doc war aber erst kurz vor Abflug eingetroffen und Jonathan ahnte auch warum: Unter dem Kaffeearoma, das dem Atem des Arztes entströmt war, als er die Teammitglieder begrüßte, hatte er deutlich eine Alkoholfahne riechen können.

Gerade hockte der Mediziner bei den beiden Air Force Soldaten, deren Abzeichen sie als Angehörige der 45th Space Wing auswies, einem Regiment, das in Florida stationiert war. Die beiden lehnten an einer Metallkiste, die sie gemeinsam mit zwei anderen Soldaten an Bord geschoben und gesichert hatten. Seitlich war der Schriftzug *NASA Glenn Research Center* gefolgt von einer Seriennummer aufgesprüht. Das muss der Generator sein, dachte Jonathan.

Schließlich war der Militärarzt bei ihnen angelangt, setzte sich neben den Doktoranden auf einen der Klappsitze, die an der Flugzeugwand montiert waren, und überflog dessen Anamneseblatt. »Sie hatten vor kurzem einen Harnwegsinfekt?«

»Der ist schon weg«, sagte der junge Mann leise.

»Na, das soll ich so einfach glauben?« Der Doc zog einen Becher aus seinem Behandlungskoffer und hielt ihn dem Studenten hin. »Eine kleine Probe und der Schnelltest wird es gleich zeigen.«

»Ich kann nicht aufstehen«, flüsterte der junge Mann. »Die Turbulenzen …«

»Dann ziehen Sie einfach den Hosenschlitz auf und Pinkeln hier im Sitzen. Mir ist es egal.«

Hilfesuchend schaute sich der Doktorand um. »Nein! Das kann ich nicht. Bitte. Nach der Landung …«

Der Militärarzt schlug gegen die Rückwand. »Jetzt stellen Sie sich nicht so an. Wer bei den Großen mitspielen will, muss auch die Arschbacken zusammenkneifen.«

Der Student schien den Tränen nahe. Eirene beugte sich vor und schnauzte den Doc an: »Was sind Sie? Ein Quacksalber? Haben Sie kein Feingefühl?«

»Ich muss aber…«

Eirene unterbrach ihn. »Welchen Teil von *Nein* haben Sie nicht verstanden?«

Der Mediziner verzog das Gesicht, klappte die Mappe zu und kehrte an seinen Platz zurück. Eirene nickte dem Studenten zu, lehnte sich an die Flugzeugwand und schloss die Augen. Der junge Mann lächelte matt, hielt seinen Sitzgurt umklammert, bis sie auf Ross Island aufsetzten.

Als die C-17 zum Stillstand kam, klopfte Jonathan dem blassen Jungen auf die Schulter und sagte: *»O Captain! My Captain! Our fearful trip is done; the ship has weather'd every rack, the prize we sought is won.«*

Eirene rollte mit den Augen. »Ans Ende der Welt mit Walt Whitman.«

»Du bist ja in Lyrik gar nicht so unbelesen wie du immer tust«, gab Jonathan zurück und packte seinen Rucksack. Die Gruppe machte sich bereit. Knackend öffnete sich die Gangway, ein eisiger Wind fegte herein.

»Welcome to MacTown«, rief der Sergeant und scheuchte sie in die dunkle Kälte hinaus. Ivan wartete bereits.

Der tonnenschwere Terra-Bus brachte sie in einer halben Stunde vom Phoenix-Flugfeld in die Siedlung. Jonathans erster Eindruck war, sich auf dem Gelände einer Großbaustelle zu befinden: Reihen von abgewetzten Containern, provisorisch wirkende Stromleitungen, brüllende Baumaschinen, graue Abwasserrohre, schiefe Holzbrücken über Anschüttungen, von Kettenfahrzeugen gezeichneter Boden. Er wusste von Nadine, dass die Forschungseinrichtungen der McMurdo-Station von der National Science Foundation betrieben und beständig erweitert wurden. Die Administration rundum unterlag aber dem Pentagon; der Chef der Verwaltung, Brian

Stone, begrüßte die Neuankömmlinge persönlich und lud alle für nachmittags zu einem Willkommens-Büfett ein.

Auf dem Weg zum Hotel California, einem von vier parallel angeordneten braunen Wellblechklötzen, flüsterte Nadine ihnen zu: »Jetzt ist es in MacTown viel entspannter als im Sommer, da geht es hier zu wie am Mount Everest und Brian ist nur mit hektischen Flecken im Gesicht zu sehen.«

Sein Zimmer war kaum größer als ein Vier-Mann-Zelt, mit einem schmalen Kastenbett, einem blauen Schrank aus Stahlblech und einem Spanplattentisch. Jonathan packte nur ein paar Sachen aus, ließ das meiste Zeug im Expeditionsrucksack. Leise klopfte es an der Tür und Eirene steckte den Kopf beim Türspalt herein: »Kommst du?«

Vom Wohnblock weg führte ein unbeleuchteter Gehweg zur Kantine und Jonathan erhaschte einen ersten Blick auf einen Nachthimmel, wie er ihn noch nie zuvor gesehen hatte: Klar und leuchtend, so nahe wirkend, als könne er sich einfach einen der tausenden Sterne aus dem Band der Milchstraße picken.

»Schau«, sagte Eirene, »die Perseiden, die Tränen des Laurentius.« Sie blieben stehen und betrachteten die Sternschnuppen, die in glühenden Strichen vom Himmel fielen. Sie nahm seine Hand. Jetzt bin ich am Rand der Welt angekommen, dachte Jonathan und zwischen Blechcontainern verbrauchte er seinen dritten Wunsch an die gute Fee.

Die Kantine wirkte ernüchternd, glich einer Wartehalle an einem beliebigen Busbahnhof. Kein Geruch nach Essen erfüllte den kahlen Raum, nur ein leichtes Zitronenaroma von Putzmitteln. Eine zierliche Frau in einem

Arbeitsoverall klopfte gegen einen blauweißen Kasten auf dem mit Eiszapfen verziert *Frosty Boy* lackiert war, verschwand dann leise fluchend.

»Große Krise«, sagte Nadine, »die Eiscrememaschine funktioniert nicht.«

Der Doktorand und Iann kamen herein, ihr Expeditionsteam war damit komplett. »Nehmt euch von meinem Assistenten ein Namensschild für das erste Meeting«, sagte Iann. Er war ein mittelgroßer Mann mit angegrautem Vollbart, lächelnden braunen Augen und ansteckendem Elan, den Jonathan sofort sympathisch gefunden hatte. Nadine hatte ihm bei der Vorstellung in Christchurch zugeflüstert: »Lass dich nicht von dem freundlichen Professorengehabe täuschen, er ist ein taffer Bursche. Eistaucher. Da musst du ordentlich *les burettes* dafür haben.«

Brian Stone kam mit einem Uniformierten herein. Nach einer kurzen Ansprache, sagte er: »Sonst macht einer meiner NSF-Jungs den Führer, aber die haben gerade alle Ferien. Ihr müsst mit einem Joe klarkommen. Darf ich euch vorstellen: Korporal Martiensen.«

Der Soldat schüttelte allen ganz unsoldatisch die Hand. Bei Eirene blieb er stehen, studierte ihr Gesicht und las das Namenschild. Dann grinste er. »Leblanc! Natürlich. Sie sind doch die Geisteskranke, die in Fort Irwin unbedingt mit den Jawas abspringen wollte?«

Nadine schaute verblüfft. »Wo denn abspringen?«

Der Korporal antwortete: »Fallschirmsprung. In der Nacht. Wegen der Sterne, hat sie gesagt. Die großen Jungs in ihrer Trainingsgruppe haben sich fast angeschissen.«

Bedauernd sagte Eirene: »Ist ja nichts daraus geworden.«

»Aber fast. Der Leutnant ist immer ausgezuckt, wenn sie vorbeigekommen ist. Ihr wisst schon …« Der Korporal rollte die Augen und hechelte. Eirene stupfte ihn gegen die Schulter. »Stimmt gar nicht.«

»Und sie hat es nicht mal mitgekriegt«, ergänzte er. Alle lachten und klatschten gleich darauf, denn das Büfett wurde aus der Küche hereingerollt.

Eirene setzte sich mit ihrem Teller neben den Korporal. »Weit weg von daheim. Wie sind Sie denn hierhergekommen?«

Der sehnige Latino schmunzelte. »Am Südpol treffen sich die Menschen, die im Leben nicht verankert sind. Sie fallen und fallen und treffen sich alle hier.«

Jemand hatte zwei Kisten Bier herangeschafft und ein paar Flaschen Wodka. Brian Stone tat so, als würde er den Alkohol nicht sehen und verabschiedete sich.

Zum Essen saßen sie alle gemeinsam an einem großen Tisch. Nadine und Iann unterhielten sich bereits angeregt über die geplante Arbeit. Jonathan hörte interessiert zu und Nadine sagte: »Wir wollen die mikrobielle Gemeinschaft am Boden des Fryxellsees untersuchen. Wir kennen ähnliche Strukturen nur aus Fossilien, jetzt wollen wir lebendes Material untersuchen. Sie führen uns zu den Ursprüngen des komplexen Lebens auf der Erde.«

Iann beugte sich vor und ergänzte: »Bisher hat man angenommen, dass die biologischen Systeme in See im Winter zum Stillstand kommen, aber es gibt auch einige Vermutungen, dass das vielleicht doch nicht der Fall ist. Das wollen wir untersuchen.«

»Was bringt das alles? Erklärt es uns den Sinn des Lebens?« Der Arzt klatschte seine Handfläche auf den Tisch, offensichtlich hatte er sich schon an einer Wodkaflasche bedient.

Auf Ianns Stirn bildete sich eine steile Falte, aber er verschluckte die Erwiderung, zu der er gerade angesetzt hatte.

»Grundlagenforschung. Neugier«, sagte Nadine. »Aber ob das Erkenntnisse zum Sinn des Lebens bringt?«

Der Arzt klopfte wieder auf den Tisch. »Dann sind sie also hier, um mein Steuergeld zu verpulvern, oder?«

Die Französin ignorierte seinen Einwurf. »Aber es gibt ein Team-Mitglied, dass Ihnen die Frage nach dem Sinn ansatzweise beantworten kann«, sagte Nadine ruhig und deutete auf Eirene. »Du hast doch im Nebenfach Wissenschaftsphilosophie studiert, nicht wahr?«

Jonathan zog die Brauen hoch und drehte sich zu ihr hin. Eirene stellte den Teebecher ab, an dem sie sich die Hände gewärmt hatte, und rümpfte die Nase. Die Männer sahen sie gespannt an. Schließlich seufzte sie und sagte: »Wenn ihr unbedingt einen Vortrag hören wollt.«

Nadine nickte: »Nur zu, Frau Professor. Langweiliger als die Kommentare vom Doc kann er nicht sein.«

Eirene zuckte mit den Schultern. »Die Welt ist nur eine Illusion, die unser Gehirn erzeugt. Menschen sind hochkomplexe, biologische Systeme, die den Naturgesetzen unterliegen. Wir nehmen durch unsere Sinne Signale wahr, die gefiltert verarbeitet werden. Unsere Gehirne schaffen unser Bewusstsein mit Hilfe eines Netzes von interagierenden Neuronen. Und dieses Bewusstsein erschafft ein Best Fit-Modell unserer Umgebung, das wir *Realität* nennen.« Sie räusperte sich. »Aber diese Realität ist subjektiv. Bedeutung entsteht nur in unseren Köpfen. In jedem von uns ein individuelles Modell, jeder Mensch ist sein eigenes Universum. Und darin ist eine Formel genauso ein realer Gegenstand wie eine Rose. Der Sinn des Lebens wird nicht von Predigern gelehrt oder von Messgeräten erfasst, er liegt nicht irgendwo da draußen, sondern zwischen unseren Ohren. Jeder einzelne Mensch ist eine eigene Version vom Sinn des Lebens.«

Sie nahm ihren Teebecher, legte ihre Hände darum und schaute hinein. Die Stille im Raum wurde nur durch das Knacken der Außenwände durchbrochen. Einige am Tisch nickten, andere starrten zweifelnd auf die Resopalplatte. Ein paar Minuten sagte keiner ein Wort.

»Mein Sinn liegt heute am Boden einer Flasche«, rief Korporal Martiensen. »Also, Männer, der letzte Tag, an dem Alkohol erlaubt ist.«

»Prost«, antwortete der Arzt.

Nadine schaute zu Eirene hin. »Er glaubt wohl, wir sind abstinent.«

»Trifft auf mich auch zu«, antwortete Eirene. »Aber lass dir nicht von mir den Spaß verderben.«

Jonathan schenkte ihr Tee nach und holte sich ein Bier.

Tagesabschnitte waren in der andauernden Finsternis relativ und wahrscheinlich dauerte der Lunch deshalb deutlich länger als in normalen Zeitzonen üblich.

Gegen fünf Uhr begann sich die Kantine mit Mitarbeitern der NSF zu füllen, Iann trommelte mit einem Schopflöffel gegen eine Abdeckhaube von Büfett. »Alle herhören, Leute, setzt euch dort hinten an die kleineren Tische, wir machen jetzt unsere Kennenlernrunde und besprechen den Zeitplan für die nächsten vier Wochen. Wer noch Hunger hat, kann sich ruhig Essen mitnehmen.«

Nadine, Eirene und Jonathan setzen sich zu den beiden Air Force Soldaten an einen Tisch, die sich gerade mit Frachtpapieren beschäftigten.

»Gut.« Iann stellte sich zwischen die drei Tische, an denen ihr Team versammelt war, und strich sich über die graue Kurzhaarfrisur. »Morgen um acht geht es los. Für alle, die noch nie hier waren, gibt es zuerst verpflichtend ganztags *Happy Camping* mit Korporal Martiensen. Das ist ein Notfalltraining und in McMurdo so vorgeschrieben.« Er grinste schelmisch. »Und ich verzichte auf einen Spoiler. Lasst euch überraschen.«

Mike, Greg und meine Wenigkeit bereiten inzwischen mit ein paar Jungs, die uns Brian zugeteilt hat, die Schneemobile und die Anhänger vor, damit wir übermorgen gleich loskönnen. Um sieben ist dann Tagwache, besser gesagt Scheinwerferwache. Wir werden rund drei Stunden über das Schelfeis fahren. Ab der Trockenzone müssen wir dann bis zum Fryxellsee laufen. Ungefähr acht Meilen. Wir nehmen auf einem Hänger ein autonomes Raupenfahrzeug mit, das einen Teil der Ausrüstung über die Schuttfläche bringt, den Rest tragen wir oder holen ihn später nach.« Er drehte sich um die eigene Achse, deutete auf Nadine und sagte: »Dann einmal zur Vorstellungsrunde. Madame E.T. fängt an. Danach der Reihe nach linksum.«

»*Bonsoir, mon collègues*«, sagte Nadine. »Wie ihr unschwer hört, bin ich Französin. Ja, wirklich. So schlimm steht es in den USA um die Wissenschaft, dass sie sich schon bei der *Grand Nation* bedienen müssen.« Ein paar lachten. »Mein Alter geht euch nichts an, mein Familienstand ist geschieden und wer gerne Schach spielt ist bei mir an der richtigen Stelle. Derzeit leite ich das Carl-Sagan-Center von SETI und mache alles, damit Iann seine Daten mit den Yankees teilt. Wenn nicht, dann hat er leider einen Unfall an einem Eisbohrloch.« Sie warf dem Neuseeländer eine Kusshand zu. Er hielt den Daumen hoch.

Einer nach dem anderen gaben die Männer ein paar biographische Daten bekannt und ihre Rolle während der Expedition. Die meisten waren Biologen. Nach Mike und Greg, den beiden Air Force Soldaten, war Jonathan an der Reihe.

»Jonathan Woolfe, 35-jähriger Texaner. Motorradfahrer, Mechaniker und Journalist. Ich bin ein naturwissenschaftlicher Zaungast, man hat mich als Hausmeister und Babysitter mitgenommen«, sagte er und streichelte Nadine über den Kopf, die das mit einem schnurrenden Katzengesicht quittierte. Alle lachten. »Und ich verfasse eine Reportage für National Geographic, also lasst euch schon ein paar gute Statements einfallen.«

Schließlich deutete Iann auf Eirene: »Last but not least ergeht das Wort an unsere Kosmologin. Eirene Leblanc.«

»Kosmologin? Sorry, Iann, da hättest du Lisa Randall mitnehmen müssen. Ich gehöre nur der beobachtenden Zunft an. Sozusagen eine bessere Vermessungstechnikerin. Ich bin als Lehrerin in Astronomie für SMARTIS mit, dem hübschen Kasten mit den großen Augen.«

Alle warteten, aber mehr sagte sie nicht. Iann räusperte sich. »Nun gut. Dann kennen wir uns jetzt. Morgen um acht geht es los. Feiert noch ein wenig.« Er setzte sich zu den anderen Kiwis an den Tisch.

»*Mon dieu*, wie bescheiden.« Nadine schnippte Eirene auf den Handrücken. »Wenn du dich unterfordert fühlst, kannst du ja mit dem Entwurf für dein Buch beginnen. Kannst ruhig SMARTIS ein Kapitel widmen.«

»Welches Buch?«, wollte Jonathan wissen. Bevor Eirene sie unterbrechen konnte, antwortete Nadine: »Das Buch, dass sie endlich schreiben muss, wenn ihre bisher glänzend verlaufende Karriere nicht absacken soll.«

»Du bist die mit dem sexy Forschungsgebiet hier am Tisch. Außerirdische – der Renner am Buchmarkt.«

Nadine stieß einen ärgerliche Laut aus. »Jetzt hör auf, Eirene. Du hast dich so in das Thema autonome, interplanetare Navigation hineingekniet!« Sie drehte sich zu Jonathan hin. »Publikationen sind das Um und Auf in der Wissenschaftsszene. Am Anfang erlauben sie dir mit ein paar Artikeln mitzuspielen, aber ab einem bestimmten Punkt musst du ein Buch vorlegen. Und die extragalaktischen Pulsare als Bezugspunkte sind ein ganz neuer Ansatz, da forschen nur wenige. Das ist auch Random House aufgefallen. Die haben eine Marktanalyse gemacht, die Universitäten befragt und ihr schon vor sechs Monaten mit einem Buchvertrag gedroht. *Navigation unter fremden Sternen*. Eine Marktlücke.«

»Sonst hätte ich die auch kaum interessiert«, maulte Eirene.

Nadine boxte ihr spielerisch auf den Arm. »Du willst doch unabhängig bleiben. Und das ist der Preis dafür. Du bist meine anständigste Kollegin und ich werde dir so lange einen Arschtritt verpassen, bis du zum Stift greifst. *Santé!*« Sie stieß mit den Gläsern an, die sie vor ihnen auf den Tisch gestellt hatte, aber Eirene sprang auf und lief ins Freie.

»So ist sie«, sagte Nadine, »wenn sie freundschaftlichen Druck spürt, läuft sie davon. Dabei scheut sie beruflich keine Konflikte.« Sie schenkte sich nach. Jonathan wollte aufstehen, aber Nadine hielt ihn zurück. »Lass nur. Sie ist ein wenig bockig, sie kommt gleich wieder.«

Tatsächlich öffnete sich die Tür und Eirene huschte herein, ihr Gesicht war gerötet und sie goss das Glas Wodka in einem Zug hinunter. Nadine prostete ihr noch einmal zu. »Du musst deinem Freund den wahren Anlass erzählen, warum du die Gravitationslinsen anderen überlassen hast.«

Eirene schüttelte den Kopf, starrte die Tischplatte an und hielt sich wieder an ihrem Teebecher fest.

»Dann mach ich es.« Nadine schenkte nach. »Also – es war einmal vor langer Zeit ein Treffen in Heidelberg. Ein paar Statisten, die nicht näher erwähnenswert sind, ein deutscher Professor, der maßgeblich an der Forschung dazu beteiligt ist, und unsere geschätzte Freundin hier.« Nadine zwinkerte Eirene zu. »Nach ein wenig Geplänkel geraten diese beiden wegen eines ganz banalen Themas aneinander.«

»Die Hubble-Konstante ist nicht banal«, warf Eirene ein. Nadine winkte ab. »Auf alle Fälle sagte der hier nicht näher zu nennende Herr in seiner Landessprache – nicht ahnend, dass Eirene bei einer deutschen Großmutter aufgewachsen ist – ›Hat die Ami-Tussi keinen Ehemann? Wird Zeit, dass ihr jemand ein paar Bälger anhängt, das rückt die Hormone zurecht, und wir großen Junges können endlich ordentliche Arbeit machen‹.«

Eirene verdrehte die Augen und Nadine grinste. »Und sie hat in breitem Amideutsch geantwortet: ›Wird Zeit, dass Sie sich einen Knoten in den Schwanz machen, damit nicht noch mehr Praktikantinnen von Ihnen gezeugte Chauvinisten-Schweine austragen müssen. Was sagt übrigens Ihre Frau dazu?‹« Nadine trommelte auf den Tisch. »Daraufhin springt so ein Gretchen auf und läuft mit hochrotem Gesicht aus dem Konferenzraum.«

Jonathan schmunzelte.

»Davon hatte ich keine Ahnung«, murmelte Eirene, dann schmunzelte sie auch. »Die Konferenz war umgehend zu Ende und ich kann mich wahrscheinlich erst nach seiner Pensionierung wieder in Heidelberg blicken lassen.«

Nadine trank ihr Glas auf ex. »Das kann nicht mehr so lange dauern, wenn ich sehe, wie seine Tränensäcke herunterhängen. Das andere möchte ich mir gar nicht vorstellen.« Dann begann sie zu lachen und Eirene stimmte ein, bis ihnen die Tränen herunterliefen.

Nadine schnappte nach Luft. »Unsere Konferenzen wären ohne deine Beiträge nur halb so amüsant.«

»Ja, ja. Ich bin euer Pausenclown.«

»Aber nein, du bist die Attraktion im *Cirque de Astre*.«

Mike, der Soldat neben Jonathan, stupfte ihn an. »Sind schon gut gelaunt die Ladys. Wir sollten den Anschluss nicht verpassen.«

»Unsere französische Freundin werden wir wohl nicht mehr einholen. Und ich muss morgen fahren. Das ist mein letztes.« Er trank sein Bier aus.

Nadine kippte einen weiteren Wodka, streichelte Eirene mit dem Handrücken die Wange. »Schade, dass du nicht flexibel bist. Sonst hätte ich dich ihm heute Nacht ausgespannt.« Sie zwinkerte Jonathan zu.

Eirene murmelte: »Wäre ich ein Mann, dann wäre ich stockschwul.« Dann sprang sie auf und lief zur Toilette.

»Der sibirische Tiger schleicht sich an?«, fragte Jonathan.

»Scheint so. Ich schau nach ihr.« Nadine stand schwankend auf und folgte Eirene.

Inzwischen war ein NSF-Techniker gekommen und hatte sich zwischen die beiden Air Force Männer gesetzt. Jonathan hörte Bruchstücke ihrer Unterhaltung mit, bei einem Satzfragment wurde er hellhörig: Die gut bewachte Kiste aus der C-17 enthielt einen Plutoniumgenerator.

24

Knackend barst der Schutt unter den Ketten des Raupenfahrzeuges. Die Scheinwerfer warfen einen Pfad voraus. Seit zwei Stunden folgten sie dem künstlichen Lastenträger über die trockene Ebene des Taylor Valley, trugen jeder zusätzlich einen Expeditionsrucksack. Seit er in der Antarktis angekommen war, wollte Jonathan Polarlichter sehen, aber das Wetter schickte Wolken und Wind. Nach dem Marsch waren sie alle froh, dass das Feldlager bereits im Sommer hierher gebracht worden war.

Zwei halbrunde Hütten, aus deren Oberseite ein Ofenrohr ragte, aufgebaut aus Stahlrohr und Planen standen parallel zueinander; eine auf dem Steinboden, eine auf der Eisfläche des Sees.

Mike und Greg verschwanden mit ihrer Glenn Research-Kiste in einem kleinen Baucontainer und nachdem die anderen das meiste Gepäck im Schein der LED-Lampen ausgepackt hatten, ging das Licht an und der Kühlschrank begann zu brummen. Jonathan schlichtete Kaffee, Kartoffelchips, Trockenobst und Tüten mit Fertigessen in das Küchenregal und zog schwere Stoffbahnen an den vorbereiteten Stahlzügen auf, die jeweils zwei Feldbetten zu Schlafabteilen abtrennten. Dann befeuerte er den Kanonenofen mit Holzbriketts und schloss den Propangasherd an die Flasche an.

Inzwischen hatten die Wissenschaftler ihre Messgeräte für die biologische Forschung in die Arbeitshütte am See geschafft und als Jonathan den Ofen dort beheizte, berieten sie gerade, wie sie den Salzsee anschneiden sollten. Im Gegensatz zur Wohnhütte besaß die Arbeitsstelle keinen isolierten Fußboden, nur die Randflächen waren mit Platten ausgelegt, damit die Labortische sicher standen.

Sergeant Mike kam herein und bat Jonathan ihm mit den Benzinfässern zu helfen. Neben der verschlossenen Bauhütte, in dem der Militär-Generator schnurrte, stand noch ein herkömmliches Aggregat. »Falls unser Schützling beschließt eine Auszeit zu nehmen«, sagte der Air Force Mann und schloss die Energieversorgungsanlage parallel. Jonathan half ihm ein Fass zu rollen und auf eine Palette neben das Notstromaggregat zu hieven.

Mike deutete auf Jonathans Thermostiefel. »Alles Roger mit dem Piratenbein? Probleme mit der Kälte?«

»Alles okay. Bevor ich rausgehe lese ich die Funktionsdaten aus und mache einen Systemcheck. Bisher funktioniert es einwandfrei.«

»Kann ich mir das drinnen genauer ansehen?«

»Gerne. Woher das Interesse?«

Mike sagte leise: »Ich habe ein paar Kumpels, die versehrt aus Afghanistan zurückgekommen sind. Tretminen.«

Am nächsten Morgen versammelte Iann alle Wissenschaftler um den Esstisch und teilte die Arbeitsschichten der Biologen ein. Nur Eirene blieb außen vor, sie konnte sich ihre Arbeitszeit unabhängig wählen.

Nachdem er die letzten Vorräte von den Ski-Doos geholt hatte, die an der Schneegrenze geparkt waren, streckte sich Jonathan auf dem Feldbett aus, das neben Eirenes stand. Sie angelte sich eine Tüte Sun-Maid Apricot vom oberen Brett des Regals, das den Küchenbereich von den Schlafstellen trennte, und verzog sich damit auf ihr Schlaflager; saß mit verschränkten Beinen am Kopfende und kaute an dem Trockenobst. Der Stoffvorhang wurde angehoben und der Armeearzt schaute herein. »Prothesenkontrolle für den Tagesbericht. Oder stört Sie die Frau?« Er deutete mit dem Kopf auf Eirene, die auf ihrem Tablet mit einem Eingabestift schrieb.

Jonathan schüttelte den Kopf und rollte das Hosenbein der gefütterten Chino hoch. Der Arzt nahm die Prothese ab, untersuchte den Stumpf und machte Fotos.

»Sieht gut aus. Achten Sie aber beim Pinkeln, dass nichts von den Innenstrümpfen nass wird.« Er blickte kurz hinter sich, dann grinste er und sagte leise: »Das ist das Schöne bei diesen Mathematikern – wenn sie arbeiten ignorieren sie alles und jeden. Da können Sie sich sogar einen daneben runterholen.«

Jonathan warf einen Blick hinter den Doc. Eirene schaute auf, zog eine Grimasse und kreiste mit dem Zeigefinger an ihrer Schläfe.

Der Arzt fuhr fort: »Geht wahrscheinlich auch nicht anders. Wer sich so in Abstraktionen versteigt, kann sein Hirn nicht mit sowas wie soziale Kompetenz belasten. Was ist denn ihr Tick? Ordnet sie die Instantpackungen alphabetisch oder nach Ablaufdatum?«

»Ich habe es übrigens nicht mit den Ohren«, sagte Eirene. »Und wenn Sie sich neben mir einen runterholen, sind Sie ein YouTube-Star bevor Sie abgespritzt haben.«

Der Militärarzt wurde krebsrot und packte seine Sachen. Er nickte Jonathan kurz zu und verschwand.

»Geniales Teambuilding«, sagte Jonathan.

»Der ist ein frauenfeindlicher Butthead.«

Jonathan tupfte Creme auf den Stumpf, massierte sie ein und zog die Unterlage über. »Und – bist du das?«

»Was denn?«

»Sozial inkompetent.«

»Großer Gott, Blue. Der Typ ist vor zwanzig Jahren stehen geblieben. Unter Nerds gibt es nicht mehr Geistesgrößen als unter Normalos.«

»Na, ein bisschen Asperger bist du schon.«

»Sagt der Mann, der seine Unterhosen farblich geordnet einsortiert.«

»Hast du in meinen Laden gestöbert?«

»Legst du plötzlich Wert auf Privatsphäre?«

»Du hättest meine Pornos finden können.«

»*Wet Tits*? Habe ich längst entsorgt.«

»Du bist grausam. Ich bin ein einsamer Mann, unterwegs auf einsamen Straßen.« Er schmollte.

Sie lachte. »Ich kauf dir ein Abo zum Geburtstag.«

»Lass gut sein. Ist also nichts dran an den Schizoid-Mathematikern?«

»Vielen Dank auch, Hollywood. Seit *A Beautiful Mind* und *Imitation Games* gelten Mathematiker anscheinend bei vielen Menschen als Gaga.«

»Turing war also nicht so?«

»Er war homosexuell in einer Zeit, als das strafbar war, gleichzeitig hat er für den britischen Geheimdienst gearbeitet. Also, wenn du dich da nicht Gaga benimmst, dann weiß ich nicht.«

»Auch wahr.« Er hatte seine Prothese wieder platziert und rollte das Hosenbein herunter. Sie verließen das Schlafabteil und gingen zum Küchenblock im vorderen Bereich. Er setzte den Wasserkocher auf und holte die Schachtel mit der Tütennahrung. »Chili oder Curry?«

»Egal, schmeckt alles gleich pampig.«

Er goss das heiße Wasser in die Beutel. »Wir müssen noch über etwas reden.«

»Was habe ich verbrochen?«

»Wenn ich das wüsste. Sag du es mir.«

Sie sah ihn mit großen Augen an. »Ich habe keine Ahnung, worauf du anspielst.«

»Zwei blonde Klone in schicken Anzügen? Die dich in einem schwarzen GMC Yukon verfolgen?«

»*Mich verfolgen?* Warum sollte das jemand machen?«

»Deine Arbeit? Überwachung?«

»Wozu? Die Forschung am stellaren GPS kann jeder googeln, da ist nichts geheim dran.«

»Und die Satellitensache? Die Schulhefte? Die für den mysteriösen Eugene?«

»Da geht es um Geodaten. Klimaforschung. Auch nichts Aufregendes.« Sie sah zu Boden und er glaubte ihr nicht. Eirene war eine schlechte Lügnerin.

»Willst du mir nicht endlich von ihm erzählen? Wenn er doch anscheinend dein Freund ist?«

Eirene seufzte. »Da gibt es nicht viel zu erzählen. Wir kennen uns von meiner Zeit bei Intel. Er hat mir damals zum Studienplatz an der Caltech verholfen und wir wohnen in Pasadena zusammen. Ich helfe ihm gelegentlich bei mathematischen Fragestellungen.«

Jonathan meinte sich verhört zu haben. »*Ihr lebt zusammen?*«

»Nicht so, wie anscheinend einige denken. Wir sind kein Paar, sondern eine Wohngemeinschaft. Eugene hat einen Doktor in theoretischer Mathematik, unterrichtet an der Uni und arbeitet beim JPL. Wir wohnen seit achtzehn Jahren in meiner Apartmentwohnung neben dem Campus zusammen. Ich habe einen Ort für mein Zeug und er hat jemanden, der nur wenig Miete verlangt.«

Mit dem Finger malte Jonathan Kringel auf die Tischplatte und murmelte: »Ein Container wäre günstiger.«

»Ich brauche eine Wohnadresse. Ein E-Mail-Konto genügt nicht«, erwiderte Eirene.

»Hat Eugene eine Freundin? Intim.«

»Nein.«

»Einen Freund?«

»Nein.«

»Ist er pädophil?«

»Nicht, dass ich wüsste, und sein Privatleben geht dich auch nichts an. Lässt du mich jetzt bitte in Ruhe damit.«

»Ich will einfach nur herausfinden, warum die *Twins in Black* hinter dir her waren.«

»Warum bist du dir so sicher, dass sie hinter mir her waren?«

»Wen sollte *ich* schon interessieren?«

»Spielschulden, uneheliches Kind?«

»Na, du hast ja eine gute Meinung von mir.«

»Was weiß ich schon über dein Leben? Meines konntest du auf Wikipedia nachlesen.«

»Von Eugene Wie-auch-immer stand dort nichts.«

Sie seufzte. »Eugene Chen. Findest du auch im Web.«

»Weil wir hier W-LAN haben.«

»Bist du etwa eifersüchtig?«

Jonathan schwieg. Eirene beugte sich vor und nahm seine Hand. »Das musst du nicht sein, Blue. Er ist wirklich nur ein guter Freund. Und noch dazu mein einziger.«

»Und was bin ich?«

»Du bist mehr als ein Freund. Das solltest du inzwischen gemerkt haben.« Sie kitzelte seine Handfläche.

Er schaute sich um, sah, dass die Soldaten beschäftigt waren und drückte ihr einen raschen Kuss auf die Lippen. In diesem Moment wurde die Tür aufgerissen und Nadine stürmte herein.

25

»Da hat er uns mit seinen blöden Formularen genervt«, sagte Nadine, »und dann übersieht er, dass einer von uns ein spezielles Medikament benötigt. Das steht noch gut verpackt in McMurdo.« Sie schnaubte. »Hätte der Doc nicht einen Admiral als Vater, hätte er schon längst ein Disziplinarverfahren am Hals.«

Jonathan war Nadine in die Arbeitshütte gefolgt, in der bereits ein Eisloch im Fußboden klaffte. An einem der Tische waren Mikroskope und Chemikalien geschlichtet, einer der Biologen bereitete Nährböden vor.

»Bitte, Jonathan, begleite unseren Schluckspecht nach McMurdo. Iann hat schon über Funk Bescheid gegeben. Ich würde ihn dir nicht aufhalsen, aber die Übernahme von dem Zeug muss ein Arzt unterschreiben. Ihr habt ein 24-Stunden-Fenster mit relativ ruhigem Wetter.«

Jonathan rechnete nach. »Geht sich locker aus. Drei Stunden Marsch, drei Stunden Fahrt, Ruhephase, dann retour.«

Der Doc wartete bereits abmarschfertig vor der Hütte und ging schweigend los, als Jonathan herauskam. Das Schweigen hielt bis McMurdo an, erst vor dem Motel regte sich so etwas wie schlechtes Gewissen in dem Militärarzt und er murmelte: »Danke fürs Chauffieren, legen Sie sich ruhig ein paar Stunden nieder, ich erledige alles.«

Jonathan setzte den Doc ab, parkte das Schneemobil und ging zu seinem Zimmer. Nachdem im Winter kaum Leute in der Forschungsstation waren, hatten sie die

Räume gleich bis zum Ende der Expedition buchen können. Bevor er sich aufs Bett legte, gönnte sich Jonathan eine ausgiebige Dusche.

Sechs Stunden später klingelte der Wecker und er machte sich auf den Weg zum Zimmer des Arztes. Auf Klopfen reagierte der Doc nicht, die Tür war aber unverschlossen und Jonathan trat ein. Das Bett war unberührt. Fluchend machte er sich auf den Weg seine menschliche Fracht zu suchen. Auf der Hauptfahrbahn blieb er stehen und staunte: Über McMurdo wellten Polarlichter in grün-weiß-violetter Abstufung; intensiv leuchtende Schleier, hellere Perlen bildeten sich in Schlingen und Wirbeln, trieben hinaus in die sternenklare Unendlichkeit. Er musste unwillkürlich lachen. Was er gerade als überirdisch schönes Schauspiel betrachtete, hätte ihm Eirene in diesem Moment ganz rational erklärt: In der Magnetosphäre bilden sich durch den Zusammenprall des Sonnenwindes mit dem Magnetfeld hochenergetische Teilchen, grün vom Kontakt mit Sauerstoff, violett aus Stickstoff. Und er hätte genickt und weiter gestaunt und fotografiert, hätte er seinen Fotoapparat mitgenommen. Der Ärger über die verpasste Chance brachte ihn zu seiner eigentlichen Aufgabe zurück und er begann den Doc zu suchen. Das Medikament hatte er vor fünf Stunden abgeholt, bestätigte ihm der Apotheker im McMurdo General Hospital, also marschierte Jonathan in den Gallaghers Pub.

Der Doc lehnte an der Theke und hörte einer Band zu, die gerade auf der kleinen Bühne laut und falsch diverse Coversongs zum Besten gab – neben sich eine Flasche Bier. Als er Jonathan Gesichtsausdruck sah, hob er beschwichtigend die Hand. »Nur drei davon. Wir können schon los.« Er kippte den Rest in einem Zug runter und stapfte zu seiner Jacke. Eine Hand hielt Jonathan zurück. Der Barkeeper machte die übliche Fingergeste, die auf eine offene Rechnung hinwies. Jonathan knirschte mit den Zähnen, kramte in seiner Parka, legte Zündschlüssel, Stirnlampe, Handschuhe, Funkgerät und Haube auf den Tresen, bevor er seine Geldbörse fand. Er zahlte, packte zusammen und folgte leise schimpfend dem Arzt, der bereits beim Schneemobil auf ihn wartete.

Kommentarlos startete Jonathan das Ski-Doo, der Doc sieg hinter ihm auf und sie düsten die dunkle Piste auf das Schelfeis hinaus. Immer wieder rutschte der Doc hinter ihm hin und her, Jonathan wollte schon stoppen und ihn zurechtweisen, ließ es aber dann. Erst nach dem Absteigen merkte er, dass das ein Fehler gewesen war, denn sein Begleiter kippte vom Beifahrersitz und blieb im Schnee liegen. Als Jonathan ihn aufrichtete, glitt ein großer Flachmann aus der Tasche von Docs Parka.

Eine Böe wirbelte Eiskristalle vorbei, das Wetter schlug schneller um, als vorhergesagt. Kurz versuchte Jonathan den Militärarzt mit Klapsen aufzuwecken, aber der Doc grunzte nur und sein Kopf kippte nach hinten. Mit offenem Mund begann er zu schnarchen. Jonathan klopfte seine Jacke ab und musste feststellen, dass das Funkgerät wahrscheinlich noch auf der Theke bei Gallaghers lag. Hierlassen kann ich ihn nicht, dachte Jonathan, er erfriert, bis ich mit Hilfe zurück bin.

Die Raupe war bei den Hütten und das Schneemobil konnte nicht über die Steine fahren, zumindest nicht weit. Zuerst versuchte er den Doc hochzuheben und zu stützen, aber der brachte keinen Schritt zusammen und war zu schwer, als dass er ihn tragen konnte. Jonathan zog einen der Anhänger unter der Plane hervor, montierte die Ski ab und zog die Räder auf, die auf der Plattform angeschnallt waren. Dann schnitt er ein Stück der

Plane in Streifen und knüpfte einen Brustgurt, den er an der Gabel des Anhängers montierte. Er hievte den betrunkenen Arzt auf die Plattform, legte den Rest der Plane über ihn, schlüpfte in den Gurt und stapfte gegen den stärker werdenden Wind los.

Nach drei Stunden konnte er das Außenlicht der Hütten sehen wie ein Versprechen, das sich aber nicht und nicht einlöste – das Lager schien nicht näherzukommen. Er musste sich inzwischen gegen den Wind stemmen. Wenigstens gibt es hier kein White-Out, versuchte er positiv zu denken, konzentrierte sich auf die Lichtpunkte und bemühte sich seine brennenden Muskeln zu ignorieren. Einmal stolperte er, fiel nieder, wollte zuerst eine Pause machen, raffte sich aber gleich wieder hoch, sonst wäre er vielleicht nicht mehr aufgestanden. Sein Stumpf pochte heftig. Ein ängstlicher Schwindel befiel ihn. Er atmete tief durch. Lass mich in Ruhe, dachte er, dafür habe ich jetzt keinen Bedarf. Er drängte alle panischen Gedanken beiseite und marschierte weiter, immer weiter, stur die Lichter im Blick. Schließlich rutschte er über das Eis des Fryxellsees, glitt fast aus und lehnte sich gegen die Wand der Arbeitshütte, hörte die Stimmen dahinter. Seufzend ließ er den Gurt fallen, hämmerte an die Tür und rief: »Lieferung.«

Dann wankte er weiter zur Wohnhütte. Die Wärme im Inneren legte sich schwer auf ihn, er streifte die Handschuhe und die Schneebrille ab, warf sie auf den Tisch. Eirene sah von ihrem Laptop auf und lächelte ihn an; sie bemerkte seine zitternden Hände und sprang auf. »Oh Gott, Blue, wo kommst du denn her?«

Unbeholfen ließ er sich auf das Feldbett fallen, fummelte am Zipp des orangen Overalls herum, brachte ihn nicht auf. »Hätte der versoffene Mediziner mich nicht

aufgehalten, wäre ich rechtzeitig zum Abendessen gekommen.«

Eirene wurde kalkweiß. »Ich dachte, du bist längst zurück und hilfst Iann in der anderen Hütte. Was ist passiert?« Sie half ihm das Thermogewand zu öffnen.

»Ich musste den Doc mitschleifen, er konnte nicht
mehr stehen. Schwamm drüber. Ist ja nichts passiert.«

»Verfluchte Scheiße. Das wird ein Nachspiel haben.«

»Lass es.«

»Keinesfalls. Das darf ich gar nicht. Es gibt strikte
Einsatzvorschriften. Was ist, wenn so etwas am Mars
passiert?«

Jonathan mühte sich aus dem Overall. »Dort gibt es
keinen Alkohol. Und wenn doch, können sie Improvisa-
tionsmaßnahmen beim *Marsianer* nachlesen.«

»Das ist nicht lustig.«

»Für mich schon.«

Sie seufzte. »Wie du willst. Ich mache eine Notiz. Soll
sich Nadine darum kümmern.«

Er nickte und kroch in den Schlafsack.

»Wie hast du das bloß geschafft?«

»Ich hatte Heimweh. War nicht so weit.«

»Acht Meilen bei dem Wind nennst du *nicht weit*?«

»Ich bin hundemüde.« Er schloss die Augen.

Eirene rutschte in den Schlafsack neben ihm. Der
Fallwind nahm weiter zu und tobte bald in Sturmstärke
um die Hütte, so als hätte Asgard beschlossen, die Ein-
dringlinge wie lästige Insekten wegzufegen. Jonathan
schlief tief und traumlos.

Unerwartet energiegeladen wachte er auf. Eigentlich
sollte er sich zerschlagen fühlen, aber das Gegenteil war
der Fall. Als er den anhaltenden Sturm an den Hütten-
bögen rütteln hörte, war sein Elan sofort wieder verflo-

gen. Heute würden sie alle nirgends hingehen. Ein gekünsteltes Kreischen tönte aus der Essecke, Jonathan lugte hinüber: Die beiden Air Force Männer, der Doktorand und der Xenobiologe schauten auf einem kleinen Röhrenfernseher, an dem ein Videorecorder angeschlossen war, einen Schwarzweißfilm. Nach ein paar weiteren kreischenden Menschen tauchte eine überdimensionale Ameise auf. Ach du meine Güte, dachte Jonathan, das ist *Them!*.

Eirene, die an ihrem Laptop saß, bemerkte seinen Gesichtsausdruck, beugte sich herüber und flüsterte: »Viele Wissenschaftler haben eine Vorliebe für Endzeit- und Horrorthriller. Vorher haben sie sich *Night of the Living Dead* angesehen.«

»Hm. Ich werde an meinem Blog schreiben.«

»Wie läuft dein NG-Artikel?«

»Auch gut. Ich muss aber noch Iann für ein Interview abfangen.«

Nach einer Katzenwäsche setzte er sich mit einem Becher Kaffee aus der Thermoskanne zu den anderen an den Tisch, tippte Sätze in seinen Laptop, schaute gleichzeitig den alten Schinken und amüsierte sich prächtig über die billigen Spezialeffekte. Als der Film endete, hatte er auch seinen Text fertig. Er streckte die Arme in die Höhe und dehnte seinen Rücken.

Er las den Beitrag noch einmal. Etwas fehlte. Ein Abschluss, der seinem gestrigen Trip die nötige Dramatik verlieh. Jonathan stand auf, ging ein paar Schritte hin und her. Mike klopfte ihm im Vorbeigehen auf die Schulter und hielt den Daumen hoch. Noch immer grübelte Jonathan über einen passenden Text nach. Wenn mir nichts einfällt, dann muss es eines der Zitate tun, über die sich Eirene immer lustig macht, dachte er.

Kurz überlegte er und schloss seinen Beitrag schließlich mit einem Gedicht von Robert Frost.

Some say the world will end in fire,
Some say in ice.
From what I've tasted of desire
I hold with those who favor fire.
But if it had to perish twice,
I think I know enough of hate
To say that for destruction ice
Is also great
And would suffice.

Eirene kam mit einer Schüssel Porridge zum Tisch, stellte sich hinter Jonathan und legte einen Arm um ihn. Ihre Wange berührte seine, während sie den Text las. »Ein passender Abschluss. Vielleicht ändern manche Verse doch den Alltag. Zumindest ein ganz klein wenig.« Sie küsste ihn rasch, löffelte ihre Schüssel aus und ging zu ihrem Messgerät, um an der Software weiter zu arbeiten.

»Komm, Boss, eine Runde Hold'em.« Der Korporal klopfte Jonathan kameradschaftlich auf die Schulter. Sergeant Mike und der Doktorand saßen bereits am Tisch. Der junge Wissenschaftler nickte Jonathan zu. Mike mischte die Karten. »Hast du den ASRG schon ausgelesen?«

Korporal Greg nickte und Jonathan fragte: »Wofür steht ASRG?«

»Advanced Sterling Radioisotop Generator«, antwortete Mike und teilte die Karten aus.

»Habt ihr keine Angst wegen der Strahlung?«

Der Korporal schüttelte den Kopf. »Alphastrahler. Leicht abzuschirmen. Da kommt mehr durch das verfluchte Ozonloch herunter als aus der Zerfallskammer.«

Mehr sagten die beiden Air Force Männer nicht dazu. Mike ordnete sein Blatt, grinste und setzte zwei Meeresfrüchte aus belgischer Schokolade. Die Pralinenpackung war das einzige Lebensmittel, das eingesperrt war, die Nougatstücke dienten ihnen als Währung für alle möglichen Wetten. Sie spielten mehrere Stunden und am Ende hatte der Sergeant fast alle Muscheln, Seepferdchen und Seesterne vor sich liegen. Schließlich warf Jonathan die Karten von sich und gähnte. »Wird heute nichts mehr.«

Mike beugte sich vor und schenkte ihm generös vier Stück von seinem Haufen. Als Jonathan zu dem Feldbett kam, kritzelte Eirene noch immer auf ihrem Tablet an Formeln herum. Er fütterte sie mit zwei Venusmuscheln, sie schloss genießerisch die Augen und ließ sich die Schokolade im Mund zergehen.

Ohne auf die Uhr zu sehen, rutschte er in den Schlafsack und döste sofort weg. Als er wieder aufwachte, war es beunruhigend ruhig. Er rollte zur Seite. Eirene schlüpfte gerade in die Thermohose. »Es ist gerade windstill. Kommst du mit? Trägst du mir das SMARTIS? Ich möchte ein paar störfreie Messungen im Freien machen.«

Jonathan nickte und zog sich an. Rasch trank er einen Becher Tee und folgte Eirene dann ins Freie. Eine halbe Meile neben dem Lager blieb sie stehen und er schloss die Lichtleiter an. Inzwischen war er geübt darin, mit den Fäustlingen auch Handgriffe an kleineren Instrumenten durchzuführen.

Nachdem sie ihr Programm durchhatte, zeigte Eirene ihm einen hellen Fleck am Firmament und programmierte an der Steuerung Messier 83. »Das ist die südliche Feuerradgalaxie. 15 Millionen Lichtjahre entfernt. Die Milchstraße sieht von außen betrachtet wahrscheinlich so ähnlich aus.«

»Weiß man das nicht?«

»Wir können unsere Galaxie nicht von außen ansehen. Wir können nur gut schätzen.«

Er betrachtete eine Weile die Spiralgalaxie auf dem Sichtschirm des Teleskops, dann fragte er: »Hast du solche Ausflüge auch schon mit Eugene gemacht?«

»Hör zu, Jonathan, du wirst ihn bald einmal kennenlernen, dann kannst du ihn das selber fragen, okay?« Sie klappte den Laptop zu und verstaute das Gerät in der Isoliertasche.

Der ewige Wind schwieg. Das glitzernde Band der Milchstraße zog sich von der Asgard Range über den Himmel, ließ die Berge, die Steine und das Eis geisterhaft erscheinen. Jonathan konnte nicht mehr sagen, ob es Mittag oder Mitternacht war. Die Zeit war erstarrt. Für einen Moment kam er sich vor wie auf einem fremden Planeten: Dieses Lager ein erster Vorposten in einer ansonsten menschenleeren Welt.

Eirene zupfte ihn am Ärmel und er sagte: »Noch einen Augenblick.«

»Der Weltraum greift in dich hinein«, sagte sie leise. Er riss sich vom Anblick des dämmernden Tales los.

»Die Magie der Wüste«, flüsterte er, denn er fürchtete, ein lautes Wort würde den gefrorenen See entzaubern.

»Die Wüste ist wie der Kosmos«, sagte Eirene. »In beide kann der Mensch mit Hilfe von Technik vordringen, kann sich Oasen schaffen, aber am Ende wird er in die Knie gezwungen. Die Wüste und der Kosmos lehren den Menschen demütig zu sein.«

Jonathan schüttelte sich und packte das Messgerät ein. »Du bist kein Fan der Erdbewohner.«

»Wenn es um den Menschen als Spezies geht – mag sein. Aber schau hin, wenn du bei einem Walmart parkst: Sie prügeln sich beim Ausverkauf um ein T-Shirt, egal wie viel Sklavenarbeit darin steckt; sie stopfen Fertiggerichte ins sich hinein, egal wie viel Regenwald für Ölpalmen niedergebrannt wird.« Sie seufzte. »Das erste, das ich auf der Farm gelernt habe ist, dass Brachland schlechtes Land ist. Die Walters haben immer gesagt, sollten sie einmal die Farm verlassen, dann bleibt das Land besser zurück als es vorher war. Das Bearbeiten ist für sie Umweltschutz. So ein Bullshit! Die Natur kennt kein schlechtes Land. *Urbar machen.* Was soll das heißen? Und wofür? Für noch mehr von uns?«

»Und die Astronomie löst die Probleme?«, wandte Jonathan ein.

»Hä. Wer sagt, dass ich die Probleme der Menschen lösen will? Ich will nur möglichst oft Abstand von ihnen. Zumindest wenn mehr als hundert auf einem Haufen zusammenkommen.«

Langsam gingen sie Richtung Hütte. Jonathan trug das Messgerät mit beiden Händen. »Und Klimaschutz, Flüchtlinge, Welthandel? Das lässt dich kalt?«

»Mitnichten. Aber die Erde, wie wir sie kennen, wird noch ungefähr eine Milliarde Jahre bestehen. Weiß du, was die Menschheit im Rückblick sein wird? Eine Episode, eine geologische Fußnote. Ein missglücktes Experiment, das der Planet abschütteln und deren Werke er durch die Plattentektonik einschmelzen wird. Bevor er selber in sieben Milliarden Jahren in der Sonne verglüht.«

»Das glaubst du wirklich?«

»Das hat nichts mit Glauben zu tun. Das berichten die Fakten.«

»Ein deprimierendes Szenario.«

»Finde ich gar nicht. Sterne werden geboren und sterben. Zivilisationen werden geboren und sterben, Ich wurde geboren und werde sterben. Das ist tröstlich.«

»Andere finden so Gedanken beängstigend.«

»Weil sich alles um ihren Bauchnabel dreht.«

»Du fürchtest dich als nicht vor dem Tod?«

Eirene blieb stehen und wandte sich ihm zu, er konnte sich in ihrer Schutzbrille gespiegelt sehen. »Natürlich fürchte ich mich. Aber gleichzeitig ist mir das Ende meiner Geschichte bekannt und das macht den Weg dorthin umso wertvoller.«

Die Tür der Hütte knallte auf und traf fast Jonathans Arme. Er drehte sich rasch weg, damit der Techniker ihm nicht das Gerät aus den Händen riss.

»Sorry, Leute«, murmelte Korporal Greg. »*Bag of dicks*. Der Generator braucht Streicheleinheiten.« Er eilte davon.

Nachdem sie SMARTIS verstaut und sich aus den Thermooveralls gewunden hatten, wärmten sie sich in der Mikrowelle ihre Ration Fertigfutter. Während sie die Aluschalen auslöffelten, sagte Jonathan: »Apropos Generator.«

Eirene lachte laut auf und verschluckte sich fast.

»Was ist?«, fragte er irritiert.

Sie hustete. »Du machst ein Guy-Fawkes-Gesicht.«

»Ein was?«

»Ein Gesicht, das sagt: Ich bin gerade der Weltverschwörung auf die Spur gekommen.«

Er schaute ertappt in seinen Eintopf.

»Bitte, frag schon, bevor du daran erstickst.«

»Was ist das Besondere an diesem Generator? Ist das geheime Militärtechnik?«

Eirene verkniff sich ein Lachen. »Wir müssen dringend über deinen Serienkonsum sprechen.«

»Im Ernst!«

Sie schob den letzten Löffel Pasta in den Mund, schluckte ihn in einem Bissen runter und rief dem verbliebenen Air Force Mann zu, der gerade an einer Platine werkelte: »Serg, würde sich ein Spion für euer Baby interessieren?«

Mike blickte von seinem Bauteil auf und wiegte den Kopf. »Vielleicht, aber der würde nicht extra hierherkommen und sich den Arsch abfrieren. Die Pläne sind im Internet zu finden, wenn man sich halbwegs geschickt anstellt.«

»Was ist dann das Besondere daran, dass das Militär den Gerätetest bewacht?«, wollte Jonathan wissen.

Sergeant Mike machte eine abfällige Handbewegung. »Bewachen? Wir sind bloß die Airheads für die NASA. Das Radionuklid im ASRG ist verflucht teuer und ihnen ist lieber wir ruinieren den Generator, als einer von der Chair Force.«

»Danke, Serg.« Eirene prostete ihm mit Tee zu. Dann schaute sie Jonathan an und sagte: »Bitte glaube mir, in meinem Umfeld gibt es absolut nichts Geheimnisvolles. Ich plaudere nicht gerne über mich oder andere, aber das ist es schon. Du kannst mich absolut alles über meine Arbeit fragen.«

»Die Formeln in den Schulheften?«

»Außer das. Das ist nicht meine Arbeit.«

»Das ist Eugene?«

Sie nickte. »Das ist Eugene.«

26

Die restlichen Tage versanken eintönig und ereignislos in der gleichbleibenden Dunkelheit. Iann und Nadine schienen zufrieden mit den Ergebnissen ihrer biologischen Proben zu sein, auch wenn Jonathan nicht viel von ihrer Fachsimpelei verstand und ihn das Gerede über den Lebenszyklus von Extremophilen auch langweilte. Der ASRG hatte ohne Mätzchen seinen Dienst versehen und auch SMARTIS schien die gewünschten Daten zu liefern. Der letzte Tag glich der Säuberungsaktion einer Müllbrigade in Südkorea vor den olympischen Spielen. Sie rückten alle aus und packten jedes Fuzzelchen, das nicht zum Taylor Valley gehörte, in Tüten und Fässer, schlichteten in den Hütten den Abfall und alle anderen losen Sachen, die ein Wintersturm forttragen könnte. Zu Sommerbeginn würde ein Helikopter kommen und alles wegschaffen. Nach einem engagierten Marsch über das Schuttfeld unter gemäßigtem Wind, das bedeutete hier Böen von maximal 50 mph, fuhren sie mit den Schneemobilen nach McMurdo zurück. Bevor er sie entließ, ermahnte Iann noch alle ihre Berichte fertigzustellen und ihm per USB-Stick zu übermitteln. In zwei Stunden hatte er eine Endbesprechung in der Kantine angesetzt.

Am Weg ins Hotel, stieß Nadine Jonathan ihren Ellbogen in die Rippen. »Ich konnte für euch ein Doppelzimmer herausschlagen, du Held.« Sie grinste unverschämt und er bedankte sich. Man hatte ihre Sachen bereits in das neue Quartier gebracht, das Doppelzimmer entpuppte sich aber als genauso schmal wie die üblichen Räume im Motel, nur mit Stockbett. Als Eirene unterwegs zur Dusche war, klopfte es und ein Verwaltungsangestellter brachte ihnen die Post. »Das ist ja ein Service«, murmelte Jonathan, überflog die Kuverts und Ausdrucke, legte alles auf den Tisch.

Mit einem Handtuch am Kopf kam Eirene zurück und wühlte hektisch in ihrer Tasche.

»Was suchst du?«

»Meine Haarspange.«

»Die du bei deiner Frisur ganz sicher brauchst …«

»Es geht nicht um meine Frisur, sondern darum, dass sie das Letzte ist, das ich von meinem Vater geschenkt bekommen habe.«

»Du bist sentimentaler, als du dich gibst. Soll ich dir ein passendes Gedicht vortragen?«

»Ach, halt die Klappe«, sagte sie und wühlte weiter in ihrer Tasche. Schließlich fand sie das Motorrad im Seitenfach und steckte die Spange in ihr Kosmetiktäschchen.

Wie von Iann gewünscht, gaben die Wissenschaftler alle USB-Sticks ab und eilten dann zu Frosty Boy, der inzwischen repariert worden war. Auch Jonathan, Eirene und Nadine stellten sich an.

»Habt ihr schon gehört? Der Flug wurde verschoben. Herby-Warnung.« Der Doktorand hatte eine Portion Eiscreme ergattert und gähnte. »Ist es gerade neun Uhr vormittags oder neun Uhr abends?« Verwirrt klopfte er auf seine analoge Armbanduhr, dann deutete er auf Nadines T-Shirt. »Das könnte ich auch gerade brauchen.«

Auf ihrer Brust prangte die Formel $p = m.v$ und darunter die Silhouette eines Kindes auf einer Schaukel.

»Was heißt das?«, flüsterte Jonathan Eirene ins Ohr.

Sie antwortete genauso leise: »Die Formel für den Impuls, gemeinhin *Schwung* genannt. Nadine liebt solche Shirts, da weiß sie gleich, ob es sich auszahlt mit jemanden anzubandeln.«

Heute gab es ausnahmsweise heiße Schokoladenmilch und sie langten alle freudig zu. Wieder setzte sich Nadine zu ihnen an den Tisch. »Kakao und Eiscreme, der Tag kann nicht mehr besser werden.«

»Keine Lust mit den Kiwis abzuhängen?«, fragte Jonathan.

»*Non*. Ich habe genug Aussie-Witze gehört.«

»Ich dachte Iann ist dein großes Vorbild.«

Nadine winkte müde ab. »Vorbilder sind nur aus der Entfernung vorbildlich.«

Eirene lachte. »Nadine steht auf Carl Sagan.«

»*Vie*. Und das mit gutem Grund. Hast du auch ein Vorbild, Jonathan? Als Schriftsteller, meine ich?«

Jonathan dachte nach und nickte schließlich. »Doch. Einen mag ich besonders gern. Ganz altmodisch.«

»Jetzt kommt sicher Keats oder Yeats«, warf Eirene ein.

Sachte schnippte er gegen ihre Nase. »Gaanz falsch geraten, Alice. Mir geht es nicht nur um das Schreiben an sich, auch um die ethische und politische Haltung eines Autors. Da kommt nur einer für mich in Frage: John Steinbeck.«

Nadine hob die Brauen. »Reise mit Charley. *Vie*?«

»Genau. Er ist übrigens nahe Monterey aufgewachsen. In Salinas ist ein wunderbares Museum, da steht auch seine Rosinante – der Bus mit dem er damals unterwegs war.« Er malte mit dem Finger die ungefähre Reisestrecke auf die Tischplatte. »Eirene müsste sich eigentlich mit ihm seelenverwandt fühlen. Er hat geschrieben: *Die*

Wüste, eine unwirtliche Gegend, könnte die letzte Hoffnung des Lebens gegen das Nichtleben sein. Die Wüste hat schon andere Wunder hervorgebracht.«

Eirene schaute ihm kurz nachdenklich in die Augen, dann stupfte sie Nadine an. »Zitate sind seine zweite Leidenschaft nach Enduros.«

»Sei nicht abfällig, Leblanc«, wies Nadine sie zurecht. »Ich finde es toll, wenn Männer so was draufhaben. Saufen und Vögeln kann jeder, auch wenn manche es beschönigend Weinverkostung und Liebemachen nennen.«

»Danke, Madame.« Jonathan küsste Nadine die Hand und Eirene streckte ihnen die Zunge raus.

»Da, sieh nur«, entrüstete sich Nadine. »Frag sie mal, wer ihr Idol ist und wenn sie Edwin Hubble nennt, dann lügt sie.«

Jonathan sagte mit gespieltem Ernst: »Also, Frau Doktor Leblanc, wer ist denn Ihr Idol? Der Zunge nach müsste es Einstein sein.«

»Falsch geraten«, gab Eirene zurück. »Du darfst noch zweimal.«

Nadine zeigte auf. »Fritz Zwicky. Sag Fritz Zwicky.«

Eirene zwickte sie in den Arm. »Verräterin. Auf wessen Seite stehst du eigentlich?«

»Na, na. Wer wird denn kindisch sein?«, drohte Jonathan.

»Auf deiner Seite, Darling«, sagte Nadine zu Eirene. »Indem ich deinen *amant* unterstütze, musst du dich ein wenig aufregen. Das tut dir gut, bringt den Kreislauf in Schwung.«

»Was ist jetzt mit Zwicky?«, fragte Jonathan.

Nadine schmunzelte. »Ein übler Kauz. Berüchtigt für seine Launen. Ein Schweizer halt.«

»Sagt die Französin«, erwiderte Eirene. »Er war seiner Zeit weit voraus. Er hat die Dunkle Materie postuliert, als die Wissenschaft noch nicht einmal wusste, dass das Universum expandiert.«

»Und man hat ihn dafür verlacht«, warf Nadine ein.

»Bis ihn die Gravitationslinsen bestätigt haben. Für die er als erster Galaxien als Ausgangspunkte verschlug.«

»Er war bei den Studenten an der Caltech berüchtigt. Er hat gerne Golfbälle geworfen, wenn sie ihm zu unaufmerksam waren. Hatte immer einen Sack davon mit. Ein Studentenschreck. Fast wie du mit deinen fragmentarischen Studienunterlagen.«

»Die Brats sollen aufpassen und sich den Stoff selber erarbeiten, dann lernen sie auch was«, sagte Eirene genervt.

»Du bist nur schreibfaul. Wie Zwicky. Erst beim Thema morphologische Analyse sind ihm die Worte nur so aus der Feder geflossen.«

Eirene gähnte, Nadine kippte ihren Kakao hinunter und stand auf. »Wenn du deine Arbeit an den Pulsaren konsequent fortsetzt, kannst du wie dein nettes Vorbild einmal die Goldmedaille der Royal Astronomical Society bekommen.«

Eirene winkte ab. »Nicht bevor ich sechzig bin.«

»Auch wahr. Schlaft gut, ihr zwei«, sagte Nadine und warf ihnen Kusshändchen zu.

Zweifelnd betrachtete Jonathan die schmalen Stockbetten. Eirene wollte ins obere Bett klettern, aber er hielt sie auf. »Was hältst du von einem *Rebell Yell*?«

Eirene nahm sein Ohrläppchen zwischen ihre Lippen und flüsterte. »Das ist eine hellhörige Unterkunft.«

»Ist mir egal. Bei dem Sturm hört sowieso keiner nix.« Er zog ihr den Pullover über den Kopf und sie ließ sich von ihm auf das untere Bett drücken. Es war breit genug.

Sein Zeitgefühl hatte in der ewigen Nacht aufgegeben und tatsächlich war es kurz nach zwölf Uhr mittags Ortszeit als Jonathan wieder aufstand und zur Gemeinschaftsdusche ging. Am Rückweg holte er sich bei Mike und Greg eine Bierdose. Als er in sein Zimmer kam, saß Eirene nur mit einem Höschen bekleidet im Schneidersitz auf dem Bett und begutachtete die Kuverts und Ausdrucke. Er kitzelte ihren Bauch. »Verrätst du mir endlich, woher du diese Flecken rund um deinen Nabel hast?«

»Fort Irwin. Scherzbolde, die Ausbildner. Am Ende des Trainings haben sie uns in eine Bar und dann in einen Tattoo-Shop geschleppt. Ein paar haben sich aber nur eines mit Permanent-Make-up aufmalen lassen, diese Schisser.«

»Warum Tintenkleckse?«

»Das ist das Einsteinkreuz. Der Blödian von Tätowierer hat es nicht besser hingekriegt.«

»Was, in aller Welt, ist ein Einsteinkreuz?«

»Ein Gravitationslinsensystem im Sternbild Pegasus.«

»Genau. Das erklärt ja alles.«

Sie lachte und zeigte auf ihren Bauch. »In der Mitte eine Galaxie, die Huchras Linse, dahinter ein Quasar, ungefähr 800 Milliarden Lichtjahre entfernt, dessen Licht durch die Gravitation gekrümmt wird, und daher als vier Lichtpunkte um die Galaxie angeordnet zu sehen ist. Ein Kreuz eben.« Sie streichelte das Tattoo fast zärtlich.

Er schmunzelte. »Du weißt schon, dass du ziemlich schräg bist?«

»Danke, dass du mich darauf aufmerksam machst. Endlich sagt mir jemand, warum ich keinen Ehemann abkriege.«

»Willst du denn einen?«

»Wäre schon nett, wenn man in der Weltgeschichte herumsegelt und weiß, dass zu Hause jemand auf einen wartet. Aber Männer haben es nicht so mit dem Warten.«

»Ich würde dich heiraten.«

Sie kicherte. »Sag das noch einmal und ich nehme dich beim Wort.«

»Ich würde dich heiraten.«

Eirene starrte ihn mit offenen Mund an.

»Genau der Blick ist es mir wert. Also, was ist?«

»Was ist womit?«

»Na mit heiraten. Ich habe das ernst gemeint.«

»Verscheissern kann ich mich selber.«

»Für eine Wissenschaftlerin bist du manchmal ganz schön ordinär.«

»Ich bin bei den Bumpkins aufgewachsen. Du solltest einmal Susskind fluchen hören, er war Installateur in der Bronx, bevor er Astrophysiker wurde.«

»Gib dir einen Ruck und heirate mich.«

»Einfach so?«

»*No Risk, no Fun.*«

»Wer sagt, dass das spaßig wird?«

»Muss ich auf die Knie, damit du mir glaubst?«

»Ich glaub dir schon, aber ich weiß nicht so recht.«

»Angst, dass ich mit deinem Geld abhaue?«

»Sei nicht komisch, ich bin keine Großverdienerin.«

»Wo ist dann das Problem?«

»Warum meinst du, dass das klappt?«

»Ich mag dich echt gern. Im Bett läuft es klasse…«

»Vorübergehender Hormonrausch.«

»Wir funktionieren gut als Team…«

»Seit gerade einmal sieben Wochen. Und ich bin gewohnt auf engem Raum mit anderen für eine Weile auszukommen. Einfach, weil ich weiß, dass es nach dem Projekt vorbei ist.«

»Ich bin also ein Projekt? Jetzt bin ich beleidigt.« Jonathan langte nach der Bierdose, riss sie auf und nahm einen langen Zug. Eirene spielte mit dem Gummiring an ihrem Handgelenk, ließ das Band gegen die Haut schnalzen und schaute beim Fenster hinaus, in dem aber nur Schwärze zu sehen war und ihr schemenhaftes Spiegelbild. Eine Weile saßen sie schweigend, dann drehte sie sich zu ihm hin. »Okay.«

»Das ist alles?«

»Was hast du erwartet?«

»Etwas mehr Begeisterung?«

»Du hast gefragt, ich habe ja gesagt, das sollte vorerst genügen.«

»Vorerst? Das ist ausbaufähig. Los, zieh dir was an.«

»Ich habe was an.«

Jonathan warf ihr ein T-Shirt zu. »Etwas, womit wir unter die Leute können. Fragen wir Brian Stone, wer hier eine Lizenz für Eheschließungen hat.«

Er konnte kaum fassen, was gerade geschehen war: Die gute Fee hatte seinen dritten Wunsch erfüllt.

Die hastig organisierte Hochzeit begann kitschig und endete für Jonathan über der Kloschüssel. Die Polarlichter wogten über der Chapel-of-the-Snows, als sie die Kapelle betraten, ersetzten den Brautschleier, den Eirene nicht hatte. Nadine entpuppte sich als Hobby-Sängerin und trällerte ziemlich passabel *From this Moment on* und *Stand by your man*, begleitet von Korporal Martiensen an der Gitarre. Das Gelübde sprachen sie vor dem Feuerwehr-Kommandanten und als sie sich die schlichten Ringe ansteckten, die das Verwaltungsbüro immer auf Vorrat hatte, leuchteten die Buntglasfenster unter dem Scheinwerferlicht von ein paar extra platzierten Schneemobilen auf.

Danach feierten sie mit dem Wissenschaftsteam und der Begleitcrew im Gallaghers Pub. Nur den Doc hatten sie ausgeladen. Später konnte Jonathan nicht sagen, ob es am Sashimi oder am Whiskey gelegen hatte, aber einen guten Teil der restlichen Nacht verbrachte er in den Sanitärräumen.

Als er am nächsten Tag gegen Mittag die Augen öffnete, war das Stockbett leer. Eirene saß am Tisch und starrte auf einen Ausdruck. Er räusperte sich und sie schaute ihn an. Über ihr Gesicht liefen Tränen.

27

Eine steife Brise wehte vom Pazifik herauf. Jonathan blickte über die Straße hinüber und konnte kaum den grauen Himmel vom grauen Meer unterscheiden. Vor der Kulisse des Ozeans kurvten Golfwägelchen über sattes Grün, der Geruch von frisch geschnittenen Gras wehte mit dem Salzgeruch von der Küste herauf. Im Grün vor ihm war kaum mehr das Rechteck vom Aushub auszumachen, die Gärtner hatten die Rasenblöcke sorgfältig eingesetzt, nachdem die Urne im Boden versenkt worden war. Nur die Gedenkplatte glänzte heller als jene links und rechts von Rosies und Leroys Grab. Eirene hatte zwei dunkelrosa Rosen neben die Namenstafel gelegt und stand seit Minuten schweigend da.

Sie waren direkt vom Flughafen in Monterey hierhergefahren, ihre Reisetaschen standen neben ein paar Felsblöcken, die wie Wächter am Anfang des Weges aus dem Rasen ragten. Ein Stück hinter ihnen lag der alte Friedhofsteil von El Carmelo, umfasst mit niedrigen Steinsockeln. Eine Gruppe Rehe graste zwischen verwitterte Grabsteine und Stelen unter hoch aufragenden Küstenzypressen mit knorrig gewundenen Stämmen.

Die Tiere rissen die Köpfe hoch, als eine Frauenstimme über den Friedhof schrillte. »Eirene, Eirene, Herzchen. Ja so ein feiner Zufall.« Jonathan drehte sich zur Einfahrt hin. Wäre das Tageslicht milder gewesen, hätte Suzie noch durchaus als attraktiv durchgehen können. So aber waren deutlich die Spuren eines Lebens auf Überholspur in ihrem Gesicht zu sehen. Trotzdem zwinkerte sie Jonathan kokett zu und spitzte in alter Manier die rotbemalten Lippen.

»Blue und Alice – wer hätte das gedacht? Der alte Leroy wird gerade rotieren.« Sie stellte sich neben das Grab und lachte kehlig. »Aber ich habe schon damals gewusst, dass ihr euch anzieht wie so Zettelhalter am Kühlschrank. Jetzt hat es wohl Klack gemacht. Hä?«

Eirene sagte kein Wort und starrte auf die Namensplakette. Auch wenn Jonathan während seiner Rennfahrerzeit von Suzie immer bevorzugt behandelt worden war, hatte er sie nie besonders leiden können. Die Situation war ihm unangenehm. Suzie ignorierte ihr Schweigen und plauderte weiter: »Ich habe da so gehört, dass ihr im Haus der armen Rosie wohnen wollt. Das wird Loretta gefallen, von Marina sind es ja nur ein paar Meilen die Küste runter. Was sind eure Pläne? Bleibt ihr lange?«

Eirene ergriff Jonathans Hand und stellte sich halb hinter ihn. »Sag der hässlichen, alten Frau, dass sie verschwinden soll. Ich will mich in Ruhe von meiner eigentlichen Mutter verabschieden.«

Suzie erstarrte, lief rot an, öffnete den Mund – und schloss ihn wieder. Sie drehte sich um und stöckelte davon. Eirene seufzte und murmelte ein paar Worte, die Jonathan nicht verstehen konnte, dann drückte sie seine Hand und wandte sich ab.

Rosies Haus lag nur einige Straßenzüge entfernt und die Nachbarin händigte ihnen unter Beileidsbekundung den Schlüssel aus. Haus und Garten wirkten sauber und aufgeräumt, der Pool war ausgelassen und Kuverts und Prospekte lagen in einem Stapel auf einer Kommode, wahrscheinlich hatte sie sich auch darum gekümmert. Trotzdem wirkten die Räume leblos und beklemmend auf ihn, die Luft roch abgestanden. Er starrte den Stiegenaufgang an: Hier war Rosie gestorben, ein unglücklicher Sturz einer älteren Frau, so stand es im Bericht des Coroners. Haushaltsunfall. Eirene hatte die Taschen fallen gelassen und zog die Vorhänge der Terrassenfront auf, öffnete die Glastür. Jonathan schlich durch die Räume, alles wirkte abgenutzt, an manchen Stellen waren hellere Flecken an den Wänden und Böden zu sehen – die Konturen von Bildern und Möbel, die einmal dort ihren Platz hatten. Das genaue Ausmaß seines Erbes würde Jonathan erst im Anwaltsbüro erfahren, aber schon jetzt bekam er einen ersten Eindruck, wie Rosies Leben ausgesehen haben musste. Sie hatte nur dieses Haus besessen, das Team Thunderbird erwirtschaftete offiziell geringe Gewinne – auch wenn ihr die Hälfte gehört hatte, reichte es anscheinend gerade zum Leben. Zurück im Wohnzimmer, ging er zu Eirene in den Garten hinaus. »Warum hat sie das Haus mir vererbt und nicht dir?«

»Ich denke, das war Leroys Wunsch. Als Wiedergutmachung. Und Rosie wusste doch, dass ich eine große Wohnung in Pasadena besitze.«

Am Abend erzählte Eirene ihm von ihren letzten Besuchen hier, von den Spaziergängen, die sie an der Küste gemacht hatten, und mit welcher Freude Rosie sich im Kinderheim von Salinas engagiert hatte.

Die Sonne fiel in Streifen durch die Jalousien und sein Morgenkaffee war inzwischen kalt geworden. Er streichelte Eirenes Rücken. »Ich liebe dich.«

»Gut.«

»Das ist alles?«

»Was willst du hören? Dass der Tantra-Sex gerade toll war? War er, echt.«

»Du stehst nur auf meine geschickten Hände.« Jonathan zog einen Schmollmund, drehte sich auf den Rücken, verschränkte die Arme hinter dem Kopf.

»Stimmt nicht.«

»Beweise es.«

»Wie soll ich das beweisen?«

»Sag was Nettes.«

»*Ich* bin keine Schriftstellerin.«

»Dumme Ausrede!«

Eirene rollte auf die Seite. Ihre Finger strichen über sein Kinn und seinen Hals, dann legte sie die Hand auf seinen Bauch. »Die meisten Männer sind Blender. Geben sich tolerant und bodenständig, schaust du aber nach dem dritten Drink hinter ihre Maske, raunzt dich ein selbstverliebter Gockel an.« Sie streichelte sanft seinen Nabel. »An dir ist alles echt. Dein Herz beginnt an deiner Haut. Wenn du mich ansiehst, siehst du mich auch.«

Er strich ihre Stirnfransen zurück und lächelte: »Na, geht doch. Was gibt es zum Frühstück?«

Sie imitierte seinen Schmollmund. »Ach, deswegen liebst du mich.« Mit zwei Fingern zwickte sie eine Falte an seinem Bauch. »Mir scheint, du wirst fett. Es gibt Obstsalat mit Magerjogurt.«

Er rollte sich auf sie. »Wenn ich noch ein paar Kalorien verbrenne, gibt es dann Schokopops dazu?«

Sie quietschte, als er sie kitzelte, und strampelte sich unter ihm hervor. »Raus mit dir. Lass deinen Übermut an einem Einkaufswagen aus, sonst gibt's gar kein Essen.«

In der Küche füllte er frisches Wasser in die Kaffeemaschine und öffnete seinen Blog während der Cappuccino in die Tasse blubberte. Überrascht sah er die vielen Kommentare auf den Antarktis-Beitrag, den er am Vortag online gestellt hatte. Einige hielten seinen Bericht für einen Fake, führten Gründe dafür an, warum keiner im Winter in der Antarktis sein kann, manche hatten gehässige Anmerkungen zu seiner Behinderung gepostet, andere machten sich über seinen Größenwahn lustig und ob er das nächste Mal vom Mond berichtete.

Jonathan ärgerte sich und ärgerte sich noch mehr darüber, dass er sich ärgerte. Als Eirene aus dem Bad kam und wegen des Einkaufs fragte, schnauzte er sie an. Sie zog die Brauen hoch und verschwand. Ein paar Minuten später hatte er sich beruhigt und wollte nach ihr sehen, aber sie hatte das Haus bereits verlassen.

Zuerst wollte er die Kommentare kommentieren, schloss aber dann seinen Blog und schaute seine Mails durch, bezahlte Rechnungen, bemerkte verblüfft den hohen Eingangsbetrag, den Sam für das Wohnmobil herausgeholt hatte, und telefonierte mit dem Redakteur von National Geographic wegen des Artikel zur Expedition.

Inzwischen war Eirene zurückgekommen und schlichtete schweigend die Einkäufe in den Kühlschrank. Dann nahm sie zwei Schalen mit Rosenmuster und Goldrand aus der Vitrine, staubte sie ab und leerte Müsli hinein, stellte eine Schüssel vor ihn hin. Er stocherte im Flockengemisch herum. Vielleicht war es die bedrückende Atmosphäre dieses Hauses oder das Vorortflair, aber die ganze Szene kam ihm unwirklich vor und wieder ärgerte er sich. »Ist dir noch nicht aufgefallen, dass ich keine Rosinen mag?«, sagte er harsch.

»Nein. Woher auch? Wir haben noch nie Müsli gekauft. Was ist denn plötzlich los mit dir?«

Schon wollte er über die Kommentare berichten, sein Ärger darüber kam ihm aber plötzlich kindisch vor, die Kritiker würden spätestens dann verstummen, wenn in einer Woche das National Geographic erschien und seine Story der Aufmacher war.

Stattdessen sagte er: »Das hier alles – die Sachen von zwei Toten – es ist wie eine Gruft.«

Sie sah sich um, dann zuckte sie mit den Schultern und tippte weiter am Bildschirm ihres Smartphones. »Du bist das erste Mal hier, es kommt dir anders vor als mir.«

Wider besseren Wissens, legte Jonathan nach: »Geht dir denn nie was unter die Haut? Du zuckst mit den Schultern und verkriechst dich in deine Formeln?«

»Das ist meine Art damit umzugehen«, antwortete sie kühl. »Und wenn du damit ein Problem hast, dann hast du es nicht mehr lange.«

»Was soll das schon wieder heißen?«

»Dass ich morgen im ARC bin, um die Projektdaten nachzuarbeiten und abends im Flugzeug nach Chile sitze. Ein Teleskop bei ALMA braucht eine Nachkalibrierung.«

»Und dann kommst du zurück?«

Sie nahm sich einen Kaffee und setzte sich mit ihrer Müslischale ihm gegenüber. »Nein, es geht direkt weiter zum VLT am Cerro Paranal. Ich habe einen Observing Block genehmigt bekommen. Am vierten September beginnt mein Zeitfenster für die Visitor-Mode-Beobachtung.«

Jonathan hatte alle Rosinen herausgefischt und starrte sie an. »Wann wolltest du mir das sagen?

»Hast du gefragt?«

»Hast du vergessen, dass wir jetzt verheiratet sind?«

Sie wirkte ungerührt. »Das ist schon vorher fixiert gewesen. In meinem Beruf ist langfristige Planung üblich. Das ist nicht irgendein Job. Bei zukünftigen Projekten darfst du mitreden.«

»Wie großzügig!«

Eirene sagte scharf. »Ich wüsste gerne, was du mir eigentlich vorwirfst?«

»Dass du aufhörst, mich von oben herab zu behandeln.«

»Das mache ich? Im Ernst? Und was erwartest du?«

Jonathan stieß hervor. »Etwas mehr Respekt vor *meiner* Arbeit vielleicht.«

»Als ob es nicht egal wäre, wo du deine Artikel schreibst.«

Er knallte den Löffel auf den Tisch. »Und deshalb meinst du, dass ich dir nachlaufe?«

»Aber nein. Da hat der Herr und Meister sicher Besseres zu tun. Was habe ich mir auch dabei gedacht?« Sie sprang auf und schüttet ihr restliches Müsli in den Müll.

Er verschränkte die Arme. »Was passiert hier eigentlich gerade?«

»Was weiß ich? Lassen wir es einfach.« Sie blieb neben dem Tisch stehen, so als müsste sie sich einen Fluchtweg offenhalten. Jonathan wusste, dass er es gut sein lassen sollte, aber ein unerklärlicher Grimm hatte sich in ihm festgesetzt.

Er sagte eisig: »Macht man das als Wissenschaftlerin so, wenn es schwierig wird?«

Ihre Nasenflügel bebten, sie griff nach ihrer Umhängetasche mit dem Laptop. »Ich belaste mich nie mit Gepäck.«

»Heißt das, wir werden in die Statistik der ultrakurzen Ehen eingehen?« Er sah den Schmerz in ihren Augen, aber er ließ sie ins Freie hinauslaufen.

Eine halbe Stunde später marschierte er in den Garten, aber Eirene saß weder auf der Terrasse noch am Pool. Abends begriff er, dass sie nicht zurückkommen würde.

28

Vielleicht wäre er ihr zum Moffett Field nachgefahren, aber er musste den Anwaltstermin wahrnehmen und sie hatte ihm noch spät am selben Abend, anstelle ihn anzurufen, nur eine Kurznachricht geschickt: »back arc, asap chile, cul, mame, g&k. E.«

Fast hätte er ihrer Reisetasche einen Tritt versetzt, die wegen ihrer überstürzten Abreise noch in Rosies Haus stand. Stattdessen nahm er eines ihrer T-Shirts heraus und legte es neben sich ins Bett.

Am Morgen zerrte er die Überzüge von Decken und Polster, stopfte sie in einen Müllbeutel zu anderen abgenützten Gegenständen, die ein möglicher zukünftiger Besitzer sicher nicht übernehmen wollte. Er trug die ersten Säcke hinaus, heute sollte laut der Nachbarin die Müllabfuhr kommen.

Im Abstellraum fand er einen Karton, den er faltet und neben die Reisetasche stellte. Einige persönliche Andenken von Rosie wollte er für Eirene aufheben, auch wenn er nur eine ungefähre Vorstellung hatte, worauf sie Wert legen könnte: Fotoalben, DVDs, eine hölzerne Schmuckschatulle, ein golddurchwirkter Kaschmirschal, ein Zierteller mit dem Fotoaufdruck von einem jungen Leroy in schwarzer Lederkluft.

Kurz überlegte Jonathan, ob er einen der Pokale behalten sollte, entschied sich aber dagegen. Bevor er mit dem oberen Stockwerk beginnen konnte, musste er den Anwaltstermin wahrnehmen. Eine Formalität, wie ihm die Frau am Telefon mitgeteilt hatte, ein paar Unterschriften und eine Bestätigung für die Besitzurkunde. Er rief sich ein Taxi und fuhr nach Salinas.

In dem modernen Büro am Laurel Drive erwartete ihn eine gutaussehende ältere Frau, in einem eleganten grauen Kostüm, einer Seidenbluse und einer teuren Armbanduhr am Handgelenk als einzigen Schmuck. Mit routinierten Worten erläuterte sie ihm das Nachlassverfahren, seine Pflichten und Rechte, sowie Dokumente, die sie ihm zur Unterschrift vorlegte. Am Ende ordnete sie die für ihn bestimmten Papiere in einer Mappe und überreichte sie Jonathan. Dann öffnete sie eine Schublade an ihrem Schreibtisch und gab ihm ein verschlossenes Kuvert. »Ein Brief von Frau Rosa Leblanc, der an Sie persönlich zu übergeben ist.«

Überrascht schaute Jonathan das Papierstück an, nahm das Schreiben und dankte der Anwältin.

Zurück in Pacific Grove legte er die Mappe mit den Papieren auf seinen Laptop am Couchtisch, den Brief von Rosie nahm er mit in die Küche und lehnte sich gegen den Tresen. Mit einem Käsemesser schlitzte er das Kuvert auf, zog den Briefbogen heraus und faltete ihn auseinander. Das Schriftstück war auf den 15. Oktober 2014 datiert, den Tag von Leroys Begräbnis.

Lieber Jonathan!

Wenn du diese Zeilen liest, dann haben wir uns nicht mehr persönlich sprechen können und das bedaure ich sehr. Du hättest es verdient, das Folgende von Angesicht zu Angesicht zu erfahren.
Ich weiß gar nicht, wie ich anfangen soll. Du musst wissen, dass Leroy vor dem Unfall nichts von der Sabotage an deiner Maschine wusste. Erst als er später dein Motorrad zerlegt hat, sind ihm Unstimmigkeiten aufgefallen. Das ist ganz allein auf Floyd

Kranstons Mist gewachsen. Trotzdem hat Leroy sich schuldig gefühlt, unglaublich schuldig, so schuldig, dass er dir nicht mehr in die Augen hat schauen können.

Er hätte die Manipulation am Bremssystem anzeigen müssen, aber dann hätte er das Team verloren. Das wollte er den Jungs nicht antun. Jeden Tag hat Kranston ihn angegrinst und ihm auf die Schulter geklopft, so als wäre nichts geschehen. Es hat Leroy das Herz gebrochen. Über Jahre hat er alles über dubiose Wettgeschäfte in der MotoAmerica gesammelt und über die Geldströme diverser Sponsoren. Ich weiß nicht, warum er damit nicht zu den Behörden gegangen ist und ich kenne mich mit den Notizen auch nicht aus. Aber ich habe seine Unterlagen in einem Schließfach hinterlegt. Du findest die Identifikation dafür auf einem Mikro-USB-Stick.

Ich traue Suzie nicht und auch nicht Loretta, obwohl die nur ein armes Ding ist. Sie schnüffeln zu oft bei mir herum, daher habe ich den Stick in eine Haarspange einarbeiten lassen, eine Sonderanfertigung in Form eines Motorrades, die ich Leroys Tochter als Andenken an ihren Vater geschenkt habe. Du kannst dich sicher noch an »Alice« erinnern, ihr habt euch einmal recht gut verstanden. Leroy war in dieser Hinsicht verbohrt, vielleicht wäre einiges später anders gekommen, wenn er sich bei euch nicht eingemischt hätte. Falls du dich doch nicht erinnerst: Ich habe ein Foto aus 2001 beigelegt. Du findest sie in Pasadena: Eirene Leblanc, Ph.D. Astronomy an der Caltech.

Mach mit den Unterlagen, was immer du meinst, mir kann es inzwischen egal sein, wer aller in die Machenschaften verstrickt gewesen ist, die zu deinem Unfall geführt haben. Weißt du eigentlich, wie lange ich nach dir gesucht habe? Nach der Rehab warst du einfach weg, wie vom Erdboden verschluckt. Du hattest deine Gründe zu verschwinden, ich weiß. Umso mehr habe ich mich gefreut, dich heute wiederzusehen. Du hast gut ausgesehen und ich bin so glücklich, dass du einen neuen Lebensweg für dich gefunden hast.

Jonathan – du hast es verdient ein erfülltes Leben zu führen und ich bereue schon jetzt, dass ich dir die Last dieses Erbes auferlegen muss. Leroy hat sich immer geweigert, Kranston seinen Anteil zu verkaufen und in seinem Gedenken mache ich es genauso und hoffe, dass ich stark genug bin und dich meine Nachricht erst erreicht, wenn Floyd Kranston und Seinesgleichen keine Rolle mehr im Motorsport spielen.

Ich umarme dich. In Liebe, Rosie

PS: ich habe dein Buch gelesen - »Der Swinger-Highway« - hätte ich dir nicht zugetraut. Weiter so!

Jonathan ließ den Brief sinken, starrte fassungslos auf die Zeilen. Niemals wäre er auf die Idee gekommen, dass das damals ein beabsichtigter Unfall gewesen war. Warum, in aller Welt, hatte Kranston das gemacht? Sie waren nie Freunde gewesen, hatten aber auch nie Streit gehabt.

Er holte das Foto aus dem Kuvert und betrachtete das Bild. Es musste kurz nach der Siegerehrung auf dem Laguna Seca Raceway aufgenommen worden sein: Alice und Blue. Er hatte ihr den Arm um die Schultern gelegt, so als wäre sie die Trophäe für den Rennsieg und nicht der Pokal. Ihre kurzen, in Magenta gefärbten Haare, leuchteten vor seiner blauen Lederkluft und sie lachte ausgelassen. Dieses Lachen hatte sie verloren.

Noch einmal las Jonathan den Brief, versuchte sich Details aus der Zeit ins Gedächtnis zu rufen. Eine Weile vor seinem Unfall hatte er einen Streit zwischen Leroy und Kranston mitverfolgt. Ein Top-Sponsor war abgesprungen und ein Kredit fällig, das Team in Zahlungsschwierigkeiten. Aber dann war es trotzdem weitergegangen.

Schlagartig wurde ihm klar, dass Rosies Tod auch kein simpler Unfall gewesen war und dass die *Twins in Black* gar nicht hinter Eirene her gewesen waren, sondern hinter ihm. Floyd Kranston musste vor der Anwaltskanzlei gewusst haben, dass er den Team-Anteil erbt. Suzie, schoss es Jonathan durch den Kopf, das war sicher von Suzie gekommen. Was sollte er jetzt mit diesen Informationen machen?

Zuerst wollte er den Brief zu den Unterlagen von der Anwältin legen, dann steckte er das Schreiben in die Innentasche seiner Raulederjacke und goss sich einen Kaffee ein. Als er die Milch in den Kühlschrank zurückstellte, kippte eine geöffnete Sardinendose um, das Fischöl rann über seine Hände. Jonathan sprang zurück, rümpfte die Nase, zog den Ehering ab und wusch sich die Finger in der Küchenspüle. Es klopfte an der Eingangstür, er trocknete sich die Hände an einem Geschirrtuch und öffnete.

Niemand stand davor. Auf der Straße röhrte eine rote Corvette vorbei. Dann explodierte der Himmel und alles wurde schwarz.

29

»Warum habt ihr ihn nicht betäubt?«

»Haben wir doch.«

»Mit einem Schlag auf den Kopf! Das hätte ihn umbringen können.«

Jonathan öffnete die Augen, versuchte die Gesichter zu erkennen, denen die Stimmen gehörten.

»Ich verstehe mein Handwerk, Mister Kranston.«

Jonathan schüttelte den Kopf, als könne er den Schwindel damit loswerden. Das Ergebnis war ein heftiger Stich durch sein Gehirn und er hielt still. Eine nackte Glühbirne baumelte von der Decke, die Wände waren unverputzter Beton und die zerkratzte Verkleidung einer Yamaha lehnte neben einem Werkzeugschrank. Unter der Glühbirne stand ein Metalltisch, an dem Kranston lehnte und mit dem blonden Mann sprach, den Jonathan vor Wochen am Flughafen in Orlando stehen gelassen hatte. Er richtete sich ein Stück auf, sein linkes Handgelenk war an ein Wasserrohr gekettet und seine Prothese fehlte. Neben ihm stand ein Karton, aus dem ein paar verstaubte Pokale ragten, an den Daten einer Plakette erkannte er, dass sie Owen gehörten. Sie hatten ihn also nach Marina gebracht.

Die Tür ging auf und schwere Schritte ließen die Gitter der Kellerstiege vibrieren. »Ich hoffe, ihr erledigt ihn im Anschluss ordentlich«, sagte Owen. Hinter ihm ging die blonde Coyo-Frau, sie blieb aber am Treppenabsatz stehen und starrte mit verschränkten Armen ins Leere.

»Nein, Mister Pierce. Mister Molinar hat ausdrücklich gesagt, dass Mister Woolfe weiterleben muss. Sie wissen, er ist ein großer Fan des Rennsports. Und Mister Woolfe ist …« Der blonde Mann zog einen Zettel aus der Tasche und las vor: »Rookie of the Year 1998, jüngster Superbike-Sieger der MotoAmerica, Vize-Staatsmeister 2001.«

Owen verzog das Gesicht und spuckte auf den Boden. »Das ist lange her.«

»Diese Statistiken verjähren nicht, Mister Pierce. Obwohl ich ihren Standpunkt durchaus verstehe.«

Noch immer benommen, versuchte Jonathan sich aufzurichten, schaffte es aber nur, sich gegen die Wand zu lehnen.

»Alles Geschichte. Er ist Geschichte. Und den Rekord für die meisten Pole Position in einer Saison konnte er nicht mehr brechen, dafür habe ich gesorgt«, sagte Owen und trat gegen Jonathans Fuß. »Wie hätte das auch ausgesehen? Er war nicht einmal ein Werksfahrer. Die von Yamaha hatten schon die Daumenschrauben angelegt.«

Jonathan räusperte sich und krächzte: »Deshalb die Sabotage? Wegen der Rekorde?«

»Ach was«, mischte sich Kranston ein. »Geschäft. Es ist nur ums Geschäft gegangen. Wir mussten die Quoten zurechtrücken. Schulden bezahlen.«

»Du muss exakt sein«, sagte Owen, »es ging um Wettschulden.«

Kranston seufzte. »Es war nichts Persönliches, Jonathan, du hättest nur ein oder zwei Rennen ausfallen sollen. Das andere war einfach Pech.«

Jonathan sah zwischen Kranston und Owen hin und her. »Aber das Team hätte doch nach dem Rennwochenende einen Haufen Geld bekommen. Der Vertrag war schon fast ausverhandelt.«

»Welcher Vertrag?«, fragte Kranston.

»Das Werksteam wollte ihn. Leroy hatte eine ordentliche Ablösesumme ausgehandelt«, antwortete Owen für Jonathan.

Kranston starrte seinen Schwiegersohn entgeistert an. »Du hast das gewusst? Warum hast du nichts gesagt? Wir hätten uns damals den ganzen Zirkus ersparen können?«

Owen heulte auf. »Er hätte meinen Platz im Werksteam bekommen. Bin ich dämlich und lass mich von einem Cajun-Bastard verdrängen?«

Kranston schüttelte den Kopf und sah zu Boden. »Ist jetzt auch egal. Wir sind wegen was Anderem hier. Mister Coyo, haben Sie seine Jacke durchsucht?«

Der blonde Mann ging zu einer Sporttasche und legte einen durchsichtigen Beutel auf den Tisch. Kranston leerte ihn aus, nahm das Mobiltelefon und wischte darauf herum. Nach einer Weile nickte er zufrieden und hielt Jonathan das Display mit einem Foto von Stan vor die Nase. »Also, ich bringe dir jetzt einen Vertrag und du wirst ihn ohne Wenn und Aber unterschreiben. Du magst dem Boss von unserem Freund hier vielleicht etwas bedeuten, aber deine Familie ist ihm scheißegal. Nicht wahr, Mister Coyo?«

»Ganz exakt, Mister Kranston.«

Owen stocherte in Jonathans Sachen herum, fand den Brief und überflog ihn. »Hey, Floyd, das solltest du dir ansehen.« Er hielt das Blatt Kranston hin, der es nahm und gleichfalls las.

»Verdammte Scheiße, was hat sich Leroy bloß dabei gedacht? Die Hand aufgehalten hat er auch.« Kranston kratzte sich am Kinn. »Darum sollten wir uns zuerst kümmern. Unser Gast hier kann ein paar Stunden warten. Mister Coyo, sie müssen jemanden für uns auftreiben. Kommen Sie.«

Kranston schlug das Smartphone gegen die Betonwand, bis es zerbrach, dann warf er es in einen Kübel mit Schmutzwasser. Er zündete den Brief an und ließ ihn am Boden verbrennen.

Sie ließen ihn allein. Nach einer gefühlten Ewigkeit waren endlich die Doppelbilder verschwunden und die Kopfschmerzen erträglich. Fieberhaft überlegte er, wie er sich befreien konnte. Zuerst rüttelte an der Wasserleitung, aber das Haus war neu gebaut und die Schrauben hielten ohne das kleinste Spiel. Er griff sich einen der Pokale und begann mit dem Metallsockel den Beton neben der Halterung zu bearbeiten.

Ein Schleifgeräusch ließ ihn zur Kellertür hinaufsehen, im Schloss drehte sich ein Schlüssel. Eine Gestalt schlich herein. Im Licht der Glühbirne erkannte er ihr Gesicht.

»Hallo, Jonathan, ist schon eine Weile her«, sagte Loretta Pierce.

In der linken Hand hielt sie seine Prothese, in der rechten eine braune Papiertüte. Sie stellte beides neben ihm ab, holte aus einem Werkzeugschrank einen Bolzenschneider und zwickte die Kette durch. »Den Rest musst du als Handschmuck tragen.«

»Geht schon.« Er rieb sein Handgelenk, langte nach der Prothese und legte sie an. Der Innenstrumpf fehlte, aber er konnte auch so gehen, er musste. »Warum hilfst du mir?«, wollte er wissen.

»Weil das hier nicht richtig ist. Und wegen Eirene. Ich habe gelauscht – sie wollen ihr weh tun, auch wenn ich nicht weiß warum. Ich kann nichts tun. Du musst ihr helfen.«

Er stand auf, lockerte seinen Körper und zog seine Jacke über, steckte seine Brieftasche ein. »Ich wusste nicht, dass ihr euch so gut leiden könnt.«

»Wir sehen uns nicht oft, weißt du, aber Eirene nimmt mich immer für voll. Sie hat noch nie mit mir gesprochen, als wäre ich nicht ganz helle. Auch wenn ich komische Fragen von mir gebe. Sie erklärt mir alles so, dass ich plötzlich ganz klar sehe.« Sie wischte sich eine Träne ab, starrte gegen die Betonwand. »Ich bin nur eigennützig. Wäre Eirene nicht mehr da, wäre die Welt dunkler für mich. Sie ist doch meine Schwester.«

Loretta drückte ihm die Tüte in die Hand, in der er Bagels und eine Wasserflasche fand. Bevor er den Verschluss öffnete, sagte Jonathan: »Er wird dich verprügeln.«

»Nicht arg. Da ist Papa schon davor.«

»Fahr gleich fort von hier, Loretta, bitte.«

»Aber ich habe doch niemanden, zu dem ich könnte.« Sie riss die Augen auf. Das gleiche Blau wie bei Eirene, dachte Jonathan, aber da endete auch schon die Ähnlichkeit. Laut sagte er: »Geh zu Suzies Bruder, geh zu deinem Onkel. Die Walters sind deine Verwandten. Und sie haben eine Gästeunterkunft, da fällst du nicht auf.«

»Ich war dort noch nie.«

»Umso besser. Dann denkt Owen sicher nicht daran, dich dort zu suchen.«

Sie verzog das Gesicht wie ein trotziges Kind. »Was soll ich dort machen?«

»Hör zu, Loretta – es gibt Beweise für Wettbetrug im Team. Die hole ich jetzt und wenn die beim FBI sind, dann wird Owen verhaftet und du bist frei. Bleib einfach zwei Wochen in Oregon. Nimm Bargeld mit und fahr nach Portland was einkaufen oder zum Wellness, lass es dir gutgehen. Okay?«

Sie lächelte. »Okay, Jonathan. Kommst du wieder?«

»Versprochen.« Er setzte die Wasserflasche an und trank in langen Zügen.

»Ich mach mich auf den Weg.« Sie drückte ihm einen Kuss auf die Wange und huschte hinaus.

Owen mochte Loretta für beschränkt halten, aber sie hatte genug Grips gehabt außer dem Essen und dem Wasser auch ein paar Geldscheine, Schmerztabletten und ein Pre-Paid-Mobiltelefon in die Tüte zu stecken.

Allerdings hatte sie nicht daran gedacht, ihm die Nummer von Eirene einzuspeichern oder auf das Papier zu schreiben. Er schlüpfte in seine Jacke und suchte die Visitenkarte von Sam, konnte sie aber nicht finden. Er suchte den Boden ab, aber das Stück Papier war weg. Wahrscheinlich war sie ihm aus der Tasche gefallen, als die Coyos ihn hierher transportierten. Jonathan schluckte eine Schmerztablette und schlich die Kellerstiege hoch. Das Haus war mucksmäuschenstill, nicht einmal der Kühlschrank brummte, Loretta musste den Strom abgestellt haben. Wahrscheinlich wegen der Überwachungsanlage, dachte er.

Vorsichtig öffnete er die Eingangstür und spähte hinaus. Lorettas Mercedes war weg, genauso Owens Pick-Up und der GMC Yukon. Jonathan beeilte sich die Straße hinauf. Der Messinger Drive mündete in den Lake Drive, er sah nach links und nach rechts, wusste zuerst nicht so recht wohin. Er kannte sich in Marina nicht aus. Ein Junge in einem gestreiften T-Shirt radelte vorbei, Jonathan winkte ihm zu und fragte ihn nach einem Taxistand. »Keine Ahnung, Mister. Aber ich kann ihnen eines rufen.« Der Knirps holte ein Smartphone aus seiner Hosentasche, wischte ein paar Mal herum, tippte eine SMS. »Kommt in zehn Minuten.« Damit radelte er weiter und Jonathan sah ihm baff nach.

Während er wartete, überlegte er, was er tun sollte. In das Haus in Pacific Grove konnte er vorerst nicht – wenn Owen zurückkam, würde er ihn dort zuerst suchen. Er musste auf seinen Laptop verzichten, damit auch auf alle Kontaktdaten. Jonathan fluchte, er wusste keine einzige Rufnummer auswendig. Sollte er zur Polizei? Aber was sollte er sagen? Er hatte nicht einmal Beweise dafür, dass er entführt worden war. Die abgeschnittene Handschelle konnte auch von anderen Freizeitaktivitäten stammen. Und wenn er sie zum Keller führte, würde es zuerst langwierige Untersuchungen und Befragungen geben. Bis dahin hatten die Coyos sicher schon herausgefunden wohin Eirene gereist war und saßen in einem Flieger nach Chile.

Ein Taxi von Coastal Yellow Cab kam und er ließ sich zur Leihwagenfiliale am Monterey Airport chauffieren. Für ein Trinkgeld suchte ihm der Fahrer die Telefonnummer des Kennedy Space Centers in Florida heraus, nicht ohne Jonathan dabei seltsam anzusehen.

Nach mehreren Versuchen wurde er zum Sicherheitsdienst des Operational Building durchgestellt, aber der Mann, den er dort sprach, sagte ihm nur, dass Sam bei einer Tagung in Chicago war und erst in zwei Tagen zurückkommen würde. Er weigerte sich standhaft Sams Mobilnummer an Jonathan weiter zu geben. »Ich richte ihm aus, dass Sie angerufen haben. Er meldet sich bei Ihnen.« Dann legte er einfach auf. Jonathan versuchte noch einmal, jemanden zu erreichen, der ihm Auskunft geben konnte, scheiterte aber.

Wen konnte er sonst noch kontaktieren, der ihm glauben würde und auch helfen konnte? Sam hätte ihm sofort geholfen, aber er konnte nicht einfach warten, bis der Sicherheitsmann in Chicago erreichbar war. Nadine würde ihm glauben, aber weder wusste er, wo sie gerade war, noch hatte er von ihr eine Nummer und würde beim Fragen danach vom Ames Research Center genauso abgewimmelt werden wie vom Kennedy Space Center gerade eben.

Aber eine Adresse kannte er auswendig und in diesem Moment wusste Jonathan wohin er musste. Er lief in die Abflughalle und buchte den nächsten Flug nach L.A. Er musste nach Pasadena. Zu Eugene Chen.

30

Sein Klopfen wurde von Kläffen beantwortet. Ein seltsames Surren folgte. Jonathan lauschte, hörte wie ein
Riegel verschoben wurde. Die Wohnungstür klappte
auf, wieder das Surren. Jonathan sah durch ein großes
Wohnzimmer auf eine Glasfront und einen dahinterlie-
genden Innenhof mit Palmen und Pool. Sein Blick glitt
tiefer und dort, halb verdeckt von der Eingangstür, war
Eugene: Ein schmaler Mann, mit asiatischen Gesichts-
zügen, den Jonathan auf mindestens fünfzig schätzte,
mit freundlichen braunen Augen hinter einer rahmenlo-
sen Brille. Er trug einen hellen Leinenanzug, war barfuß
und saß in einem Rollstuhl.

Drei kleine, braun-weiß gescheckte Hunde wedelten
um Jonathans Beine. »Hallo, Doktor Chen. Ich bin...«

»Hallo, Jonathan, hallo. Ich weiß, wer Sie sind. Nur
herein mit Ihnen, nur herein.« Eugene schüttelte ihm die
Hand, drehte den Rollstuhl und fuhr voraus, die Hunde
hechelten hinter ihm her, sahen sich dabei mit ihren
schwarzen Knopfaugen nach Jonathan um. Shi-Tzu,
dachte er, schloss die Tür und ging ihnen nach.

Das Wohnzimmer war eine seltsame Mischung aus
schlichten Holzmöbeln an weißen Wänden und einem
ausladenden Sofa mit üppiger Dekoration in Form von
rotgoldenen Polstern, violetten Vorhängen mit einge-
webten Orchideen, einem Bild mit einer afrikanischen
Steppenlandschaft und einem Orientteppich. Auf einer
Anrichte stand eine moderne Skulptur, bei näherer Be-
trachtung erkannte Jonathan jedoch, dass es sich um das

Modell eines Exoskeletts handelte. Er hatte etwas Ähnliches schon in einer Broschüre im Warteraum von ottobock gesehen. Neugierig ging er näher. Am Sockel klebte ein Schild mit der Aufschrift *H-MEX Hyundai Medical Exoskeleton.* Ein medizinisches Exoskelett, das Gelähmten die Möglichkeit geben konnte, wieder aufrecht zu stehen und ein paar Schritte zu gehen. Bisher gab es allerdings nur Prototypen und Therapiegeräte in der Rehabilitation, selbst wenn die Gehprothese einmal Serienreife hätte, wusste Jonathan, dass sie fast unerschwinglich teuer sein würde.

Eugene beobachtete ihn interessiert. »Kaffee?«

Jonathan nickte und folgte ihm zur Küchenzeile. Eugene tippte auf der Espressomaschine herum. Als der Mathematiker nach einer Dose griff, machten alle drei Shi-Tzu ein Männchen, saßen wie eine lebendige Installation auf den Fliesen in der Küche. Jonathan lachte und fühlte sich auf einmal entspannt. »Wie heißen sie denn?«

Eugene knuddelte den Hunden die Köpfe. »Das sind Tick, Trick und Track.« Entsprechend dem Namen gab er jedem ein Hundekeks. »Meine Rasselbande.«

Ein intensiver Kaffeegeruch erfüllte den Raum. Eugene reichte ihm eine Tasse und nahm aus seiner einen genießerischen Schluck. Dann sagte er: »Was führt Sie denn zu mir?«

Zuerst wusste Jonathan nicht, wie er anfangen sollte, erzählte von der Reise nach Florida, von seinem Unfall 2002, von Sams Warnung, von den Kranstons, von Rosies Brief und von den Coyos. Trotz der wirren Abfolge schien Eugene zu verstehen, worum es ging.

»Und deshalb kommen Sie jetzt zu mir?« Eugene nahm seine Brille ab und steckte sie in die Außentasche seines Leinensakkos.

Eine Frage brannte in Jonathan, seit Eugene ihm die Türe geöffnet hatte: »Hatten sie auch einen Unfall?«

Eugene schüttelte den Kopf. »Tumor in der Lendenwirbelsäule. Zu spät diagnostiziert. Die Querschnittlähmung ist eine Nebenwirkung der Operation. Gehen oder Leben stand zur Auswahl.«

Betroffen schaute Jonathan zur Seite, doch Eugene tippte ihn ganz sachte an und sagte: »Das ist schon dreißig Jahre her, ich hatte Zeit mein Leben darauf einzurichten.«

»Tut mir leid, Eugene. Ich sollte am besten wissen, wie es ist, wenn Leute so reagieren und mache es selber. Zum Schämen.«

Eugene schmunzelte. »Sie zeigen mir Ihre Prothese und wir sind quitt, okay?«

Jonathan kam Eugenes Wunsch nach und sie unterhielten sich ein paar Minuten über Bionik. Schließlich sagte Eugene: »Warum gehen Sie mit Ihrer Geschichte nicht zum FBI?«

»Und sage denen was? Das wirre Zeug, dass ich gerade von mir gegeben habe? Der Brief ist fort, mein Smartphone mit den Fotos ist zerstört, die Haarspange ist mit Eirene in Chile und die Coyos auf dem Weg zu ihr. Vielleicht könnten die Feds etwas ermitteln, aber ich habe keine Zeit, auf die Behörden zu warten. Und werden die Leute vor Ort ganz sicher etwas zu ihrem Schutz machen, wenn ich diese Räuberpistole erzähle? Noch dazu, wo Eirene gar nichts davon weiß? Bis da alles richtig läuft, hat das Killer-Pärchen sich Eirene geschnappt. Sie haben sowieso schon einen Vorsprung.« Er holte Luft. »Können Sie bitte Eirene anrufen und warnen? Jetzt gleich?«

»Sorry, Jonathan, ich kann sie telefonisch dort auch nicht erreichen, nur in der Zentrale eine Nachricht hinterlassen. Aber die sind ziemlich lasch bei der Weitergabe, stecken meist nur eine Notiz in das Postfach im Wohnblock. Ich schreibe ihr gleich eine Mail, aber ihren privaten Posteingang liest sie nur alle ein bis zwei Tage. Da kann eine Reaktion darauf dauern.«

Jonathan sah ihn ungläubig an. »Kommen Sie«, sagte Eugene ernst und surrte durch das Wohnzimmer in ein angrenzendes Büro, durch dessen Terrassentür man gleichfalls ins Freie gelangen konnte. Jonathan fragte sich, ob der Innenhof exklusiv zu der großen Wohnung gehörte, schob den Gedanken aber gleich wieder zur Seite. Eugene rollte zum Schreibtisch, setzte die Brille auf und blätterte in einem Notizbuch. Anscheinend hatte er gefunden, wonach er suchte, denn er wiegte den Kopf und sagte: »Das bekommen wir hin. Ich kann jemanden mit gewissen Möglichkeiten um eine Gefälligkeit bitten.«

»Bei der NASA?«

»Intel. Und bitte fragen Sie nicht weiter.« Er griff nach dem Schnurlostelefon auf seinem Schreibtisch, rollte auf die Terrasse hinaus und zog die Schiebetür hinter sich zu. Schon bald gestikulierte er heftig und diskutierte mit jemanden, durch das Verbundglas war aber nichts zu hören.

Jonathan setzte sich auf den Besuchersessel neben dem Schreibtisch und betrachtete die Buchrücken im Regal dahinter. Vornehmlich mathematische Werke, daneben Bücher über Physik und Astronomie, Computerwissenschaften und Philosophie, aber auch einige über Psychologie und Medizin. Kein einziger Roman. Aber im Wohnzimmer stand auch ein großes Bücherregal, vielleicht trennte Eugene Sachbücher von Belletristik. Jonathan suchte eine Dose Pfefferminzpastillen in seiner Jacke, fand dabei den Rest vom Flugticket und warf es in den Papierkorb. Dabei erhaschte er einen Blick auf ein Logo, das ihm bekannt vorkam. Ein goldener Teddybär in einem pinken Kreis. Er fischte den Folder heraus. Ein Veranstaltungskalender von einem sehr speziellen Club, den er vor vier Jahren für die Recherche zu seinem Buch besucht hatte. *Soft Fur*. Der Abend war ihm unvergesslich in Erinnerung geblieben.

Plötzlich empfand er schlimmes Mitleid mit Eugene. Jonathan hasste dieses Gefühl, weil er es hasste, wenn es ihm entgegengebracht wurde. Im *Soft Fur* trafen sich Menschen, die Kontakt zu lebenden Stofftieren suchten. Viele zogen selber das Kostüm über, manche blieben ohne Verkleidung. Die meisten Mitglieder kamen zum Kuscheln, manche auch für mehr. War das Eugenes privates Geheimnis? Kam aus diesem Umfeld auch die Gefälligkeit, die er gerade einforderte?

Die Terrassentür schob sich auf und Jonathan stopfte den Prospekt rasch unter das Altpapier. Eugene surrte heran, legte das Telefon weg. »Eine Gulfstream steht in zwei Stunden bereit. Die bringt sie nach Antofagasta. Von dort sind es mit dem Auto noch rund 80 Meilen. Am Abend sind Sie in der ALMA-Basisstation. Bis dahin habe ich von der NRAO eine Zugangsberechtigung für Sie. Sprechen Sie mit Eirene und dann gehen Sie mit ihr zum Sicherheitsdienst.«

»Danke, vielen Dank, Eugene.«

»Das Taxi kommt in einer halben Stunde. Möchten Sie noch einen Kaffee oder etwas anderes?«

Jonathan schüttelte den Kopf. »Darf ich Sie noch etwas Persönliches fragen?«

»Natürlich. Ich antworte nur vielleicht nicht.«

Jonathan verschränkte die Hände und räusperte sich. »Ich habe zuerst geglaubt, dass die beiden Coyos hinter Eirene her sind. Sie hat Schulhefte voller Formeln mit

Botendienst verschickt und Nachrichten vor mir verborgen, sie hat mir erst nach langem Zögern Ihren Namen genannt. Warum diese Geheimniskrämerei?«

Eugene lachte und lachte und bekam einen Hustenanfall. Als er sich beruhigt hatte, sagte er: »Das ist typisch Eirene. Ich arbeite an einem Beweis für die Riemannsche Vermutung.«

Jonathan sah ihn verständnislos an. »Und das bedeutet?«

»Eine Million Dollar«, antwortete Eugene.

»Wie bitte?«

»Die Riemannsche Vermutung gehört zu den Millenium Problemen, für deren Lösung vom Clay Mathematics Institute ein Preisgeld ausgesetzt worden ist.«

»Das auch andere wollen?«

»Natürlich.«

»Daher die Geheimhaltung?«

Eugene nickte. »Auch.«

»Und warum noch?«

»Eirene will nicht damit in Verbindung gebracht werden. Deshalb ist sie wie eine Auster.« Nachdenklich drehte Eugene das Modell des Exo-Skeletts. »Sie ist die weit bessere Mathematikerin als ich. Aber sie sieht das nur als Gedankenspiel, als Herausforderung an ihren Intellekt. So wie andere ein Sudoko lösen. Das Preisgeld interessiert sie nicht. Sollte mir der Beweis gelingen, müsste ich sie eigentlich auf der Arbeit nennen, aber das will sie partout nicht. Fragen Sie mich nicht warum.«

»Das kann ich Ihnen sagen: Weil sie Astronomie als ihre Berufung ansieht. Dafür lässt sie alles zurück. Und jeden.« Jonathan konnte nicht vermeiden, bitter zu klingen.

Nachdenklich blickte Eugene ihn eine Weile an, nahm seine Brille ab und putzte die Gläser. »Eirene hat kaum

Worte für ihre Gefühle. Das hat man ihr als Kind nicht erlaubt. Das heißt nicht, dass sie keine hat.« Jonathan runzelte die Stirn. Eugene lächelte und fuhr fort: »Sie hat damals dauernd von Ihnen geredet. 2001. Bevor Sie den Unfall während der Superpole hatten und von der Bildfläche verschwunden sind. Sie hatte seitdem sicher auch andere Bekanntschaften, aber über die hat sie nie gesprochen.«

Jonathan sah beschämt zu Boden und wusste nicht, was er antworten sollte.

»Kommen Sie, ich zeige Ihnen etwas.« Eugene rollte zu einer verschlossenen Tür, sperrte sie auf und lud Jonathan mit einer Handbewegung ein. Er betrat Eirenes Zimmer und schaute sich um. Schlichte Formen und gedeckte Farben war sein erster Eindruck. Ein großes Boxspringbett, eine Ledersitzecke, an der Wand ein Hochglanzposter, abgebildet darauf die Säulen der Schöpfung, eine Formation im Adlernebel, wie er inzwischen wusste. Neben der Terrassentür ein Schreibtisch und Bücherregale.

Ein Möbelstück stach heraus: Eine antike Kommode mit Eisenbeschlägen und naiver Malerei auf der Frontseite, die ländliche Szenen darstellte. Darüber hing ein gerahmtes Bild von ihm selbst. Besser gesagt ein Poster von Blue Strike auf einer Yamaha YZF-R1 in äußerster Schräglage.

»Sie begleiten Eirene seit Jahren …«, begann Eugene.

»Wir sind verheiratet. Hat sie Ihnen das schon erzählt?«, sagte Jonathan.

Eugene riss ungläubig die Augen auf und vergaß weiterzusprechen.

»Ich könnte Ihnen das Foto aus der Chapel-of-Snow mailen, aber mein Smartphone ist ruiniert und zu meinem Laptop kann ich gerade nicht.«

Die drei Hunde kamen ins Zimmer gelaufen und hüpften aufs Bett. Eugene klatschte in die Hände und versuchte sie aus dem Zimmer zu bekommen. Erst das Schütteln einer Dose mit Leckerli konnte die Vierbeiner überzeugen. Nachdem er seine Lieblinge verwöhnt und sich die Hände gewaschen hatte, sagte Eugene: »Verheiratet. Das ist äußerst unerwartet. Und äußerst erfreulich. Ja, wirklich erfreulich. Wie haben Sie Eirene bloß dazu überredet?«

Bevor Jonathan antworten konnte, gongte die Türglocke. Das Taxi wartete.

Jonathan schüttelte Eugene die Hand. »Ich weiß nicht, wie ich Ihnen danken soll.«

»Ich schon. Sie schleppen Eirene zu Thanksgiving nach Hause und wir kochen gemeinsam. Dann haben wir beide auch Zeit uns besser kennenzulernen.«

»Sie kann froh sein, so ein Zuhause zu haben.«

Eugene grinste. »Ich weiß. Und es ist ohne weiteres Platz für drei.«

Die Hand auf der Klinke, drehte sich Jonathan noch einmal um. »Eugene.«

Der Mathematiker blickte auf.

»Ich bin mir nicht sicher, wer hinter dem allen steckt, aber der Name Molinar ist gefallen. Es wäre besser, Sie würden eine Woche auf Urlaub fahren. Neufundland oder Alaska. Ihren Hunden zuliebe.«

Eugene wurde blass, fasste sich aber gleich wieder. »Das wird nicht nötig sein. Ich bleibe die nächsten Tage mit meinen Jungs im JPL-Komplex. Die Forschungslaboratorien haben mehr Security als das Weiße Haus.«

Jonathan nickte und lief zum Taxi hinaus. Während er den Außengang entlang eilte, hoffte er, dass Eugene nichts geschah. Denn das würde Eirene ihm niemals verzeihen.

31

Der Fahrer sang einen chilenischen Song, dann erzählte er eine Anekdote, danach wieder ein Lied. Anscheinend wollte er das kaputte Radio ersetzen. Währenddessen kurvte Joseph, so hatte er sich bei Jonathan am Flughafen vorgestellt, durch den dichten Verkehr von Antofagasta, drohte ab und zu einem frechen Taxifahrer und hupte Fußgänger aus dem Weg. Die schneebedeckten Gipfel der Anden schienen zu brennen, als sie die Hochebene von Chajnantor erreichten. Die untergehende Sonne vertiefte die Farben, erschuf zahllose Schattierungen von Siena bis Terra, ließ Felsen wie versteinerte Urzeittiere wirken. Jonathan begann zu verstehen, warum Menschen diese abweisende Landschaft trotz ihrer Kargheit liebten.

»Werden nicht viele da sein«, sagte sein Fahrer zwischen zwei Gesangseinlagen, »heute ist große Fiesta der APEX-Abteilung, feiern einen Jahrestag. Welchen genau, weiß ich nicht. Fast alle sind in San Pedro, ich fahr da auch hin. Mache den Taxidienst.«

Am Einfahrtsschranken stoppte Joseph den SUV und ein Uniformierter mit umgehängten Maschinengewehr kam aus dem Kontrollgebäude, überprüfte ihre Ausweise, obwohl er Joseph offensichtlich kannte und sie in schnellem Spanisch ein paar Sätze wechselten. Ungefähr zwei Meilen nach dem Kontrollpunkt tauchten die flachen Quader und die hohen Montagehallen der Basisstation vor ihnen aus der rasch einsetzenden Dämmerung. Als sie ausstiegen und Joseph ihm seinen Rucksack aus dem Kofferraum holte, zeigte der Chilene zum Himmel. »Sehen Sie, Mister Woolfe, das Kreuz des Südens, Sie können das nirgends so gut sehen wie bei uns.«

Jonathan schaute seiner ausgestreckten Hand nach, betrachtete ein paar Atemzüge lang das Sternbild. Der Himmel schien unglaublich nah und erinnerte ihn in seiner Klarheit an die antarktische Nacht. Jonathan schlüpfte in eine Schlaufe des Rucksackes. »Sie sind ja ein richtiger Sternefan.«

»Oh ja, Mister Woolfe, das sind wir hier alle. Die Astronomen haben uns Arbeit gebracht – und Ansehen.« Joseph schnäuzte sich. »Wenn Sie noch etwas brauchen, hier meine Nummer.« Er drückte Jonathan eine Visitenkarte in die Finger und verschwand.

Jonathan durchschritt das gläserne Eingangsportal, das OSF Technical Building war tatsächlich fast menschenleer, keiner saß hinter den Glasscheiben, durch die er Besprechungsbüros sehen konnte, er musste zwei Gänge durchqueren, bis er auf jemanden traf: Ein indischer Techniker in einem Overall, der ihn freundlich begrüßte, und auf seine Nachfrage hin zu Eirene führte.

Sie stand in der Kantine neben dem Kaffeeautomaten und wartete auf ihr Getränk. Zuerst weiteten sich ihre Augen erstaunt, dann lief sie auf ihn zu und fiel Jonathan um den Hals. »Warum hast du denn kein Mail geschrieben, dass du nachkommst? Ich hätte dich abgeholt.«

»Hast du mir je deine Mailadresse gegeben?«

Kurz schaute sie verwirrt, dann zog sie die Mundwinkel herunter. »Nein, habe ich nicht, wie blöd.«

»Es gibt noch einen anderen Grund, warum ich so plötzlich auftauche.«

Der Kaffeeautomat piepste, Eirene nahm den Becher und setzte sich mit ihm an einen der weißen Tische. In raschen Sätzen erzählte er ihr, was in den letzten drei Tagen passiert war. Bevor sie antworten konnte, musste er noch etwas loswerden. »Eirene, du kannst nicht beim kleinsten Disput einfach davonlaufen. So funktioniert das in einer Partnerschaft nicht. Ich bin kein buddhistischer Mönch, ich habe meine Launen und kann manchmal grantig sein. Und ungerecht. Ich…«

»Es tut mir leid. Das war kindisch von mir«, sagte sie leise. »Und ich hasse es, kindisch zu sein.«

Alle Argumente, die er sich zurechtgelegt hatte, lösten sich auf, wurden weniger als die Luftfeuchtigkeit in der Atacama. Er nahm ihre Hände. »Ist schon gut. Ich war auch dumm, weil ich geklungen habe, als ob du dich zwischen dem hier und mir entscheiden müsstest. Das ist nicht so. Es wird sich schon alles von selber ergeben, okay?«

Ihr Blick wurde traurig. »Ich weiß nicht, ob das genug ist.«

»Was soll das wieder heißen?«

Sie zog ihre Hände zurück. »Du erwartest gerade, dass ich mit dir nach Kalifornien komme, nicht wahr?«

»Natürlich. Wir müssen zu den Behörden gehen, damit der Spuk vorbei ist.«

»Ich kann dir doch die Haarspange mitgeben …«

Jonathan meinte, sich verhört zu haben. »Aber das genügt nicht! Du musst auch eine Zeugenaussage machen.«

»Aber ich weiß doch nichts.«

»Du weißt genug aus meiner Rennfahrerzeit und von Rosie, um meine Aussage zu bekräftigen.«

»Sollen wir nicht lieber zuerst die Daten durchsehen? Vielleicht ist alles ein Reinfall.«

»Keinesfalls! Die sind in dem Ding eingearbeitet. Das sollen Experten aufmachen. Beweissicherung.«

Eirene betrachtete die Tischplatte, verschränkte ihre Arme und schwieg. Jonathan wurde ungeduldig, das Gespräch nahm einen Verlauf, der ihm nicht behagte. »Also, was ist jetzt?«

»Nein. Ich bleibe in Chile, die Arbeit geht vor.«

»Ist das dein Ernst?«

Sie sah ihm in die Augen und sagte bestimmt: »Ja, das ist mein Ernst. Die Behörden können mich via Skype befragen, ich muss dafür nicht in die USA fliegen.«

»Und das Killer-Pärchen?«

»Was sollen die noch von mir wollen, wenn ich die Daten nicht mehr habe?«

»Hallo? Zeugin und so?«

»Was soll ich schon bezeugen? Mir sind die beiden nie aufgefallen, geschweige denn, dass ich ein Foto gemacht habe. Da hättest du früher etwas sagen müssen.«

»Also bin ich jetzt schuld?«

»Das habe ich nicht gesagt.«

Jonathan spürte wie Zorn in ihm aufbrandete, wollte auf den Tisch schlagen, sie schütteln oder ihr schreiend klarmachen vernünftig zu sein. Aber er beherrschte sich. Ein emotionaler Ausbruch würde Eirene nicht beeindrucken, höchstens wieder verscheuchen. »Ich habe das Gefühl, du verkennst den Ernst der Lage. Wenn das stimmt, was ich mitgehört habe, geht es um organisiertes Verbrechen.«

»Ich verkenne gar nichts. Nur ist das hier irrelevant. Das Gebiet um die Teleskope steht unter militärischer Aufsicht. Die Chilenen beschützen ihre Kupferminen und uns gleich mit. Das hätte dir Eugene ruhig klarmachen können.«

»Dein Wort in Gottes Ohr. Oh, ich vergaß, den gibt es in deiner Welt ja nicht.«

Eirene öffnete den Mund, schwieg aber dann und stand auf, warf den leeren Kaffeebecher in eine Sammelbox. Sie kam zurück, beugte sich herunter und küsste ihn auf die Wange. »Sei nicht böse, Jonathan, bitte. Es wird alles gut werden, so wie du gesagt hast. Da bin ich mir sicher.« Sie hielt ihm die Hand hin. »Komm mit. Ich muss eine Sequenz starten, dann gehen wir zum Sicherheitsdienst.«

Er atmete tief durch, seufzte und gab nach. Er folgte ihr zurück zum OSF Hauptgebäude, sie gingen durch kahle Gänge mit Lichteinlässen aus Glasbausteinen zum Kontrollraum am anderen Ende des Gebäudes. In die Wand nach Westen waren Fenster eingelassen, die von weißen Jalousien verdeckt waren, damit bei Tageslicht keine Spiegelungen die Bildschirme störte. An den Wänden waren einfache Schreibtische aufgestellt, darauf zahllose Bildschirme, Tastaturen, vereinzelt ein Drucker und hunderte Kabel, die sich an Tischplatten entlangschlangen, um Standfüße wickelten, verknotet und zusammengebunden die Sesselleiste ersetzten und in Löchern verschwanden. Eine Frau mit schwarzen, kurzen Haaren, die Eirenes ältere Schwester hätte sein können, saß vor einem der Bildschirme, nickte ihnen kurz zu und konzentrierte sich wieder auf eine Datenreihe.

Auf einem Eckschreibtisch stand Eirenes Laptop verbunden mit einem Standrechner, sie setzte sich davor. Jonathan sagte: »Ich habe unter deinen Kollegen noch keinen einzigen Schwarzen gesehen. Hat das einen speziellen Grund?«

Zuerst schaute Eirene verblüfft, überlegte dann und sagte: »In der beobachtenden Astronomie sind kaum welche anzutreffen. Wir sind fast ausschließlich Weiße, Asiaten und ein paar Latinos.«

»Warum? Wegen der Bildungschancen?«

»Könnte man meinen, aber daran liegt es sicher nicht. Es gibt inzwischen eine Menge Juristen, Mediziner und Journalisten, die schwarzer Abstammung sind. Gemessen an den Prozentsätzen in diesen Fächern sind sie bei uns unterrepräsentiert. Ich denke, das liegt an ihrer Einstellung.«

»Wow, du bist mehr Südstaatler als ich.«

Sie hielt im Tippen inne, sah ihn kurz erstaunt an, dann schüttelte sie den Kopf. »Ich meine doch nicht ihren Fleiß oder ihre Begabung. Es liegt an ihrer Religiosität.«

Jetzt war es an Jonathan erstaunt dreizuschauen. »Was hat Gott damit zu tun?«

»Nicht so sehr Gott, sondern seine Vertreter auf Erden. Seit Galileo sind Astronomen die natürlichen Feinde der christlichen Kirchen. Die Teleskope haben immer mehr Details offenbart, immer weiter in die Zeit zurückgesehen, den Himmel enträtselt und die Kirche ist immer mehr in Erklärungsnotstand gekommen, wo denn jetzt ihr Jenseits abgeblieben ist.«

»Die verfluchten Engel sind einfach nicht aufgetaucht.«

»Du sagst es. Unter Schwarzen gibt es einfach deutlich mehr überzeugte Christen. Religiöse Prediger, gleich welcher Hautfarbe und Konfession, können sich mit den Forschungsergebnissen der Astronomen einfach nicht abfinden. Mit den anderen Naturwissenschaften haben sie sich arrangiert, bauen deren Erkenntnisse in ihre Dogmen ein. Selbst die Evolutionstheorie biegen sie sich zurecht. Und vor allem die Teilchenphysik hat es ihnen seit Neuestem angetan. Dort gibt es übrigens mehr Gläubige als unter allen anderen Fächern, muss an der Materie liegen, an der sie forschen. Sie haben sogar dem Higgs-Boson den Namen Gottesteilchen gegeben.

Mit der Stringtheorie sind alle glücklich: Wissenschaftler, Theologen, Esoteriker und Fantasy-Autoren. Endlich können sie jeden Schmarrn mit einem unverständlichen Hinweis auf Quarks & Co begründen.«

Jonathan musste lachen. »Ich würde dich nur zu gern einmal in einer Vorlesung hören. Die Studenten müssen jedes Mal einen Kulturschock erleben.«

Sie zuckte mit den Schultern. »Nur die beobachtende Astronomie ist außen vor geblieben. Inzwischen sehen die Teleskope fast an den Beginn der Zeit und auf der ganzen Strecke dorthin haben wir nichts gefunden, das göttlich aussieht. Nur ein wundervolles, sich selbst genügendes Universum.«

Eirene startete die Sequenz, Zahlenreihen begannen über den Bildschirm zu tanzen. »Das wird ein wenig dauern.«

Die andere Frau schaltete ihren Computer aus und kam zu ihnen herüber. »Sie finden hier nur so seltsame Vögel wie uns, junger Mann.« Sie hatte ein entwaffnendes Lächeln. »Kommt ihr nach, Eirene? Zur APEX-Party?«

»Vielleicht. Aber erst spät. Wenn uns Joseph fährt.«

»Wir sind sicher noch ein paar Stunden umtriebig.«

Sie winkte ihnen zu und verließ den Kontrollraum.

»Ich lasse auch noch eine Simulation laufen. Möchtest du inzwischen die Teleskope sehen?«

»Fahren wir rauf?«

»Nein. Da müsstest du dich erst zwei Wochen hier unten akklimatisieren. Aber wir haben eine Menge Kameras. Schau.«

Sie rollte zu einem 21″-Bildschirm und startete den Rechner. Dreißig kleine Bildausschnitte erschienen auf der Mattscheibe. Sie klickte eines an und eine strahlend weiße Schüssel erblühte in der dämmernden Wüste.

»Otto steht auch noch oben. Sie sind anscheinend heute nicht fertig geworden.«

»Wer ist Otto?«

»Keine Person. Ein Transporter. Sie zoomte näher uf ein gelbes Fahrzeug mit unzähligen Doppelrädern und einer Fahrerkabine, die nicht auf, sondern zwischen den Vorderrädern unter einer Transportplattform angebracht war. Jonathan konnte mangels Vergleich nicht abschätzen wie groß das Fahrzeug in Natura war.

»Wie ist …«

Durch den Gang hallte ein panischer Schrei. Sie sahen einander erschrocken an. Eirene packte die Computermaus, klickte zur Übersicht, überflog die kleinen Bilder und wählte ein anderes Kästchen. Der Vorraum beim Eingang erschien im Vollbild: Die Frau, mit der sie gerade gesprochen hatten, lag mit dem Gesicht nach unten am Boden, ein dunkler Fleck breitete sich aus. Eirene stöhnte auf und wollte aufspringen, aber Jonathan drückte sie wieder in den Sitz, deutete auf ein anderes Kästchen – zwei blonde Gestalten kamen den Gang entlang. »Das sind die Coyos. Wo ist das?«

»Von uns weg. Sie wissen noch nicht, wo wir sind. Warum haben die Liliane erschossen?«

»Sie sieht dir ähnlich. Die Beleuchtung ist mäßig … «

Eirene schlug die Hände vors Gesicht, fasste sich und durchsuchte eilig die kleinen Bilder. »Die beiden Sicherheitsleute sind auch tot. Da – die drei Techniker und der Astronom vom Bereitschaftsdienst haben sich im hinteren Serverraum verschanzt. Das war schlau, da kommen die Typen nicht so leicht rein, die Computer dort sind wie ein Panikraum gesichert. Leider können sie von dort auch niemanden von Draußen zu Hilfe rufen.«

»Und wir können auch nicht rein.«

»Das würde ich auch nicht wollen«, sagte Eirene, »ich bringe doch nicht meine Kollegen in Gefahr.«

Jonathan überlegte. »Gibt es Autos zum allgemeinen Gebrauch? Wo ist die nächste Polizeistation?«

»Erstens: Ja. Zweitens: In San Pedro. Wir können anrufen, aber bis von dort sich jemand herbemüht dauert es Stunden.«

»Und die Party? Sind dort weitere Sicherheitsleute?«

Eirene fuhr sich mit beiden Händen durch die Haare, runzelte die Stirn. »Möglich, aber nicht sicher. Die Chilenen feiern zu späterer Stunde manchmal woanders weiter. Wo sie würfeln und fluchen dürfen.«

»Wir sollten es trotzdem versuchen«, schlug Jonathan vor.

»Ja, natürlich. Wir gehen in die Verwaltung, dort gibt es einen Notfallanschluss. Keine Ahnung, wer dort dran ist, aber wir melden den Überfall. Dann fahren wir nach San Pedro.«

Noch einmal kontrollierte Eirene die Kamerabilder. »Jetzt sind sie ganz drüben. Sie werden Raum für Raum durchsuchen. Laufen wir.«

Jonathan ließ sie vorausgehen und sie drückten sich die Gänge entlang. Bald hatten sie die Verwaltungszentrale erreicht, sie lauschten, das Gebäude war gespenstisch still. Selbst die Geräte schienen zu schweigen.

Eirene setzte sich an den Schreibtisch, zog ein IP-Telefon mit Digitalanzeige näher, hob ab und tippte auf die Kurzwahltaste 0. Anscheinend sprach die Person am anderen Ende nur Spanisch, Eirene versuchte mühsam sich verständlich zu machen. Schließlich hatte sie jemanden am anderen Ende, der Englisch verstand, und meldete einen Überfall auf ALMA, musste das aber dreimal wiederholen, da man ihr das anscheinend nicht glaubte. Sie legte genervt auf. »Hoffentlich tun sie das

nicht als Scherz ab, sondern beeilen sich, das zu überprüfen.«

»Wo steht der Wagen?«

»Vor der Montagehalle, die links vom Ausgang liegt.«

»Na, dann raus mit uns.«

»Gleich. Ich gebe noch den Technikern Bescheid.«

Sie wählte eine weitere Kurzwahl, wartete und als sie
zum Sprechen anfing, stürzte die Coyo-Frau auf Eirene
zu. Ein Stilett blitzte auf, zielte von oben auf ihren Hals.
Reflexartig stieß Jonathan seine Frau aus dem Weg des
Messers. Die Spitze fuhr herab und in seinen linken
Oberschenkel. »Was ist mit der Anweisung von Molinar
geworden?«, brüllte er.

Die blonde Frau zog das Messer heraus, sprang zurück, spuckte auf den Boden. »Scheiß drauf! Woolfe ist
in der Wüste verschollen. Wer soll ihm was anderes
erzählen?«

Jonathan schrie: »Falsches Bein, blöde Bitch! Falsches
Bein.« Er balancierte auf der Prothese, fand genug Halt
und trat ihr mit dem verletzten Bein gegen die Brust.
Die Coyo war scheinbar zu verblüfft über seine Gegen-
wehr, um richtig zu reagieren. Der Tritt traf sie unge-
schützt, die Luft wurde ihr aus der Lunge gedrückt, sie
stürzte rückwärts und schlug mit dem Kopf gegen den
Türrahmen. Sofort sackte die blonde Frau zusammen
und blieb besinnungslos liegen. Jonathan griff nach
Eirenes Hand, riss sie hoch und hastete mit ihr davon;
spürte dabei, wie ihm Blut über den Oberschenkel lief.
Vor dem Gebäude schaute er sich hektisch um. Der
andere Coyo war nicht zu sehen. Eirene drückte seine
Hand und zeigte auf eine der Montagehallen. Er folgte
ihr.

Zuerst wollte er gleich zu dem Jeep, der neben der Einfahrt stand, aber sie winkte ihn zu einem Container. »Setz dich, ich mache dir einen Verband.«

»Dazu ist auch später Zeit.«

»Nein, ist es nicht. Das ist eine schlimme Verletzung. Jetzt spürst du noch nichts, wegen des Adrenalins, aber das ändert sich bald. Die große Höhe tut ein Übriges. Das gehört sofort versorgt.«

Jonathan lehnte sich gegen die Containerwand, rutschte hinunter und setzte sich. Hinter der Metalltür schleifte Eirene eine Kunststoffbox hervor, kramte daraus einen vollgepackten, orangen Rucksack und ein Erstversorgungs-Kit heraus.

Während sie ihm eilig das Hosenbein ein Stück aufschnitt, Desinfektionsmittel in den Wundkanal goss und einen Druckverband anlegte, betrachtete er die riesenhaften geometrischen Teile, die vor der Halle wie halbfertige Bauteile in der Werkstatt eines Zyklopen aufragten. Sockel, Platten und Streben in reinstem Weiß, stählerne Eiskristalle. An der Form ließ sich schon erahnen, wie das fertige Radioteleskop einmal aussehen würde.

»Jetzt fahren wir.« Eirene packte den Rucksack, hielt Jonathan die Hand hin und zog ihn hoch.

Er humpelte zum Jeep. »Ich kann mit der Verletzung nicht Autofahren.«

»Kein Problem.« Eirene warf den Rucksack auf den Beifahrersitz, öffnete die hintere Tür und half ihm hinein. »Leg dein verletztes Bein auf die Rückenlehne, es muss hoch lagern.«

»Ich dachte, du hast keinen Führerschein?«

»Das heißt nicht, dass ich nicht Autofahren kann. Das lernt man auf einer Farm schon als Kind.«

Der Schlüssel steckte im Zündschloss. Sie startete den Motor, trat sofort das Gaspedal durch und Jonathan hielt sich fest. Der Jeep schlitterte über die Schuttpiste, Eirene fing ihn wieder, kurvte um das Hauptgebäude, vorbei an den Wohncontainern, bog auf die Straße ein und bretterte Richtung Kontrollgebäude an der Schranke. Plötzlich trat sie auf die Bremse, Jonathan klammerte sich Türgriff fest, stemmt das Prothesenbein gegen den Vordersitz. »Was ist los?«

»Ein Tankwagen steht quer über die Straße.«

Er richtete sich ein Stück auf, kniff die Augen zusammen. »Wo?«

»Ungefähr hundert Meter vor uns.«

»Das siehst du?«

Sie nickte, ließ den Jeep näher rollen und der LKW tauchte im Scheinwerferlicht auf. Sofort erkannte Jonathan, dass es keinen Sinn hatte, den Truck wegfahren zu wollen – alle Zwillingsreifen waren platt. Die Coyos hatten absichtlich die Straße blockiert.

Jonathan musterte die Flächen neben der Fahrbahn, konnte aber kaum etwas erkennen. »Was sagt deine Superkraft – können wir den umfahren?«

»Nein. Dazu muss ich nicht ins Dunkle starren, das weiß ich von den Fahrten herauf. Da gibt es Unmengen Schuttlöcher und Felsblöcke. Wenn wir hängen bleiben, dann war's das, so gut ist der Jeep auch nicht.«

Vorsichtig wendete sie den Wagen. Als sie wieder die Straße erreichten, warf sie ihm einen besorgten Blick zu.

»Jonathan?«

Gepresst sagte er: »Ja. Geht schon.«

»Du hattest recht und ich habe mich geirrt. Wegen der beiden Maniacs. Manchmal vergesse ich, dass Menschen sich öfters einmal hinreißen lassen.«

Er hätte Befriedigung über ihr Zugeständnis empfinden müssen, tat es aber nicht. »Die beiden lassen sich hinreißen?«

»Ja, das tun sie. Es war völlig unnötig in die Basisstation einzudringen. Bei der Party in San Pedro hätten sie uns viel unauffälliger erwischt. Da ist ein ständiges Kommen und Gehen. Die beiden hat das Jagdfieber gepackt.«

Er ächzte: »Wie kommst du darauf?«

»Das habe ich in ihren Gesichtern gesehen. Astronomen schauen auch so drein, wenn sie kurz davor sind ein Objekt ihrer Begierde zu erlegen.«

»Die beiden Blonden machen das aber mit Messern und Kanonen, nicht mit Fernrohren.«

»Das ist egal. Die Leidenschaft ist die Gleiche. Und es sagt mir auch, dass die beiden nicht aufhören werden.«

Schmerz pulste in Wellen durch sein Bein, jede Bodenwelle ließ ihn stöhnen. »Wo führt die Straße eigentlich hin?«, fragte er.

»In die Höhe. Zum Herzstück von ALMA.«

Jonathan starrte sie an. »Aber das ist eine Sackgasse. Dort sitzen wir in der Falle.«

Eirene erhöhte die Geschwindigkeit und schaltete die Scheinwerfer aus. »Nicht so ganz. Ich habe einen Plan.«

Sie raste durch die Nacht und schließlich glaubte Jonathan ihr die Fähigkeit, im Dämmerlicht gut zu sehen, da sie kein einziges Mal von der Fahrbahn abkam.

Nachdem sie die Basisstation passiert hatten, warf er einen Blick durch die Heckscheibe zurück: Im Licht der Außenlampe standen ihre Verfolger vor dem Hauptgebäude und sahen sich suchend um. Die Coyos waren dieses Mal nicht allein, neben ihnen stand Owen Pierce.

32

»Glaubst du an ein Jenseits?«, fragte Jonathan.

Sie parkten neben einem meterhohen Reifen, der an einer Hydraulik befestigt war. Eirene spähte beim Seitenfenster hinaus. »Soweit sind wir noch lange nicht.«

Sie sprang aus dem Wagen. »Komm. Der Schwermut kommt von der Höhe. Sauerstoffmangel. Der Schmerz wird das gleich vertreiben.«

Er musste einen Schrei unterdrücken, als sie ihm heraushalf. So gut sie konnte stützte sie ihn und schaffte ihn unter das riesige gelbe Fahrzeug, das auf den Bildschirmen wie ein Spielzeug ausgesehen hatte. Die wenigen Tritte in die Fahrerkabine von Otto half sie ihm hoch, zog ihn auf die Fläche hinter den Sitzen. Jonathan ließ sich fallen, schloss die Augen und versuchte den pochenden Schmerz leichter zu atmen. Eirene verschwand, kam nach ein paar Minuten mit einer Thermofolie, Decken und dem Rucksack wieder. Aus der Seitentasche holte sie eine kleine Gasflasche mit einem Schlauch und einer durchsichtigen Maske daran, die sie ihm überzog. »Ruhig atmen. Das Denken geht gleich besser.«

Wieder verschwand sie. Durch die bodentiefen Scheiben der Kabine waren die im Sternenlicht schimmernden Teleskope zu sehen. Der Boden darunter wirkte seltsam hell gescheckt, bis er begriff, dass es sich um Schneefelder handelte. Viel Schnee, wenn man die Trockenheit des Ortes bedachte.

Eirene tauchte leise wieder auf und schloss die Kabinentür. Jonathan wiederholte seine Frage. »Bitte – gib mir eine Antwort.«

»Fragst du mich das vom physikalischen oder vom philosophischen Standpunkt aus?«

Jonathan seufzte. »Von beiden.«

»Physikalisch gesprochen: Ja. Es gibt so viele Kräfte, die wir nicht wahrnehmen. Bevor es Messgeräte gab, war Ultraschall oder Infrarot unbekannt. Und wir haben gerade erst die dunkle Materie entdeckt, die können wir nicht einmal messen, sondern nur indirekt über andere Phänomene erschließen.«

Sie atmete tief durch und zog die Folie enger um ihn und legte eine Decke darüber. »Philosophisch gesprochen: Nein. Es wäre doch ein Hohn am Ende des Lebens festzustellen, dass es kein christliches Erwachen gibt und man das Diesseits durch das Warten auf das Jenseits vergeudet hat.«

Sie kaute auf ihrer Unterlippe, schwieg eine Minute und sagte dann: »Ich fahre auf der anderen Seite zum Ende der Straße und werde sie zu Fuß weglocken. Sie dürfen dich in dem Zustand nicht finden. Du musst ganz ruhig liegen, damit die Blutung möglichst schwach bleibt.« Sie legte eine zusammengelegte Decke unter seinen Kopf und eine andere unter sein verletztes Bein. »Wenn mein Notruf nicht angekommen ist, dann beginnt in vier Stunden der reguläre Betrieb in der Basisstation und der Schichtleiter merkt, was los ist. Spätestens da kommt Hilfe.«

Er zog die Sauerstoffmaske ab. »Du gehst nicht da raus.«

»Oh doch, das werde ich.«

»Das lasse ich nicht zu.«

»Was willst du dagegen tun? Mich fesseln? Dazu bist du schon zu schwach.«

»Warum bist du so verdammt starrköpfig? Kannst du nicht auf mich hören und vernünftig sein?«

»Ich bin vernünftig.«

»Nein, bist du nicht. Du kannst nicht gegen die drei ankommen.«

Sie kniff die Augen zusammen, ihr Mund wurde zu einem schmalen Strich und sie ballte die Fäuste. »Ich muss nicht gegen sie ankommen. Sie müssen mir nur folgen, den Rest erledigt die Atacama.«

Er hob die Brauen und Eirene sprach weiter: »Ich kenne mich hier aus. Sie nicht. Ich weiß, wo ich hinge-he. Rauf zum Cerro Chajnantor. Dort ist ein weiterer Teleskopstandort geplant, ich kenne den Weg. Sie wer-den mir folgen und ich verwette deinen Arsch, dass sie weder warme Unterwäsche anhaben, noch Sauerstoff oder Wasser mittragen. Ich lass sie ein paar Stunden auf 18000 Fuß herumsuchen. Ohne Akklimatisierung sind sie morgen Früh nicht einmal mehr in der Lage, sich an ihre Namen zu erinnern.«

»Und du?«

Sie deutete auf den Rucksack. »Alles Nötige dabei. Ich kann mich orientieren und hatte Zeit mich an die Höhe zu gewöhnen.«

Er sah sie zweifelnd an.

»Trau mir das ruhig zu. Für irgendwas muss das Army-Training gutgewesen sein.« Sie holte eine Wasser-flasche aus dem Rucksack und ein paar Tabletten, drückte ihm eine Dosis Azetazolamid und zwei Ibu-profen in die Hand. »Nimm das.«

Er folgte und schluckte, trank etwas Wasser nach. Sie legte ihm zärtlich die Hand auf die Wange. »Jonathan, ich muss das tun.«

Leise sagte er: »Ich weiß. Pass auf dich auf, Alice. Ich liebe dich.«

Sie küsste ihn und schob ihm die Sauerstoffmaske über Mund und Nase; ein wildes Lächeln erschien auf ihrem Gesicht. »Keine Sorge. Einen Notfallplan gibt es auch.« Sie hob den Pullover an – eine Glock steckte in ihrem Hosenbund.

Sollte er das hier überleben und müsste einmal etwas zu Relativität erzählen, würde er diese Nacht nennen. Unter der Decke war es relativ warm, er hatte relativ wenig Schmerzen, wenn er ruhig lag, und die Zeit verging relativ gar nicht mehr. Alle fünf Minuten sah er auf seine Armbanduhr. Aber plötzlich waren es vierzig Minuten, als er wieder die Uhrzeit prüfte, er musste eingenickt sein.

Jonathan richtete sich ein Stück auf, linste bei der Scheibe hinaus, konnte aber außer den Teleskopen nichts erkennen. War es ein gutes Zeichen, dass sich nichts tat? Trotz der Decken kroch langsam Kälte sein rechtes Bein hoch. Mit einem Mal fürchtete Jonathan sich davor, dass sein gesundes Bein schwer verletzt war. Konnte das Gewebe in seinem Fuß durch den Druckverband erfrieren?

Sofort schüttelte er den Gedanken ab. Eines nach dem anderen. Wie weit konnte Eirene inzwischen gekommen sein? Er sollte dort draußen sein und sich der Gefahr stellen, nicht sie. Dann lachte er leise. Wenn er das vor ihr sagen würde, wäre sie sicher erbost und würde ihn eine Machopustel schimpfen. Wie sollte er bloß damit zurechtkommen, wenn ihr etwas passierte und er gerettet würde? Diesen Gedanken konnte er nicht mehr so leicht wegschieben. Er zitterte.

Plötzlich krachte es vor ihm und Stimmen ertönten, Jonathan schrak zusammen – das Funkgerät vor dem Fahrersitz hatte einen Sendeanfall, er konnte aber die hektischen Sätze nicht verstehen, nur ab und zu ein spanisches Wort. So unvermittelt die Übertragung begonnen hatte, so schnell war der Funkspruch vorbei.

In die Stille hinein knirschten Schritte, kamen näher, stoppten, kamen weiter näher.

Leise quietschend öffnete sich die Tür der Fahrerkabine. »Das haut mich jetzt aus den Stiefeln. Du versteckst dich hier und lässt die Frau die Arbeit machen? Was für ein Weichei.« Owens Stimme klang eisig. Er stieg ein, setzte sich auf den Fahrersitz und betrachtete Jonathan über die Sitzlehne hinweg.

»Wenn du hinter dem Datenstick her bist, den hat Eirene nicht bei sich, ihr müsst sie nicht deswegen verfolgen.«

Owen grinste ihn an. »Ich habe schon alles, was ich brauche.« Er zog die Haarspange aus der Innentasche seiner Parka und hielt sie Jonathan vors Gesicht. »Endstation, Kumpel. Die Kleine darf in Kürze auf immer die Sterne betrachten und du wirst ihr gleich Gesellschaft leisten.«

Sorgfältig verstaute Owen das Motorrad wieder und zog stattdessen eine Pistole mit Schalldämpfer heraus. »Damals in Laguna Seca – du hast so geschrien und ich habe geglaubt, du bist erledigt. Kannst du dir meine Enttäuschung vorstellen?«

»Das alles für den Platz im Team? Den du im Jahr darauf sowieso verloren hast? Du warst einfach nicht gut genug.«

»Es war nicht nur der Werksfahrervertrag. Wie die Weiber dich immer angesehen haben! Aber damit war's

224

dann vorbei. Aus den Augen aus dem Sinn. Und schon ist Loretta unter mir flachgelegen.«

»Darum ist es dir gegangen? Um Loretta?«

»Ach, die Kleine – ein herziges Gesicht und ein fester Arsch. Und dumm genug, um mir alles zu glauben. Aber nein, Lorettas gibt es genug. Das Interessante an ihr war der Einstieg ins Team.«

»Das Wettgeschäft?«

»Genau.«

»Ruf deine Jagdhunde zurück und ich unterschreibe den Vertrag. Lass Eirene laufen.«

»Du hältst mich wirklich für einen Trottel, nicht wahr? Ich brauche deine Unterschrift nicht mehr. Ich brauche nur euch beide tot. Ich weiß inzwischen, dass ihr verheiratet seid. Eirene erbt von Jonathan und Loretta erbt von Eirene. Kapito? Alles meins.«

»Suzie?«

Owen feixte. »Gut kombiniert. Die Alte quatscht nach dem Orgasmus was das Zeug hält. Woher meinst du wusste ich, dass ich nicht deiner Schlampe für das hübsche Teil in meiner Tasche hinterher muss, weil sie jetzt Pixie trägt?« Er klopfte sachte auf seine Jackentasche. »Ich habe einfach ihr Zimmer durchsucht.«

Jonathan starrte ihn an.

»Glotz nicht so. Wenn's finster ist geht's schon. Und die alte Suzie hat ein paar Tricks drauf, da könnte sich die dämliche Loretta was abschauen. Als nächstes bekomme ich Floyds Anteile und dann geht's ans richtig große Geld. Oder meinst du, Molina kann das Team managen? Und mit den Unterlagen habe ich noch dazu eine Lebensversicherung. Beste Voraussetzungen für eine glänzende Karriere.« Owen schnappte nach Luft, riss Jonathan die Sauerstoffmaske aus der Hand und atmete tief ein. »Was schaust du so?«

»Willst du mich zu Tode quatschen? Oder spielst du gerade den klassischen Hollywood-Bösewicht, der so lange über seine Beweggründe redet, bis jemand kommt und den Protagonisten rettet?«

»Niemand wird dich retten, du Held. Ich spiele mit dem Gedanken, dich aus der Kabine zu zerren und ein Stück kriechen zu lassen, bevor ich dich erschieße. Das würde mir gefallen, da schließt sich dann der Kreis zu Laguna Seca.«

»Mach, was du willst, aber kriechen werde ich nicht. Kannst ja deine Kugeln darauf verschwenden, mich dazu zu bringen.«

»Du hast recht, das wäre Verschwendung, und auch zu sehr Coyo-Stil. Der Moment wird nicht mehr besser.« Owen entsicherte die Waffe. Jonathan schluckte schwer. Der Pistolenlauf zielte starr auf seinen Kopf. Ein Schuss knallte, die Scheibe barst.

»*Fuck you*«, sagte Eirene.

33

Hubschrauber wirbelten Sand auf. Befehle wurden gebrüllt und bewaffnete, uniformierte Männer sprinteten über den Platz. Männer in Overalls, mit weißen Bauhelmen auf dem Kopf, standen tuschelnd herum, die Hände in den Hosentaschen. Die Basisstation war noch nicht freigegeben worden.

Ein paar Schritte neben der Transportbahre, auf der Jonathan lag, stand Eirene mit einem chilenischen Offizier und beantwortete Fragen. Schließlich war der große Mann zufrieden und ließ sie gehen.

Jonathan beobachtete, wie die Soldaten den ohnmächtigen Owen in einen vergitterten Ambulanzwagen verfrachteten und wegschafften. Auch wenn er eigentlich sein Schwager war, Jonathan gönnte ihm ein chilenisches Gefängnis. Die Morddelikte würden Owen viel Zeit geben, um richtig gut Spanisch zu lernen.

Die Sanitäter hatten den Verband an Jonathans linkem Bein gewechselt und den Stumpf unter der Prothese auf der rechten Seite kontrolliert. Neben der Bahre hielt ein Ständer einen Infusionsbeutel, dessen Schlauch zu einem Venenkatheter an seinem Arm führte.

Eirene sah erschöpft aus, sie beugte sich über ihn, küsste ihn auf die Stirn. »Wie geht es dir?«

»Alles in Ordnung.« Die Sauerstoffmaske behinderte ihn beim Sprechen, aber der Notfallsanitäter drohte mit dem Finger, als Jonathan versuchte sie abzunehmen. »Keine Höhenkrankheit. Nur die Verletzung gehört operiert, der Stichkanal ist ziemlich tief, sie wollen eine Entzündung verhindern.«

Sie atmete hörbar auf. »Das wird bald wieder, du wirst sehen.«

»Was ist aus den mörderischen Zwillingen geworden?«

Eirene sagte ungerührt: »Man hat sie bewusstlos am Cerro Chajnantor gefunden. Die Chance ist gut, dass sie nicht mehr aufwachen.«

Ihr Smartphone läutete, sie hob ab, hörte kurz zu und reichte es dann dem chilenischen Offizier, der ein paar Schritte neben ihnen stand. Er sprach mit dem Anrufer, nickte und sagte: »¡Sale!«

Jonathan schaute Eirene fragend an.

»In Antofagasta wartet ein US Ambulanz-Jet. Sie fliegen dich nach L.A., Eugene hat alles organisiert.«

»Kommst du mit?« Er drückte ihre Hand.

Sie streichelte seine Finger und schüttelte den Kopf. »Cerro Paranal. Das VLT wartet. Und den chilenischen Behörden ist es auch lieber, wenn ich im Land bleibe, bis alle Vorfälle hier dokumentiert sind. Jonathan, wir beide werden das …« Die schneller werdenden Rotorblätter des Militärhubschraubers übertönten ihre Stimme, die Sanitäter schoben seine Bahre fort und sie musste seine Hand loslassen.

Er drehte den Ton vom Flachbildschirm lauter. Ohne die medizinischen Geräte und dem Infusionsständer neben seinem Bett, hätte Jonathan fast den Eindruck gehabt in einem Hotelzimmer zu sein. Eugene hatte im Huntington Memorial in Pasadena für ein südseitiges Einzelzimmer gesorgt und kam jeden Tag zu Besuch. Als Jonathan nach den Kosten für so eine Unterbringung fragte, winkte Eugene ab und meinte kryptisch, die Rechnung würde eine Versicherung tragen. Gerade hörten sie sich einen Nachrichtenbeitrag an, in dem das FBI von den Festnahmen diverser Mitglieder der L.A.-Familie berichteten: » … die Verhafteten drei Villen angemietet hatten, von denen aus sie mit aufwendigem technischen Equipment ihre Millioneneinsätze bei asiatischen Anbietern platziert haben sollen - vornehmlich bei zwei Wettbüros in der philippinischen Hauptstadt Manila. Die Seiten dieser Wett-Firma sind im US-Bundesstaat Kalifornien jedoch nicht zugelassen. Aus den bisherigen Ermittlungen geht zudem hervor, dass von Anfang Mai bis Ende Juni auf einem eigens dafür eingerichteten Konto knapp 21 Millionen Dollar eingegangen sind, die von Bankkonten der acht Wettpaten in China kommen. Die FBI-Ermittler sind überzeugt, dass es sich dabei um Geldwäsche handelt.«

»Nichts von der Verbindung zum Team Thunderbird«, sagte Jonathan.

»Ich habe einen Spion nach Monterey geschickt. Es wurden Hausdurchsuchungen gemacht und das Ehepaar Suzanne und Floyd Kranston wurde in Untersuchungshaft genommen. Für die Nachrichtensender sind die beiden aber nicht wichtig genug.«

»Das wird Suzie mächtig wurmen. Was ist mit Loretta?«

»Sie musste die Ermittler das Haus durchwühlen lassen und Owens Laptop rausrücken, man hat sie befragt, aber sie ist wieder zu Hause. Mein Vögelchen hat mir gezwitschert, dass sie die Scheidung eingereicht hat. Owen wird kaum etwas dagegen machen können, der bleibt in Chile. Das Gericht in Santiago hat einen Auslieferungsantrag abgelehnt.«

»Das war zu erwarten. Mord wiegt schwerer als Betrug.« Jonathan schaltete den Fernseher leiser.

»Und stelle dir vor – Loretta gehört die ganze andere Hälfte vom Thunderbird Team. Floyd hat sie als Besitzerin eintragen lassen. Er hat wohl gedacht, das kleine Dummchen unterschreibt alles und er kann nicht belangt werden, wenn mit Molinar etwas schiefläuft.«

»Schlechtes Karma«, murmelte Jonathan.

Eugene kramte ein Buch aus der Tasche, die an seinem Rollstuhl angeheftet war. »Schau, das solltest du unbedingt demnächst lesen. Eine Biographie von Paul Dirac. Er war auch ein von der Mathematik infizierter Mensch und du hast doch jetzt mit einigen von uns zu tun.«

Jonathan überflog den Titel – *The Strangest Man: The hidden Life of Paul Dirac* – bedankte sich und schaute einer Möwe nach, die beim Fenster vorbeiflog. Eugene schien seine Gedanken zu erraten. »Bald hast du deinen Laptop zurück und kannst wieder schreiben.«

Jonathan wusste, dass Eugene nicht den Blog meinte. In den letzten Tagen hatte er die feinsinnige Art des Mathematikers sehr zu schätzen gelernt.

Ohne den Blick vom Fenster abzuwenden, fragte Jonathan: »Warum hat sie mich noch nicht angerufen?«

Eugene schwieg und erst als Jonathan den Kopf drehte und ihn wieder ansah, antwortete sein Freund. »Du musst versuchen sie zu verstehen, Jonathan. Wissenschaftler leben oft in ihrer eigenen Welt, besonders wenn sie gerade auf etwas Spezielles fokussiert sind. Eirene hat vier Jahre darauf gewartet, die Observationszeit am VLT zugeteilt zu bekommen. Wenn sie das sausen lässt, ist es fraglich, ob sie für das gleiche Forschungsziel noch einmal eine Genehmigung erhält. Sie will jede Minute davon ausnützen und ich meine das wörtlich. Das bedeutet, sie schaltet alles Private ab, arbeitet jeden Tag 18 Stunden und ist grantig, dass ihr Körper Schlaf braucht.«

Jonathan schüttelte den Kopf. »Kein Wunder, dass sie in einer Klinik war.«

»Wir tun alle so, als ob uns wissenschaftliche Ehre nicht interessiert, das darfst du keinem von uns glauben. Wir forschen, weil wir eine Leidenschaft dafür empfinden, aber auch, weil wir Anerkennung für die viele akademische Arbeit wollen. Anerkennung von Unseresgleichen, entgegen all der Missgunst und dem Futterneid, der trotz oberflächlicher Freundschaft herrscht.« Ein trauriger Ausdruck huschte über Eugenes Gesicht, dann zupfte er an seinem Ohrläppchen und sagte: »Wenn du mit Eirene kommunizieren möchtest, dann schick ihr ein Mail. Sie antwortet normalerweise in einem Tag. Telefonate auf der Arbeit werden in unseren Kreisen als unhöflich betrachtet.«

»Und was ist, wenn wieder ein Notfall eintritt?«

»Dann gibt es die Notfallnummer beim entsprechenden Dienstgeber.«

»Komische Regeln«, murmelte Jonathan.

»Wir sind ein seltsames Völkchen«, sagte Eugene lächelnd. »Aber privat recht umgänglich.«

»Das, was ich zu sagen habe, will ich nicht in einem Mail schreiben.«

»Das kommt aber manchmal besser. Vor allem bei strittigen Fragen. Da beginnt man zu reden und gleich ist alles heraus und man wird wütend, weil der andere nicht der gleichen Meinung ist, und schon ist man an einen Punkt gekommen, zu dem man gar nicht wollte.«

Jonathan dachte nach. »Vielleicht hast du recht. Aber ich weiß nicht, wo ich anfangen soll.«

»Frag dich einmal, warum Männer von ihren Frauen ohne weiteres verlangen können, dass diese der beruflichen Karriere ihres Ehegatten hinterherziehen. Das wird als ganz normal betrachtet. So, als hätte die Frau das mit ihrem Ehegelübde automatisch unterschrieben. Und warum gilt das Gleiche nicht auch umgekehrt? Sagt das nicht etwas darüber aus, wie unsere Gesellschaft den Beitrag von Frauen zur Wissenschaft wertschätzt?«

Jonathan senkte den Blick, fühlte sich ertappt, obwohl Eugene mehr zur Fensterscheibe gesprochen hatte als zu ihm. Eine Weile schwiegen sie. Der Wetterbericht meldete eine ungewöhnliche Kaltfront in den nächsten Tagen. Eugene klopfte auf die Bettdecke. »Morgen wirst du entlassen?«

Jonathan nickte.

Surrend drehte Eugene den Rollstuhl. »Du weißt noch dein Versprechen? Wegen Thanksgiving?«

Wieder nickte Jonathan.

»Gut. Darf ich dir noch einen Rat geben?«, sagte Eugene und fuhr fort, ohne auf eine Antwort zu warten: »Je mehr man jemanden widerspricht, desto mehr ist er seiner Meinung. Mit Zustimmung erreicht man viel mehr und bekommt am Ende, was man will, wenn man es richtig anstellt. Also – wir sehen uns.«

Er winkte Jonathan zu und rollte aus dem Zimmer.

Die Kaffeetasse stand noch immer dort, wo er sie vor drei Wochen hingestellt hatte, als es an der Tür klopfte. Eine hellgrüne, flockige Schicht schwamm auf dem Rest der Brühe, das Obst auf der Arbeitsfläche in der Küche war zu einem schwarzen Klumpen verkommen. Es roch nach Fischöl, das am Boden vor dem Kühlschrank klebte. Zuerst reinigte Jonathan seinen Ehering und steckte ihn ein, dann holte einen großen Müllsack aus dem Abstellraum und begann die Küche auszuräumen. Gerade als er mit dem Kühlschrank fertig war, läutete es an der

Eingangstür. Er lugte beim Seitenfenster hinaus: Der Immobilienmakler stand mit einem älteren Paar vor der Tür. So schnell hatte Jonathan nicht damit gerechnet, dass der Mann bereits mögliche Käufer mitbrachte, aber er bemühte sich, freundlich zu sein. Nachdem er kaum Fragen zu dem Haus beantworten konnte, überließ er dem Makler den Rundgang und putzte weiter die Küche.

Noch zweimal kam der Mann an diesem Tag und schien zuversichtlich, dass er rasch einen Vertrag abschließen würde. Bis zum Abend hatte sich Jonathan mit dem Putzeimer durch das ganze Erdgeschoß gearbeitet, sich für mittags eine Pizza geordert und die Spirituosen aus der Bar entfernt. Außer einer Flasche Southern Comfort hatte er alles in den Ausguss geleert. Er fischte seinen Ehering aus dem Hosensack, steckte ihn an, nahm den Whiskey mit in den Garten hinaus, setzte sich neben den Pool und trank einen kräftigen Schluck direkt aus der Flasche.

Die Sonne war gerade untergegangen und der Horizont schwelgte in Orange und Violett. Fast wirkte der Garten mit seinem eintönigen Rasen und der akkurat gestutzten Hecke einladend. Ein Mercedes Cabrio hielt am Straßenrand, das Gartentor quietschte und klackende Absätze näherten sich. Loretta zog einen Gartenstuhl heran, hauchte ihm einen Kuss auf die Wange und setzte sich neben ihn. Er hielt ihr die Flasche hin, aber sie lehnte ab. »Wie geht es dir, Jonathan?«

»Jeden Tag besser.«

»Es tut mir leid, dass ich nicht ins Spital gekommen bin.«

Er glaubte ihr fast. »Kein Problem, du hattest genug um die Ohren. Wie war es in Oregon?«

»Oh, besser als ich geglaubt habe. Tante Walter ist reizend und sie hat so putzige Enkelkinder. Ich konnte mich gar nicht sattsehen.«

Auch das glaubte er ihr fast. »Was kann ich für dich tun, Loretta?«

»Ach weißt du, ich war doch in der Paul-Mitchell-Cosmetic-School. Vor ein paar Jahren. Ich habe dann immer wieder an deren Wohltätigkeit-Events teilgenommen, auch wenn Owen das Firlefanz genannt hat. Aber es ging doch um die gute Sache. Spenden sammeln und Ausflüge organisieren und so. Und da habe ich einmal den Eigentümer kennengelernt, der ist richtig cool, weißt du. Mit seiner Frau verstehe ich mich ganz toll.« Sie schaute in den leeren Pool, so als hätte sie den Faden verloren.

»Ja, und?«

»Ach ja, beim letzten Event sind wir halt so ins Reden gekommen. John und ich. Es war der LovePeaceHappiness-Ride, den macht er jedes Jahr. Da fahren sie mit Motorrädern aus und Prominente sind auch dabei und wer mitmachen will muss ein ganz schön teures Ticket lösen. Das kommt dann den Obdachlosen zugute.« Wieder sinnierte sie über dem leeren Pool.

»Loretta, bitte sag doch, was du möchtest.«

»Natürlich, Jonathan, natürlich. Also – John liebt Motorräder und er könnte sich eine Kooperation vorstellen. Ich steige bei ihm ins Unternehmen ein, besonders die neue Tea-Tree Sparte interessiert mich, und er wird dafür Mitbesitzer beim Team Thunderbird.«

»Klingt gut. Das ist eine Zukunftschance für dich.«

»Ja, nicht wahr?« Loretta strahlte ihn an. »Und du machst mit. Du bist ja auch Teil davon. Schau, ich habe einen Vertragsentwurf für dich mit.« Sie kramte ein Kuvert aus ihrer Handtasche und hielt es ihm hin.

Jonathan nahm den Papierpacken, schaute ihn sich aber nicht an. »Ich möchte eigentlich nur verkaufen. Der Rennsport liegt lange hinter mir und von Haarpflegeprodukten verstehe ich absolut nichts.«

»Aber das Team Thunderbird braucht doch einen Manager. Das wäre doch was für dich? Ich mache mein Kosmetikding, du bist bei den Bikes und John steht uns tatkräftig zu Seite. Du kannst natürlich bei mir wohnen. Das Haus ist doch für mich allein viel zu groß und du brauchst doch auch jemanden, der sich um dich kümmert.« Sie schaute ihn mit großen Augen an.

Und da war er wieder – dieser Ausdruck. Seit er aus der Rehabilitation gekommen war, hatte er ihn immer wieder bei Frauen gesehen. Eine Melange aus ein wenig Lust und viel Mitleid. Als wäre er ein lahmender Hengst, den man vor dem Schlachter bewahren und ein Gnadenbrot geben musste. Dieser Ausdruck hatte ihn in die Clubs getrieben, die ihm den Stoff für sein erstes Buch geliefert hatten, bis er genug hatte von belanglosem Sex mit anonymen Partnern.

Noch nie hatte Eirene ihn so angesehen. Auch nicht, als sie ihm am Shiloh Beach ins Meer geholfen hatte.

Jonathan sagte: »Du weißt, dass ich verheiratet bin?«

Sie schlug die Lider nieder und nickte. »Das stört mich nicht«, flüsterte sie. »Das kann man ändern.«

»Aber ich will das nicht ändern. Es wäre unfair, wenn ich mich zu dir ins Bett lege und dabei an deine Schwester denke. Ich bin nicht wie Owen.«

Er schaute über sich, versuchte Sternbilder zu erkennen, aber der Smog ließ nur ein paar einzelne Sterne durchschimmern. »Außerdem werde ich nach ein paar Monaten am gleichen Ort unruhig. Du willst eine neue Familie gründen, du brauchst jemanden, der bei dir ist, keinen Zugvogel.«

Loretta nahm ihre Handtasche. »Überlege es dir in Ruhe und ruf mich an, okay?«

Er nickte und sah ihr nach, bis sie in das Cabrio stieg und davonrollte. Er nahm die Flasche Whiskey und goss den Inhalt auf den Rasen. Zurück im Haus sah er noch einmal alle Kästen durch, dann legte er sich mit einer Decke aufs Sofa. Es wurde die einsamste Nacht seines Lebens.

Als er am nächsten Morgen seinen Facebook-Account öffnete, rollte eine Lawine von gehässigen Postings über den Bildschirm, die dieses Mal aber nichts mit dem Inhalt einer seiner Artikel zu tun hatten, sondern von MotoAmerica-Fans und Rennfahrern kamen. Wie es aussah, kursierte im Netz bereits Gerüchte über den Verkauf.

Ein User hatte eines von Jonathans alten Rennfotos bearbeitet, den Anzug und die Maschine auf schweinchenrosa umgefärbt und zur Untermalung einen Furz hinzugefügt, der aus dem Auspuff donnerte. Der Beitrag war noch das Netteste. Ihr wollt es so, dachte Jonathan, dann bekommt ihr es auch so.

Er holte die Vertragskopie, die ihm Loretta dagelassen hatte, und wählte die Nummer der Anwaltskanzlei auf dem Briefkopf, ließ sich mit dem Rechtsberater von Paul Mitchell Systems verbinden. »Guten Morgen. Jonathan Woolfe hier …- Ja, wegen des Teams …- Habe ich mir durchgelesen und ist okay für mich …- Nein, ich brauche keine weiteren Optionen, der angebotene Preis erscheint mir fair, auf eine Gewinnbeteiligung verzichte ich. Sie können dann ganz unbeeinflusst von einer anderen Partei mit Loretta Pierce über alles Weitere verhandeln …- Morgen in Beverly Hills? …- Ja, das geht, aber erst am späteren Nachmittag …- Okay, passt, um vier bin ich bei Ihnen.«

Beim Telefonieren war er zur Terrassentür gewandert, er blickte über den Garten hinweg zum Pazifik hinaus. Schaumkronen zogen mit bleigrauen Wellen gegen das Ufer, der Horizont verschwamm in dunkelgrauen Strichen mit dem Meer. Anstelle heller wurde der Tag immer düsterer. Er schaltete das Licht an.

Seit er aus dem Spital gekommen war, hatte Jonathan immer nur bis an den Punkt gedacht, an dem das Haus verkauft und das Teamgeschäft abgewickelt war, alles dahinter hatte er von sich geschoben. Morgen würde er im Dahinter angekommen sein. Und wohin dann? Zu Eugene nach Pasadena und auf Eirene warten? Wieder losziehen, zu den großen Seen, zu denen er schon lange wollte, und Morton in Philly besuchen? Seine Enduro bei Stan abholen und einen Wüstentrip nach Nevada machen?

Er schüttelte den letzten Rest löslichen Kaffees aus dem Beutel in eine Tasse, goss heißes Wasser dazu und Instantmilch, warf die leeren Packungen in den Müll. Der Kaffee schmeckte scheußlich. Neben den Müllsack hatte er den Karton mit Rosies persönlichen Sachen gestellt, den er an Eugenes Adresse schicken wollte. Er warf einen Blick hinein: Fotoalben, ein Schmuckkästchen, ein paar DVDs mit Privataufnahmen von den Orten, an die Rosie Jahr für Jahr mit Leroy getourt war. Ein ganzes Leben in einem halbleeren Karton. Jonathan wollte schon Eirenes Reisetasche dazu packen, da fiel ihm ein, dass er die Haarspange noch in der Jackentasche hatte.

Zuerst wollte er die Spange in die Tasche geben, entschied sich aber dann für die Schmuckkassette. Er nahm das Holzkästchen mit den dunklen Intarsien in Form eines Baumes heraus, drehte den kleinen Schlüssel und öffnete den Deckel, um die Haarspange hineinzulegen. Eine Sumpfzypresse klappte hoch, ein Tanzpaar drehte sich darum im Kreis und der *Opelousas Waltz* klimperte aus der Holzkiste. Die Musik erinnerte Jonathan wehmütig an seine Mutter.

Sie hatte die Lieder ihrer Heimat nur anhören können, wenn sein Dad noch Schicht hatte, er konnte das Gejaule, wie er es nannte, nicht leiden. Oft, wenn Jonathan von der Schule kam und das Essen verputzte, das sie ihm hingestellt hatte, spielte sie die Cajun-Lieder. Nachmittags waren sie gemeinsam auf der Veranda gesessen und sie hatte leise mit ihrer weichen Stimme mitgesungen. Dann hatte sie ihm Geschichten erzählt. Von Krabbenfischern und von dunkelhäutigen Frauen in luftigen Kleidern, die am Strand tanzten, vom karibischen Meer und seinen tausend Inseln, von den Gerüchen nach Chili, Koriander und Muskatnuss, von Zuckerrohrfeldern und Rumbrennereien. Dabei waren ihr Tränen über die Wangen geronnen, die sie nicht einmal bemerkt hatte.

Was war aus den Träumen des Farmmädchens aus Louisiana geworden? Eine Reise nach Texas und rostender Schrott auf verdorrtem Rasen hinter einem Reihenhaus. Ein ungeschicktes Leben zwischen Warten und Weinen.

Jonathan klappte den Deckel zu und starrte durch die Terrassenscheibe in den Garten hinaus. Einem der Interessenten hatte die grüne Einöde tatsächlich gefallen; nachmittags würde der Makler mit dem Vertrag kommen, dann war Monterey, das Team Thunderbird und seine Vergangenheit als Rennfahrer endgültig Erinnerung.

Er holte das Buch über Paul Dirac, das Eugene ihm aufgetragen hatte, und begann zu lesen. Bald hatte er für den Moment auch das Morgen verdrängt. Wind war aufgekommen und Regen peitschte gegen das Haus.

Cerro Paranal, ein Monat später

Das Wüstenhotel sah genauso aus wie im James-Bond-Movie *Ein Quantum Trost*. Die funktionalen Hallen, die hinter dem lehmfarbenen Gebäude mit der auffälligen weißen Kuppel errichtet waren, hatte der Kinofilm aber ausgeblendet. Er parkte vor der Nordseite der ESO-Residencia und wartete.

Kurz vor Mittag kam sie die Rampe herauf und legte den Riemen ihrer Umhängetasche um ihre Schulter. Er hupte und sie wandte den Kopf, beschattete mit der Hand ihre Augen. Er kletterte aus dem Wohnmobil und öffnete die Einstiegstür. »Komm, wir fahren Richtung Süden.«

Sie schlenderte zu ihm. »Warum soll ich wieder mit dir in einen Campingbus?«

»Weil du mich liebst. Und weil ich dafür sorgen werde, dass du endlich dein Buch schreibst.«

»Random House wird es dir danken.«

»Wir machen eine richtig lange Hochzeitsreise.«

»La Silla?«

»Wenn du möchtest.«

»Cerro Tololo?«

»Können wir auch besuchen.«

»Ushuaia?«

»Ich wollte schon immer nach Feuerland.«

Sie lachte ausgelassen, fiel ihm um den Hals und küsste ihn. »Na dann, Blue, auf zum Ende der Welt.«

»Aber Alice, dort waren wir doch schon.«

Anmerkung

Für den Roman wurde der Süden der USA, die Antarktis und Chile als Schauplätze verwendet (mein Dank an Wikipedia, Google Earth, die NASA und die ESO). Alle Vorkommnisse, handelnde Figuren und einige Orte sind aber fiktional, das Abbild einer Parallelwelt (Multiversum-Theorie!).

Mehr zu ALMA:
https://de.wikipedia.org/wiki/Atacama_Large_Millimeter/submillimeter_Array

Bereits bei BoD verfügbar

Eine Art Mensch – Utopische Erzählungen
Wolf Creek – Urban Fantasy
Geisterbär – Urban Fantasy

https://traumpfad.jimdo.com

Nachtrag

Als freischaffende Autorin kann ich mir leider für eigene Veröffentlichungen kein bezahltes Korrektorat leisten, daher bitte ich, alle Textfehler und Auslassungen nachzusehen. MS Word und ich haben uns redlich bemüht, alle Fehler zu finden, aber wir sind halt auch nur ein Mensch und ein Algorithmus ☺.